En souvenir de

et de sa vie mouvementée

à travers la folie humaine.

Avec toute mon Amitié

[signature]

le cri de l'amandier

arthur espinosa

le cri de l'amandier

préface de jeanne espinosa-lauzanne

dessins originaux de guy villemonteix

la pensée universelle
4, rue charlemagne - paris-4e

IL A ÉTÉ TIRÉ DE CET OUVRAGE
20 EXEMPLAIRES SUR PAPIER
VELIN CRÈME
NUMÉROTÉS DE 1 A 20
ET CONSTITUANT L'ÉDITION
ORIGINALE

ISBN : 2-214-04834-0

A mes enfants
Pour Adeline

PREFACE

Ce livre est un témoignage, et s'il est dépourvu de prétention littéraire, il possède la valeur de l'authenticité ; celui dont l'histoire nous est contée, Carlos Morella, en effet n'est pas un personnage de roman. Il a réellement vécu cette existence à l'époque, qui n'est pas si lointaine, où l'histoire européenne se précipitait avec la débâcle des troupes républicaines espagnoles en 1939 et le commencement de la seconde guerre mondiale. Il a existé, il vit toujours, parmi nous...

Il s'agissait donc essentiellement pour l'auteur de retracer la vie de l'un de ces nombreux Espagnols réfugiés en France en 1939, combattants malheureux d'une guerre civile sans merci. Cette vie n'a pas été dénuée de pittoresque, voire d'humour, même vécue dans sa quotidienneté, au ras du sol, sans rien d'héroïque, souvent même prosaïquement. De façon délibérée, sans doute, les atrocités, les horreurs de la guerre sont absentes du récit. Certes « le glas sonne » maintes fois, mais le plus souvent c'est pour des douleurs secrètes et il n'y est pas question de « mourir à Madrid » spectaculairement. A peine la tristement célèbre bataille de Madrid y est-elle évoquée avec la mort des amandiers. C'est bien plutôt de vivre à Madrid qu'il s'agit, même quand cela s'avère désormais impossible.

Cependant il est aisé d'y lire en filigrane les souffrances du froid et de la faim, les misères de toutes sortes endurées dans les camps de concentration successifs que la France, terre traditionnellement d'asile et de liberté, cette même France issue du Front Populaire de 1936, sut réserver aux soldats républicains espagnols réfugiés chez elle... Puis avec la « liberté » retrouvée à la sortie de ces camps, c'est le début d'une seconde existence en terre d'exil.

En contrepoint à cette relation directement liée à la guerre civile et à ses séquelles, et au hasard du récit, souvent par association d'idées, viennent s'inscrire des retours en arrière sur les années d'une enfance et d'une adolescence heureuse dans cette Espagne d'avant 1936. Famille unie, enfance studieuse, affection profonde pour le frère aîné, compagnon inséparable, naissance du premier amour : tout cela semble bien banal et cependant les menus événements qui tissent cette période de la vie de Carlos Morella ont leur touche d'originalité, et de surcroît nous font découvrir, ou redécouvrir, des mœurs d'un autre pays, d'un autre âge.

Comment alors demeurer insensible à la fraîcheur des sentiments, et à la grâce de ce « vert paradis des amours juvéniles » ? Lyrisme mis à part, Carlos et Adeline me font penser au couple des jouvenceaux amoureux qu'a créés Frédéric Mistral : « Vincent n'avait pas encore seize ans... Mireille était dans ses quinze ans... le gai soleil l'avait éclose et son regard était une rosée... Il lui brillait de noires tresses qui tout le long formaient des boucles. » C'est le même amour très chaste de Vincent quand il déclare à Mireille : « Plût au ciel que je pusse à genoux me soleiller aux rayons de ton visage et t'effleurer les doigts d'un baiser tremblant. » Et quand je lis ici la naissance de cet amour je ne peux m'empêcher d'évoquer l'éblouissement du poète de la Vita Nova à la première apparition de Béatrice : « Elle m'adressa un salut très réservé, et moi, il me sembla être transporté aux dernières limites de la béatitude. » Jusqu'aux succès scolaires et universitaires de Carlos qui, trouvant leur explication dans les sentiments courtois, nous renvoient à un thème favori de la poésie courtoise : « Si mes actions m'ont acquis quelque renommée, je dois en rapporter l'hommage à mon amante ; c'est elle qui a excité mon talent et encouragé mes études » chantait le troubadour Pierre Vidal.

C'est ainsi qu'il me plaît d'auréoler cet amour de jeunesse. Mais trêve d'analogies poétiques et de complaisances littéraires. Il faut revenir à la réalité. Plus de quarante ans se sont écoulés depuis cette histoire et cependant Adeline est elle aussi toujours en vie. Puisque son souvenir nous procure le plaisir de lire ces pages, puisse-t-elle — et c'est un vœu très sincère de ma part — lire à son tour ce livre et y retrouver sa jeunesse.

J. E.-L.

NOTE AU LECTEUR

Tous les écrivains considèrent leurs lecteurs comme des amis. « Ami lecteur » disent-ils. Je suis de leur avis. J'ai été et je suis un lecteur moyen, mais quand je m'intéresse à une œuvre littéraire, c'est bien avec l'intention de connaître la pensée de son auteur, d'entrer dans ses confidences, en définitive d'être son ami.

Aujourd'hui donc, je me trouve de l'autre côté de la barrière et à mon tour je vais pouvoir dire « ami lecteur ». Et ce terme d'ami m'autorise déjà à la confiance en celui qui va me lire, car si je ne suis pas un écrivain, au sens où on l'entend habituellement, il arrive que j'ai écrit ces pages comme le témoignage d'une vie, celle de Carlos Morella... Une envie de le faire, un besoin aussi... mieux encore, j'avais une dette envers mon ami Morella et je voulais m'en acquitter. Je laisse au lecteur le loisir d'en découvrir les raisons, s'il a la patience de lire jusqu'au mot FIN.

Sachez que la vie de Carlos fut d'abord paisible, à

l'image d'une époque où les voitures à cheval étaient plus nombreuses que celles aux chevaux mécaniques, mais qu'ensuite, comme tant d'autres qui avaient vingt ans en 1936, il s'est trouvé mêlé à une horrible tragédie dont seuls les protagonistes connaissent vraiment la profondeur.

Cependant raconter son existence en partant d'éléments décousus, ne représentait pas un mince travail. Il a fallu d'abord démêler un écheveau inextricable de souvenirs dont lui-même perdait par moments le fil. Je me suis efforcé ensuite de reconstituer son histoire le plus fidèlement possible, en tout cas sincèrement. Soyez donc, à votre tour, comme disait Montaigne, un ami lecteur de bonne foi.

A la lecture de certains passages, à l'évocation des mœurs d'une époque qui n'est pas si lointaine mais révolue, vous sourirez peut-être devant tant d'ingénuité ou de réserve, mais peut-être aussi regretterez-vous que l'évolution des mœurs actuelles ne vous permette plus de goûter à votre tour à la douceur de ces émois si proches du bonheur.

Je voudrais aussi exprimer à ma femme toute la reconnaissance qu'elle mérite, pour son soutien moral et pour son travail de correction et de mise en forme de pensées quelquefois floues, parce que sorties de la mémoire de Carlos ; sans elle cet ouvrage n'aurait jamais vu le jour.

A. E.

Le bonheur c'est la saveur même de la vic. Même les peines, même les douleurs, même la fatigue, tout cela a une saveur de vie. Vivre, c'est vouloir vivre. Toute vie est un chant d'allégresse.

(ALAIN. Propos.)

Cette vie inépuisable où tant de choses sont belles et bonnes, dans ces temps déchirés où le malheur est si bien vu, je la salue et je l'aime.

Jusqu'au goût des larmes, jusqu'au souvenir des épreuves qui sont pleins de délices puisqu'ils appartiennent à la vie. Je ne sais pas à quels malheurs je suis promis en ce monde. Mais je n'aurai pas assez de l'éternité pour me réjouir d'y avoir vécu.

(JEAN D'ORMESSON. Le vagabond qui passe sous une ombrelle trouée.)

CHAPITRE PREMIER

Sur une route en lacets, tous feux éteints, un camion roule lentement. Le chauffeur connaît bien la région, et particulièrement celle-ci, pour l'avoir parcourue souvent au volant de celui qu'il considère comme « son » camion.

C'est un véhicule arrivé avec les premiers contingents de matériel, que les Russes envoyèrent au début de la guerre civile en Espagne, capable de rendre encore quelques services au bataillon, après deux ans et demi de guerre. Il est tout délabré, sans vitres aux portières de la cabine, et sans ridelles, perdues lors de je ne sais plus quelle bataille. Le hasard des réparations successives l'a transformé à tel point, qu'il ne reste que l'essentiel : le moteur, les roues et le plateau.

C'est aussi un des derniers. Les Russes ! Il y a bien longtemps qu'ils ont tourné le dos au gouvernement républicain, celui-ci n'ayant pas laissé la place à un autre entièrement communiste, condition qu'ils lui imposaient pour continuer à lui apporter leur aide. Prétexte sûrement, car même cette condition remplie, personne ne peut dire s'ils aideraient à fond les troupes républicaines dans leur lutte inégale contre un ennemi plus puissant. Les Russes du côté des « rouges », comme les Allemands chez Franco, n'ont qu'une préoccupation : essayer leur armement pour le prochain conflit qui ne tardera pas à éclater. Et à cause de cela ils ne tiennent pas à trop se démunir. Quant aux autres pays, ils sont tous fidèles à la Non-Intervention, proposition française à la Société des Nations, bien épaulée par l'Angleterre ; ils demeurent aveugles devant les Divisions de blindés et les escadrilles d'aviation allemandes et italiennes qui exterminent inexorablement non seulement les troupes, mais la population civile de l'Espagne républicaine, afin d'y installer un régime ami de l'axe Rome-Berlin.

La fin de la guerre approche. Les signes de la débâcle sont là. Et la mission que le détachement du lieutenant Ortiz va accomplir ce 15 décembre 1938, est de celles qui ne trompent pas, elle en fait même partie.

Le camion roule sur cette route depuis plus d'une heure, presque au pas, et le ronflement irrégulier de son moteur ne présage rien de bon ; ralentissement... arrêt...

— Nous voilà en carafe, dit quelqu'un. Mais non, le camion repart aussitôt, lentement. La route est pleine de « nids de poule » — depuis le temps qu'il n'y a plus de cantonniers pour l'entretenir — et le chauffeur sait que sa cargaison n'aime pas les chocs et doit être conduite en douceur, sans secousses. Le lieutenant, qui voyage avec lui dans la cabine, lui a bien dit au départ :

— Ça peut exploser tout seul !

Et il a l'air de s'y connaître, le lieutenant. Tout à l'heure au magasin, avant de charger les soixante caisses de dynamite sur lesquelles les hommes de la section sont assis, il leur a fait un cours, oh ! cinq minutes ; à la guerre on n'a pas de temps à perdre.

Il a décloué un couvercle pour sortir une cartouche, et il a fait voir à tous comment accrocher une amorce, qu'il avait dans sa poche, à un bout de mèche — avec ses dents, s'il vous plaît — avant de l'introduire dans le « boudin » et de le replacer dans sa caisse en disant :

— Maintenant si nous allumons l'extrémité de la mèche restée dehors, dans quelques minutes nous aurons un beau feu d'artifice. Et il a ajouté : « si vous préférez avec un coup de marteau sec à proximité de la caisse, vous obtiendrez le même résultat... à bon entendeur... ! »

Quelqu'un a plaisanté en disant :

— Autrement dit, lieutenant, c'est des œufs que nous allons transporter... et chaque caisse en contient combien ?

— Vingt-cinq kilos, lui dit le lieutenant, en lui faisant remarquer que c'était écrit en gros caractères sur chacune d'elles.

C'est alors que l'attention de Carlos fut attirée par la provenance de ces caisses : comme elle n'était pas écrite en espagnol, ceux qui savaient lire dans le groupe, ont dû croire que c'était toujours du matériel russe. Avec son frère José qui avait eu le même réflexe, il échangea un regard complice. Tous les deux avaient bien pu lire, « Ohio... T.N.T.... U.S. of A... etc. ». Et tout en regardant le lieutenant faire sa démonstration ils pensaient en eux-mêmes que si les Etats-Unis n'avaient pas pu faire parvenir à l'Espagne républicaine d'autres armes pour se défendre, ils avaient bien trouvé le moyen pour envoyer aux belligérants (et peut-être des deux côtés, comment le vérifier ?) des tonnes de dynamite pour détruire le pays sans leur intervention directe. Plus tard, une fois la tourmente passée et le calme revenu, ils pourraient bien se proposer pour relever les ruines de l'Espagne en échange de quelques aérodromes. Machiavéliques, mais réalistes !

Encore un ralentissement suivi d'un arrêt brusque. Le chauffeur ne doit pas voir grand chose ; la nuit est de plus en plus noire et Carlos a la sensation d'être dans le fond d'une gorge, les lacets sont maintenant plus proches les uns des autres. Il ne se trompe pas, car le chauffeur est obligé d'allumer les phares de temps en temps pour se repérer, en les éteignant aussitôt. Une paroi rocheuse à gauche, et un ravin à droite de la route ! Avec cette cargaison d'explosif, le chauffeur a intérêt à faire attention, pour que tout le groupe s'en sorte vivant, quitte à passer la nuit.

Personne ne connaît la destination, le lieutenant n'ayant rien révélé au départ de M. ; secret militaire sans doute, mais d'après la direction Nord que le camion a prise, le temps passé, et la route qui monte avec des rampes de plus en plus raides, Carlos a bien l'impression de se trouver sur le versant Sud des Pyrénées.

Malgré le bruit du moteur, un grondement sourd parvient du fond du ravin, augmentant ainsi la désagréable sensation du vide, qu'on devine à droite de la route. Par moments même, c'est ce grondement du torrent qui domine répété par l'écho contre les parois rocheuses, sinistre, inquiétant.

Les phares s'allument une nouvelle fois, pour s'éteindre aussitôt. Carlos a eu cependant le temps de distinguer une autre falaise à droite, de l'autre côté de la rivière, semblable à celle qui borde le côté gauche. Impossible d'évaluer la hauteur de ces parois dans la nuit noire, mais elle doit être impressionnante, si l'on en juge par le bruit de l'eau et les échos de ce fond de gorge. La pluie de décembre tombe toujours, froide, et commence à percer les vêtements, usés jusqu'à la corde par tant de campagnes successives. Elle n'a pas cessé depuis le matin, ce qui a obligé le lieutenant à faire couvrir les caisses avec des bâches spéciales pour protéger leur contenu. Assis sur cette toile mouillée, le dos calé entre deux caisses, Carlos commence à somnoler. Il avait vécu tout au début de la guerre une situation identique quand, juché sur un camion semblable tout en haut d'une cargaison d'obus il avait quitté Madrid pour Tolède.

C'était par une nuit de juillet 1936, la lune éclairait la campagne. La fraîcheur avait succédé à la chaleur accablante de la journée. La terre exhalait les odeurs de la moisson toute proche. Il n'avait pas vingt ans, mais se sentait capable de faire n'importe quoi pour défendre la République. De ces temps « héroïques » un souvenir particulier s'est fixé pour toujours dans sa mémoire : celui de son retour à la maison, trois jours après. Il était en effet parti sans pouvoir prévenir ses parents et il appréhendait sérieusement leur accueil. Ce fut son père en personne qui ouvrit la porte ; il était en uniforme. Ainsi revêtu, il ne manquait pas de l'impressionner et chaque fois, Carlos était presque tenté de se mettre au garde-à-vous. Heureusement seules les raisons officielles de service l'y obligeaient et elles étaient rares. En voyant son fils revenir, avant qu'il ne prononce le premier mot, il le rassura : « Ne me dis rien, si j'avais ton âge, j'aurais fait la même chose. » Et il le prit dans ses bras.

⁂

Le claquement des portières réveille tout à fait ceux qui dormaient ; ils ont l'air tout étonnés de se trouver là, sur les caisses de dynamite. Le lieutenant donne des ordres brefs.

— Descendez dix caisses.

Et en éclairant les lieux avec une torche électrique, il indique à ses hommes l'endroit où ils doivent les déposer.

Avec des précautions infinies, car aucun n'est habitué à ce genre de manipulations, ils les mettent l'une après l'autre au fond d'un trou percé à l'horizontale dans le flanc de la montagne en bordure de route, en se traînant à quatre pattes.

Le lieutenant appelle ensuite deux hommes parmi les huit de la section et leur dit :

— Vous êtes responsables des caisses que nous vous laissons ; j'espère les trouver en bon état le jour J où je passerai pour les allumer. Le ravitaillement passera deux fois par semaine, pour le reste... vous n'avez besoin de rien ! Au revoir les gars, et bonne nuit !

Avant de partir, il leur a donné quelques provisions et un peu de paille d'une balle qu'ils avaient chargée au magasin en même temps que la dynamite.

Dans l'obscurité de la nuit, les mains se cherchent pour serrer amicalement celles des compagnons qui restent là.

Cela vaut peut-être mieux, car si les uns ont la gorge serrée, d'autres doivent avoir les larmes aux yeux. Le lieutenant les fait presser ;

— Nous ne faisons que commencer la besogne, dit-il, et nous avons encore cinquante caisses à placer.

Le petit groupe remonte sur le camion en cherchant à tâtons sur la bâche le coin sec où chacun était assis tout à l'heure, mais la toile a été remuée et la pluie qui continue de tomber a tout mouillé pendant l'arrêt. Après de vaines recherches ils s'installent n'importe où, en pensant que le voyage, maintenant, ne durera pas bien longtemps. Le camion reprend sa marche doucement, avance toujours au pas, et le chauffeur allume régulièrement les phares autant pour surveiller la route que pour chercher l'endroit où il doit faire l'arrêt suivant.

Le sommeil ne gagnera plus ces hommes ; leurs pensées vont pour l'instant vers les compagnons qu'ils viennent de quitter, nouveaux troglodytes du XXe siècle, qui vont vivre, combien de temps ? comme des lapins, dans ce terrier géant. A chaque ralentissement du moteur, ils attendent l'arrêt qui les laissera à leur tour dans la solitude angoissante de la montagne qui surplombe leurs têtes mais qu'ils ne voient pas : au moins nous pourrons dormir, pensent-ils.

— Ça y est, dit quelqu'un. Le camion s'est en effet arrêté : même opération qu'à l'autre poste. Dix autres caisses sont déchargées, les provisions, la paille. Le lieutenant dit aux deux gardes :

— Vous êtes à cinq cents mètres du premier poste. Vous pourrez vous voir de temps en temps, mais attention à ne pas vous éloigner tous les deux à la fois. Ce serait un abandon de poste ! et au revoir !

Maintenant ils n'auront plus le temps de s'engourdir. Le transport à dos des caisses les a réchauffés et bien réveillés. Carlos sent qu'à l'arrivée la fatigue sera plus forte que tout et qu'avec ou sans paille il s'endormira tout de suite. La route monte toujours, et le froid est de plus en plus vif. Un petit vent glacé lui fouette la figure chargé de gouttes de pluie mélangées à de la neige.

Au troisième arrêt il regarde sa montre : deux heures du matin... Ils déchargent encore dix autres caisses qui seront cette fois-ci descendues par un chemin étroit et en pente où les pierres instables se dérobent à chaque pas. Plus bas c'est toujours, en bruit de fond, l'appel du torrent dans la nuit noire.

Ils sont de plus en plus fatigués ; ces petites caisses ne pèsent que vingt-cinq kilos, mais les précautions pour les prendre, la marche avec elles dans l'obscurité, la peur de glisser, de rouler jusqu'au torrent, mettent les nerfs à rude épreuve... mais non ! ils n'iraient pas jusqu'à l'eau, ils seraient pulvérisés avant, car la chute de la caisse l'aurait déjà fait exploser.

La peur ! oui, c'est la peur qui les fatigue le plus. A tel point qu'ils sont tous comme annihilés et qu'ils marchent comme des automates. Ils ne sentent même plus les blessures faites aux genoux par la caillasse, en poussant les caisses dans les galeries, ou en revenant à reculons pour ressortir.

Deux autres compagnons vont rester là, après une opération plus difficile et périlleuse que les précédentes, sous l'arche d'un pont qui enjambe le torrent. Eux, au moins, pourront sortir du terrier où se trouvent les caisses, dans un des piliers, et faire leur cuisine dehors, un peu comme des clochards, tout en étant à l'abri. Pour le moment, c'est un abri théorique car... quel courant d'air infernal et quelle humidité ! Ils auront même le souci supplémentaire de surveiller le niveau du torrent et, en cas de crue soudaine, de mettre ailleurs — plus haut — les caisses, avant que l'eau ne pénètre dans leur galerie, les mouillant et les rendant ainsi inutilisables.

*
**

Ils ne sont plus que deux à revenir sur la route, avec le chauffeur et le lieutenant. Celui-ci leur dit :

— Et maintenant, les frères Morella, à vous !

Carlos et José montent à côté des dernières caisses de dynamite. Ils ont eu la chance, après deux ans de guerre et de séparation, de se retrouver pour cette dernière et périlleuse mission. Ils comprendront par la suite combien il est important de pouvoir faire confiance à son compagnon pour dormir tranquille à côté de sept cent cinquante kilos d'explosif.

La pluie a cessé de tomber depuis un moment, mais les gros flocons de neige qui l'ont remplacée commencent à donner, aux parois rocheuses et à la route, d'étranges reflets clairs dans l'obscurité de la nuit.

Le camion se met de nouveau en marche et avec la blancheur de la neige qui donne une lumière irréelle, ils essaient de distinguer la route et de deviner l'endroit où ils seront à leur tour « largués ».

Une idée cependant tracasse Carlos : trente caisses restent pour eux deux, alors que c'est la même quantité qui a été distribuée dans les trois postes précédents.

— Nous sommes gâtés, dit Carlos à son frère.

— On saute aussi bien avec dix caisses qu'avec trente, lui répond-il.

— Oui, mais nous ne sommes que deux pour nous « coltiner » les trente caisses ; fatigués et engourdis, après les coups de main que nous n'avons pas manqué de donner aux autres compagnons. Décidément nous n'avons pas de chance ! Pourvu que l'endroit pour les décharger ne ressemble pas au dernier poste !

— Nous demanderons au chauffeur et même au lieutenant (pourquoi pas ?) de nous aider.

Enfin, voilà le dernier arrêt. Le camion a parcouru peut-être cinq cents mètres. Ils ne sont pas loin des compagnons laissés sous le pont.

Le lieutenant les fait descendre en leur demandant de le suivre pour visiter l'endroit où les caisses doivent être entreposées. Au bord de la route, contre la paroi rocheuse, Carlos croit deviner une maisonnette, apparition insolite dans ces lieux mais réconfortante. Ils avancent jusqu'à la porte, éclairés par le faisceau de la torche électrique. Impossible de rentrer. L'humidité a gonflé le bois et il leur faudra quelques coups d'épaule énergiques pour la faire céder. Les voilà enfin à l'intérieur pour faire une rapide inspection des lieux.

Le passage fugitif du rayon de la lampe sur les murs leur permet d'apercevoir contre celui de droite de la pièce où ils se trouvent une cheminée avec un tas de cendres froides, et mouillées par l'eau de pluie qui doit s'infiltrer un peu partout. Triste spectacle qu'une cheminée éteinte, mais ils ne sont pas là pour faire du sentiment, encore moins pour philosopher. Ils traversent cette pièce et à gauche, par une baie sans porte, ils accèdent à une chambre, la seule, contiguë.

Il y a longtemps, certainement, que cette maison de cantonnier a dû être abandonnée. Par contre les nombreux débris, boîtes de conserves, chiffons et autres saletés qui s'amoncellent dans les coins révèlent aux visiteurs le passage périodique de militaires, qui ne sauront jamais laisser propre un lieu, où ils auront passé, ne serait-ce qu'une seule nuit. En pataugeant dans les flaques d'eau, ils réussissent à aménager une surface par terre avec pierres, morceaux de tuiles et autres gravats pour placer à l'abri de l'humidité quelques caisses. Dessus et jusqu'au plafond, ils entassent les autres. L'opération aura été moins difficile que pour les autres postes, et leurs craintes vite effacées, car le lieutenant et le chauffeur les ont aidés à transporter les caisses sans qu'on ait eu à le leur demander. Peut-être étaient-ils pressés de rentrer au cantonnement. Le déchargement a été rapide ; la perspective de vivre là leur a donné un regain d'espoir et du courage, et puis ils n'avaient que dix pas à faire avec leur charge, entre la route et la maison.

La surface de la chambre s'est considérablement réduite et il ne leur reste par terre que la place pour s'étendre.

Avant de partir, le lieutenant leur donne les dernières consignes, car désormais ils ne feront qu'un avec leur mission : garder les sept cent cinquante kilos d'explosif, jusqu'au jour où ils devront le mettre en place, à environ cent mètres de la maison, en contre bas de la route — leur explique-t-il — pour les faire sauter. Pour le moment les galeries suintent de partout et c'est pourquoi, poursuit-il, la charge ne se fera qu'à la dernière minute.

— Dans combien de temps ? s'est hasardé à lui demander Carlos.

— Cela dépend du front de l'Ebre, et il a l'air de tenir. Mais un jour il s'effondrera... nous n'avons plus de munitions, et ce qui est sûr, c'est que ses troupes passeront par ici.

— Et nous ? Qu'avons-nous pour nous défendre et pour défendre la dynamite ? demande encore José au lieutenant.

— Vous savez que nous n'avons pas d'armes pour tout le monde... mais vous avez la dynamite ! C'est bien simple, ouvrez une caisse, sortez une cartouche, mettez un centimètre de mèche avec un détonateur et si quelqu'un s'approche... vous le recevez avec une magnifique grenade ! Vous avez intérêt, ajoute-t-il, à être toujours prêts à parer à une attaque éventuelle, surtout dans ces parages où personne ne circule : nous sommes très près du front, mais la cinquième colonne est partout.

Et ils voient à leur tour le camion partir, non sans leur avoir laissé les provisions pour quelques jours, de la paille pour faire leurs « lits » et naturellement les paquetages, couvertures, ustensiles, etc.

Il s'agit maintenant pour eux, une fois seuls, de chercher un coin sec pour étendre la paille et pour enfin dormir. Mais c'est en vain : le vieux carrelage est partout mouillé ; dans les flaques, des gouttes à intervalles réguliers, tombent du plafond, sans doute percé. Ils pensent n'avoir d'autre solution que de passer le reste de la nuit debout — il est déjà quatre heures du matin — en faisant des projets pour le lendemain en vue d'améliorer leur sort. Si seulement ils pouvaient faire du feu dans la cheminée pour se sécher et se réchauffer un peu ! Mais ils n'ont pas trouvé un seul morceau de bois dans la maison.

Comme les gravats et les pierres ne manquent pas, ils ont l'idée de mettre quelques poignées sur le sol mouillé et disposent des caisses dessus. Ils éparpillent sur elles assez de paille pour ne pas sentir les planches, et en étalant une couverture par-dessus, ils peuvent enfin se coucher ! Il leur faut maintenant trouver le sommeil ! Mais il est tard, et la fatigue est telle que le sommeil ne vient pas. Curieusement, le fait d'être ainsi couchés sur des caisses d'explosif ne les trouble absolument pas.

Chacune des deux pièces de la maisonnette a ses fenêtres donnant sur la route, mais les carreaux n'existent plus et ils entendent le même bruit sourd qui les avait accompagnés une partie du voyage, de l'autre côté de la route. L'eau ne doit pas être bien loin et son grondement est amplifié par l'écho de la montagne.

Ils sont bien conscients d'avoir été favorisés par la

chance, car ils pourront au moins vivre debout et faire leur « popote » et se chauffer devant un bon feu de cheminée. Ils auront le temps, les jours prochains, de transformer cette ruine en un lieu un peu plus accueillant. Les idées ne leur manquent pas pour clore les ouvertures ou pour rendre le toit étanche. Ils ne pensent même plus aux autres compagnons de la section, laissés il y a quelques heures seulement dans des conditions bien plus mauvaises que la leur, les uns dans des terriers, les autres sous un pont.

Carlos entend son frère de moins en moins, et il a du mal à lui répondre ; le sommeil a fini par les vaincre.

⁂

Quand ils se sont réveillés, tout endoloris, le soleil était bien haut, si on peut dire cela, au mois de décembre, dans ce pays de montagnes et au fond d'une gorge où il a du mal à pénétrer, même à son passage au zénith.

Une lumière intense, et la curiosité les attirent dehors. Quelle différence avec la veille ! La pluie a cessé et le ciel est d'un bleu si intense qu'il fait presque mal à le regarder. Leur premier mouvement a été de traverser la route en direction de ce bruit qui a hanté leur sommeil et qui leur est déjà familier à force de l'entendre.

En effet à une quinzaine de mètres en contre-bas, une rivière roule ses eaux tumultueuses parmi des rochers immenses, sautant de l'un à l'autre, contournant les plus hauts, et formant d'innombrables cascades qui chantent ce qui pourrait être un hymne à la liberté.

La rive gauche, celle d'en face, est une falaise qui monte presque à la verticale à cinquante mètres au-dessus du torrent. La maisonnette a été bâtie sur la rive droite dans l'abri formé par l'excavation d'une ancienne carrière dont la pierre a dû servir à la construction de la route, et se trouve ainsi insérée dans la montagne et entourée par la paroi de cette rive.

La route et la rivière serpentent dans le fond d'une gorge ; les deux parois doivent être à quelque cent mètres, et les rayons du soleil ne doivent y pénétrer que très rarement. La neige tombée la veille s'accroche encore par plaques aux aspérités des parois qui suintent, comme une éponge pressée par la main d'un Titan.

Certes, l'aération de la maison est facile : plus de carreaux aux fenêtres, même la porte ne ferme plus, il va falloir y remédier pour se protéger la nuit et contre le froid.

Pour le moment, le problème le plus urgent à résoudre est celui du feu. Un bon feu dans la cheminée pour chasser l'humidité et faire un café qui leur donne quelques forces ; puis balayer l'eau et les gravats, vérifier le toit... toutes choses à faire rapidement, car les journées sont courtes en cette saison.

Armés de leur hache, partie intégrante de leur paquetage, ils sortent décidés à ne pas revenir sans une provision de bois pour quelques jours. Comme la gorge vers le sud, en descendant la route, se rétrécit de plus en plus, ils prennent la direction nord où elle dégage davantage le ciel. Pour atteindre les bois, ne connaissant pas les lieux, ils pensent qu'il est plus rapide de monter en s'aidant des terrasses qui forment comme un gigantesque escalier audessus de l'ancienne carrière. Ils atteignent la crête en peu de temps, mais non sans difficultés. Leurs efforts sont largement récompensés par le panorama splendide qui s'offre à leurs yeux et bien des fois les jours suivants ils monteront là, pour le plaisir de l'admirer. A leurs pieds, la maison n'est pas plus grande qu'une boîte d'allumettes ; par contre, tout ce que le regard peut atteindre devient grandiose et comme amplifié par l'altitude.

La rivière elle-même, visible comme une traînée d'écume, fait parvenir son appel interminable depuis le fond de ce couloir, d'une beauté sauvage. Par-dessus les arbres, vers le sud, leur regard contemple un long moment une lointaine vallée baignée de soleil, de ce soleil clair des montagnes, dont les rayons des premiers jours de l'hiver dissipent la brume, qui ne tardera pas à monter en légers nuages.

Quand on pense qu'une guerre criminelle entre toutes est en train de se dérouler là-bas et de détruire tant de beautés, le cœur se serre de douleur et de révolte. Pauvre pays !

En regardant autour d'eux, ils constatent qu'ils se trouvent sur un des plus hauts sommets de la région et décident de s'en servir à l'occasion comme d'un observatoire.

Sur ces hauteurs, la végétation est celle caractéristique de l'altitude : des arbustes comme le houx et le genévrier et du buis en quantité avec des gros troncs aux formes tortueuses. Et, bien sûr, des sapins droits et majestueux dont le faîte se balance sous la brise. Le sol est jonché de branches mortes et de bois sec. Après avoir fait rapidement leur choix, les voilà descendant deux de ces branches, qu'ils ont de la peine à porter, tantôt en les traînant, tantôt en les jetant dans le vide dans les passages difficiles, jusqu'au fond de l'ancienne carrière, derrière la maison.

En arrivant devant la maison, avec leur bois, ils ont la surprise de trouver la porte ouverte.

— Je l'avais pourtant tirée derrière moi, et coincée, car tu sais bien qu'elle n'a plus de serrure, dit José en s'approchant de la maisonnette.

Au bruit de leurs pas, un chien est sorti en passant entre leurs jambes. Il a visiblement peur, ce ne sont pas ses maîtres ; mais si c'était sa maison ? Comment savoir ? Ou bien est-ce l'odeur de la maigre nourriture qui l'a attiré ? Il ne peut pourtant pas l'avoir touchée, car elle est enfermée dans une cantine métallique.

Il s'éloigne en courant et en regardant en arrière, comme à regret. Il attend sans doute un mot, qu'on l'appelle, qu'on lui fasse signe de revenir. C'est incroyable la quantité de chiens abandonnés que l'on voit pendant la guerre. Même dans les tranchées, couchés avec les soldats, mangeant le peu qu'ils peuvent leur donner. Ces pauvres animaux ont besoin de la présence et de la protection de l'homme et quand ils perdent leur maître, parce qu'il est pris, lui, de la folie guerrière, ils sont capables de parcourir des distances énormes, à la recherche de quelqu'un d'assez sensible pour s'apitoyer sur eux. Leur fidélité n'est alors que plus grande et ils rendent au centuple les attentions, les paroles ou les caresses qu'on peut leur prodiguer.

— Il n'ira pas loin, dit Carlos, car je me demande bien ce qu'il pourra trouver à manger dans ces rochers.

Et en même temps qu'il regarde le chien, si petit à côté de ces montagnes et encore plus minuscule à cause de la distance où il se trouve, il entend son frère dire ce qu'il est en train de penser lui-même.

— Voilà ce qu'il nous faut, un chien pour nous tenir compagnie ; et en plus dans notre situation, il nous sera bien utile. Allons le chercher !

— Il vaut mieux le laisser venir de lui-même. Il a peur, c'est visible, et on ne pourra pas le rejoindre.

Carlos s'est donc mis à l'appeler, et c'est un déchaînement de fou rire, à force de crier toutes sortes de noms d'empereurs romains, de stars et d'artistes célèbres, dont seule l'imagination humaine est capable d'affubler les animaux. Toujours est-il que le chien écoute mais ne vient pas. Il reste à cent mètres d'eux à moitié retourné, prêt à poursuivre sa course. Il attend quelque chose, bien sûr de la nourriture et Carlos rentre à la maison chercher un morceau de pain, en disant :

— Il faut tout essayer ; il doit avoir faim et il viendra certainement quand il verra que nous ne lui voulons pas de mal. Il ne faut pas perdre cette occasion unique, ajoute son frère, qui tient visiblement à avoir son chien.

Lorsque Carlos est sorti de la maison, le chien a rapidement compris qu'il avait quelque chose dans sa main, et il n'a pas tardé à venir vers lui, doucement, sans se presser. S'il avait fait le moindre mouvement brusque, il serait peut-être parti, car s'il avait sûrement faim, il avait aussi peur et il tremblait de tous ses membres. En s'approchant, il s'aplatit de plus en plus et il marche presque à plat ventre.

— Dépêche-toi, lui dit Carlos. Je vois que tu as faim. Nous savons ce que c'est ! Car nous n'avons pas encore déjeuné, nous.

Impossible de savoir si le chien a compris ce discours, mais il a l'air rassuré, car il s'approche de la main, prend le pain doucement et fait un pas en arrière. Pendant qu'il mange l'un et l'autre réussissent à le caresser et cela finit de le mettre en confiance. Il n'a pas tardé à lécher les mains de ses nouveaux maîtres en signe de reconnaissance. Il leur semble que l'adoption de cet animal, marque leur premier jour en ces lieux, comme d'un présage heureux.

Après cet entr'acte, ils sont rentrés à la maison pour allumer le feu, qu'ils avaient déjà oublié. Le bois trempé par la pluie de la veille a du mal à brûler. A leur grand regret, une poignée de paille est partie en fumée avant que le tirage de la cheminée soit amorcée. Enfin la chaleur des flammes commence à se faire sentir et ils peuvent préparer un breuvage que l'armée avec son misérable rationnement, appelle du café, et une soupe pour le chien en faisant bouillir un os. Tout en prenant le petit déjeuner ils regardent le chien, qui n'a pas mis longtemps à laper son assiettée et qui est allé s'étendre à leurs pieds, devant la cheminée, pour se réchauffer lui aussi.

— Ne crois-tu pas que nous devrions lui donner un nom ? dit José.

— C'est une bonne idée, mais comment l'appeler ? Tu as bien vu tout à l'heure, il n'a réagi à aucun.

— Nous lui en donnerons un autre. Il finira bien par s'habituer. Au fait, poursuit José, pourquoi pas celui du chien de « l'Ile Mystérieuse » ?

Adolescents, ils avaient beaucoup aimé les romans d'aventures de Jules Verne et, dans la situation de « naufragés » où ils se trouvent, ils ont quelques traits communs avec Cyrus Smith et Gédéon Spilett.

— Pourquoi pas, en effet ? Le chien de ce roman a sauvé souvent ses maîtres de situations critiques, répond Carlos.

Et c'est ainsi que leur protégé sera appelé Top. D'un commun accord avec lui, semble-t-il, car quand il entend ce nom, sans remuer la tête, il dresse ses oreilles, et avec un air intelligent, les regarde du coin de l'œil. C'est une espèce de ratier ou de fox, à poil court et grandes pattes, certainement bâtard, mais brave bête. Une victime de plus et innocente, de cette affreuse guerre. Lui, il a perdu ses maîtres, mais eux, où sont-ils ? Ils ont perdu certainement leur maison, leur tranquillité ; qui sait, leur vie ?

⁂

Le travail ne leur a pas manqué cette première journée. Près de la rivière ils ont trouvé quelques genêts pour faire un balai. La maison est maintenant un peu plus propre et l'humidité disparaît avec la chaleur du feu qu'ils ne laissent pas s'éteindre. Les caisses d'explosif ont été remuées et mieux disposées afin de gagner un peu de place. Mais le travail le plus important a été sans doute le raccommodage de la toiture pour éviter des nouvelles infiltrations. Heureusement qu'il n'y avait que quelques tuiles déplacées, mais il leur a fallu faire un exercice d'acrobatie pour monter sur le toit.

Leur repas, viande grillée et lentilles, ils l'auront fait assez tard. Il est vrai qu'ils se sont levés tard aussi, et que, à cause de leur ascension à la recherche du bois, ils n'avaient pris le café qu'à onze heures du matin. D'ailleurs ce sera ce jour-là, leur seul repas, car la lumière baisse rapidement et à quatre heures de l'après-midi on ne voit presque plus clair à l'intérieur de la maison. Le soleil n'est pas rentré jusqu'au fond de cette gorge et ils ont vu seulement un rayon, en haut de la falaise tourner, comme s'il avait voulu les éviter.

Ils n'ont pour s'éclairer qu'une lampe de poche qu'ils évitent d'allumer, car ils craignent que la pile ne les laisse en panne un jour ou l'autre et ils n'ont aucune possibilité de la remplacer. Par les temps qui courent, même à Barcelone, c'est un article de luxe. Ils ont aussi quelques bougies, également introuvables.

Après ce premier repas, les deux frères face à face, assis sur des caisses de dynamite en guise de chaises, une autre caisse entre eux en guise de table, bavardent en faisant des projets et en prenant quelques décisions pour les journées à venir. Pour voir clair, en cette fin de soirée, ils installent une de leurs bougies en haut des caisses. Insouciance ? Inconscience ? Ils ne font même plus attention au contenu des caisses. Pour le moment elles font partie de leur mobilier, et ils n'en ont pas d'autre ; il faut donc qu'elles rendent service. Ils les ont disposées de telle manière qu'elles coupent la pièce en deux et que le côté opposé à la fenêtre, qui leur sert d'alcôve, avec la paille par terre, se trouve ainsi à l'abri du froid extérieur.

Avant de se coucher ils mettent une dernière bûche dans la cheminée de la pièce voisine, mais le feu s'éteindra de lui-même dans la nuit. Et, précaution dérisoire, ils bloquent la porte d'entrée avec une grosse branche, alors qu'ils n'ont pas eu le temps matériel dans la journée de trouver une solution pour calfeutrer les fenêtres.

Top, contrairement à leur attente, n'est pas resté à côté du feu, et il a préféré aller s'étendre à leurs pieds. Par la suite c'est là qu'il passera toutes les nuits sur un peu de paille qu'ils lui ont cédée et c'est lui qui les réveillera tous les matins, dès les premières lueurs du jour en allant poser ses pattes sur ses maîtres, doucement, comme s'il craignait de se faire gronder. Et il grogne de joie dès qu'il les voit debout, en courant entre la cheminée et eux, comme s'il voulait leur indiquer leur premier travail de la journée.

Plus facilement que la veille, ils allument un bon feu et ils préparent le café et la soupe de Top.

Le long sommeil de la nuit a bien réparé leurs forces. Ils sont complètement remis des fatigues de la veille. En allant chercher de l'eau à « la fontaine », nom qu'ils ont donné à une source qui coule le long de la paroi rocheuse, sur le bord de la route, et quelques mètres plus haut de la maison, ils sont surpris par un spectacle comme seule la Nature peut en offrir. La température étant descendue brusquement, bien en dessous de zéro, à la suite d'une nuit de lune très claire, l'eau qui coule gèle et s'accumule en glaçons immenses formant depuis le haut de la paroi un ensemble de stalactites de toute beauté.

Après le café qui finit de les mettre en forme, c'est la toilette « à la fontaine ». L'eau est douce et agréable, mais très froide, et comme la température ambiante est aussi très basse il suffit de quelques instants pour que les cheveux deviennent cassants comme du verre. Après un moment passé devant la cheminée à se réchauffer, c'est à nouveau la corvée de bois. Ils savent bien qu'ils ne doivent pas s'éloigner du poste tous les deux à la fois mais, comment faire autrement ? De toutes façons ils ne laissent pas la maison seule. Top reste là, et il saura bien aboyer si jamais quelqu'un s'approche. Presque tout le bois apporté hier a été brûlé et le peu qui reste ne durera pas jusqu'au soir. Aujourd'hui, moins pressés, ils vont découvrir un autre chemin plus facile et moins abrupt pour atteindre une sapinière à environ un kilomètre de la maison, par un étroit sentier qui part de la route.

Peu de temps après ils descendent chargés d'un vieux tronc desséché, en faisant de nombreuses haltes, tant il est lourd, les épaules rompues, mais satisfaits d'avoir trouvé la réserve d'où apporter à chaque voyage le bois nécessaire pour trois ou quatre jours.

Un buis énorme, rencontré dans la sapinière, avec des grosses racines à moitié déterrées par l'érosion, leur donne l'idée de fabriquer quelques cuillères et fourchettes avec le manche assez long pour ne pas se brûler, comme il leur arrive souvent en faisant la cuisine à la cheminée. Pour cela ils coupent deux tronçons de racines longs d'environ un mètre et gros comme le bras. Ce bois est très compact et lourd, de sorte qu'avec de la patience et à condition de le dégrossir d'abord, il se travaille très bien. Mais à cause de sa dureté, la finition avec un couteau de poche, leur seul et unique outillage, s'avère très malaisée et lente, à tel point que les fourchettes n'auront que trois dents, seul moyen pour rendre réalisable ce travail ; une bonne semaine aura été nécessaire pour terminer une paire de ces ustensiles...

***

Au troisième jour de cette nouvelle vie, l'isolement commence à se faire sentir : ils ont le sentiment d'être à moitié perdus dans cette route de montagne par où personne ne circule. Carlos a donc décidé de laisser pour quelques heures son frère s'occuper de la cuisine et surveiller la maison. En faisant un signe à Top pour qu'il le suive, chose qu'il comprend tout de suite, il part de bonne heure pour rendre visite aux compagnons laissés sous le petit pont.

En descendant la route en pente assez prononcée, il longe l'endroit où elle a été minée, et où ils devront mettre un jour la dynamite que pour le moment ils conservent à l'abri dans la maisonnette. Un parapet du côté de la rivière sur une longueur de quelque cent mètres protège la chaussée d'un « à pic » en bas duquel bondissent les eaux tourmentées du torrent.

Par un étroit sentier, Carlos descend en bas du mur de soutènement dont le parapet est la partie haute, et se met en devoir d'inspecter les trois trous dont avait parlé le lieutenant la nuit de leur arrivée dans ces parages. A quelque vingt mètres d'intervalle les trois trous sont bien là et attendent l'explosif. A quatre pattes il entre dans une des galeries pour en vérifier la profondeur ; un filet d'eau coule entre ses jambes vers la rivière. Il vient du fond où toutes les pierres du plafond suintent comme s'il pleuvait, c'est bien la raison pour laquelle la dynamite ne sera mise en place qu'à la dernière heure.

En sortant de la galerie, il considère la largeur de la route pour en déduire que les trous, non seulement la traversent, mais qu'ils doivent s'enfoncer de quelques mètres sous la paroi de la montagne qui borde le côté opposé du parapet.

Quand il arrive au petit pont, les autres compagnons le reçoivent visiblement avec joie, autour d'un feu installé entre quelques pierres non loin de l'eau. Carlos commence par leur demander comment ils peuvent faire pour dormir avec le bruit du torrent. Ils lui font visiter leur installation précaire dans une galerie et il constate, qu'en effet, au bout de deux ou trois mètres, le silence est presque total et qu'en plus il fait même chaud ; par contre dehors il faut crier pour s'entendre.

— Quelle nouvelle ? disent-ils à Carlos, comme s'il arrivait de « la ville ».

Carlos n'en sait pas plus que ses compagnons car ils attendent tous le lendemain, jour de ravitaillement, où le camion viendra visiter chaque poste et leur laisser la correspondance en même temps que les maigres victuailles de leurs rations. Malgré les consignes de silence, ils espèrent à cette occasion avoir quelques nouvelles de la guerre.

La conversation entre eux s'anime sur ce thème inépuisable et Carlos s'aperçoit qu'ils ne sont pas tous d'accord. Ils sont bien du même avis sur le besoin impérieux de finir au plus tôt cette guerre qui n'a que trop duré car, massacres et dévastations se succèdent depuis deux ans et demi.

Mais voilà : comment finir ? Si les républicains ont pour eux le droit, en défendant un régime établi démocratiquement par la volonté du peuple, c'est l'ennemi qui a la force ! C'est lui aussi qui a une armée dirigée par des vrais militaires, avec tout ce que cela représente de discipline et de stratégie, donc de victoires. Par contre les républicains sont dirigés par des politiciens désunis, et n'ont qu'une armée formée par des groupes obéissant aux ordres des partis politiques. Ceux qui la commandent se sont donné eux-mêmes leurs galons le plus souvent, ne connaissant rien, ou pas grand chose, à la tactique de la guerre. Dans ces conditions il est normal que ceux qui ont la raison pour eux, perdent toutes les batailles, et même la dernière.

Le jour, qui ne peut plus être bien lointain, où l'armée républicaine — aujourd'hui presque sans matériel — sera obligée de décrocher et d'abandonner le front de l'Ebre, un seul chemin de salut lui reste, si elle ne veut pas être prise sur place, c'est celui de la frontière française, en suivant des routes comme celle où ils se trouvent, ou bien les chemins de montagne à travers les Pyrénées.

Sur tout cela, ils ont bien le même point de vue. Cependant un des compagnons surveillant le pont, se révolte et critique violemment l'action de l'ensemble de la section. Détruire ! Mais la section n'est que le dernier maillon d'une armée qui se bat, et le jour que les chefs de cette armée ne pourront plus rien faire d'autre, ils demanderont d'obéir et de détruire ! Ce compagnon, ignorant toute discipline, ne veut pas être le complice des destructions aveugles et inutiles, selon lui, dans cette Catalogne qui est son pays, mais il reconnaît qu'une armée de deux cents mille hommes ne se rend pas si facilement (encore moins s'ils sont des Espagnols) et qu'elle combattra jusqu'au bout. Il sait bien que la dernière cartouche épuisée, ce sera l'abandon du terrain en faisant sauter, après le passage du dernier soldat, les routes, les ponts, et en provoquant tous les dégâts possibles pour gêner l'avance de l'ennemi.

C'est pourquoi ils sont tous là. C'est pourquoi ils ont des centaines de kilos de dynamite, en attente du dernier soldat. Leur mission, c'est la protection de la retraite d'une armée que l'on sait déjà vaincue.

Dès lors avec un peu de logique, la guerre devrait se terminer ne serait-ce que pour épargner les centaines de cadavres qu'elle entasse tous les jours. Des morts inutiles à la Patrie, sinon à l'orgueil des dirigeants, aussi incapables de gagner que de savoir perdre. Le ministre de la guerre est un socialiste : il voulait traîter avec ceux d'en face pour arrêter le massacre, mais les communistes le signalent comme traître, et contre toute évidence, bien qu'incapables de faire mieux, ils veulent continuer cette lutte fratricide qui devient un inutile suicide collectif. Quel but poursuivent-ils ?

Carlos reste un moment pensif, fait un tour sur luimême, le regard vague, et dit :

— Nous serons donc les derniers à partir d'ici, les derniers à avoir vu ces paysages de rêve dans leur état actuel, celui de la Nature sauvage, car après notre départ, à quel chaos ressembleront-ils ?

Un de ses compagnons, étant originaire du centre de l'Espagne, ne connait pas la région dans laquelle ils sont et en plus, ne paraît pas très sensible à sa beauté. Seule la plaine de Castille a quelque attrait pour lui.

— Vivement l'horizon à perte de vue, dit-il, ici on étouffe !

Par contre l'autre est un Catalan, un pur, un de ceux qui se disent être Catalans avant d'être Espagnols et qui est là comme chez lui. Un de ceux aussi qui, au début de la guerre en juillet 1936, combattirent vaillamment l'insurrection à Barcelone, mais se refusèrent à répondre aux appels du gouvernement central pour aller se battre en Castille ou en Andalousie, en prétendant mieux défendre leur patrie — la Catalogne — chez eux, quand l'ennemi commencerait à fouler leur propre sol. Et aujourd'hui que la Catalogne est à moitié perdue, que la guerre touche à sa fin, ils ne sont pas d'accord avec les destructions que ce fléau va provoquer chez eux, les jours qui viennent.

Il montre aux autres compagnons une carte, qu'il sort avec mille précautions de ses affaires et ils regardent les routes conduisant à la frontière, en même temps qu'il dit : « Nous sommes là ». C'est bien à peu près l'endroit où Carlos pensait qu'ils devaient se trouver. Cependant il se croyait plus loin de la frontière, alors qu'en réalité ils n'étaient qu'à quelque trente kilomètres au sud d'Andorre et à soixante-dix de Puigcerda.

— Voilà, dit-il, toutes les routes par lesquelles l'évacuation pourra se faire. Il n'y a pas d'autres chemins pour atteindre la France. A travers la montagne c'est pratiquement impossible pour celui qui ne connaît pas la région, il risque de se perdre, et en hiver le climat n'est pas propice pour coucher à la belle étoile. Surtout que les hauteurs sont au moins à deux mille mètres. La contrée est des plus sauvages... Il y a même des ours ! Et vous voulez, continue-t-il avec véhémence, que je sois d'accord avec les destructions qui se préparent ? Quand je pense que toutes les routes depuis Port-Bou jusqu'à Andorre et au-delà sont minées comme celle-ci ! Les routes les plus belles, les plus difficiles à entretenir, la richesse touristique de la Catalogne ?...

— Tu as parfaitement raison, lui répond Carlos, en interrompant son discours, mais j'ai l'impression que tu commences à te lamenter quand ton sol est menacé, « ta Catalogne ». Tu sais bien que toute l'Espagne est à l'heure actuelle un amas de ruines et que tout le monde est un peu responsable des quelques centaines de milliers de cadavres entassés depuis trois ans, sans compter la séquelle de calamités qu'il faudra panser pendant de longues années. C'est au début de cette guerre qu'il aurait fallu donner au gouvernement légitime les moyens d'écraser la révolution, au lieu de regarder en spectateur ce qui se passait ailleurs. Vous, les Catalans, vous avez nettoyé les quelques foyers de révoltés de Catalogne, et vous l'avez promptement fait. Il fallait continuer avec nous, à Tolède, à Getafe, à Pozuelo... et nous ne serions pas là.

— Je sais bien que la guerre a ses exigences qui ne concordent jamais avec l'humanitarisme, ni le sens de l'économie tel qu'on nous l'enseignait à l'école, et si aujourd'hui je me trouve obligé de faire « ce métier », je donnerais bien n'importe quoi pour ne pas être complice des destructions aussi monstrueuses dans mon pays. Car il suffit d'un ordre pour les empêcher, et puis...

— Il est trop tard, et nous serons irrémédiablement sacrifiés. Il y a eu trop de lâchetés de la part des pays étrangers, qui n'attendent maintenant que notre fin, pour venir nous faire des propositions plus ou moins honnêtes afin de nous aider à relever nos ruines. Mais, auront-ils le temps ? Car il me semble que même la guerre terminée en Espagne elle ne tardera pas, malheureusement, à recommencer ailleurs. Ceux qui resteront ne pourront compter que sur eux-mêmes pour remettre le pays sur les rails, avec une économie austère, sinon de misère. Nous manquerons de tout et personne ne pourra nous aider : les pays étrangers seront trop occupés à chercher les moyens de survivre à leur tour ! Nous aurons ainsi passé trois ans de guerre, et combien d'années de famine nous attendent ? Triste bilan !

C'est avec ces idées noires que Carlos a pris le chemin de retour, non sans inviter ses compagnons à lui rendre visite — l'un après l'autre — pour voir son installation et leur offrir l'hospitalité de « sa maison ».

José doit l'attendre, car l'heure convenue pour le repas approche. La route monte en rampe très forte et seul Top semble ne pas s'en apercevoir en courant, en sautant et en faisant trois fois le même chemin comme s'il voulait le traîner, ou lui faire accélérer le pas. Il a sans doute faim ; Carlos aussi, et bien plus que s'il était à la caserne.

La température s'est radoucie et il fait presque lourd quand on marche. D'épais nuages poussés par un vent du nord ont couvert toute la partie du ciel visible depuis le fond de cette gorge. La neige ne saurait se faire attendre. Il pense à la faible provision de bois qu'ils ont et à leur détresse, si les éléments se déchaînaient et s'ils venaient à se trouver sous une épaisse couche de neige, chose qui doit arriver souvent dans ces parages. Le camion du ravitaillement qu'ils attendent pour le lendemain ne pourrait pas remonter la route, et ils n'auraient plus rien à manger dans leur réserve ; plus de pain, ni de viande, ni de lentilles. Seulement un litre d'huile, la seule chose sur laquelle l'intendance n'impose pas trop de restriction. Mais leur situation serait critique.

Pendant leur repas, Carlos raconte à son frère sa visite, et pour terminer lui dit :

— Tu te souviens de Canals, un grand brun, Catalan,

qui est resté au petit pont ? Eh bien, je crois qu'un de ces jours, il nous fera faux bond, sans crier gare...

— Mais son collègue ?...

— Son collègue, il restera tout seul, sans qu'il puisse rien faire pour l'éviter, surtout que le Catalan ne sera pas assez sot pour le prévenir de son départ. Il connaît bien cette région, la montagne, et il a même sur lui une carte qu'il garde comme une relique. Je suis sûr que quand il jugera le moment opportun, il disparaîtra sans laisser de traces. Pour l'instant le front est trop loin ; que ferait-il à errer dans ces parages ? Tu verras que c'est le dernier jour qu'il jouera sa chance !

— Qu'appelles-tu le dernier jour ?

— Quand toutes les troupes qui doivent évacuer le front seront passées, et juste avant que l'ordre de mise à feu nous soit transmis.

— Mais il serait déserteur ? insiste José.

— Bien sûr, mais c'est à ce moment qu'il aura une chance de disparaître dans la montagne pour attendre l'arrivée de l'ennemi et pour se rendre... Si en tout cas les dernières patrouilles ne le découvrent pas et, en tant que traître à son uniforme, ne le laissent pas sur place avec quatre balles dans la peau.

Ils se dépêchent de déjeuner et ils partent aussitôt à leur réserve de bois. Le froid n'est pas très vif, mais quelques flocons commencent à voltiger. Ils sont bientôt de retour, chargés d'un énorme tronc sec, exténués par l'effort. Le vent est tombé, mais la soirée se terminera sans que la neige ait fait vraiment son apparition. Le ciel est très chargé, et cette accalmie ne présage rien de bon. Peut-être demain... En tout cas, ils ont de quoi se chauffer pendant quelques jours. Et même s'il fallait sortir, pour aller chercher d'autre bois dans la neige ! Ils ont lu des histoires semblables dans les romans de Jules Verne ! Leurs lectures d'adolescents ne sont pas tellement lointaines et elles reviennent souvent dans leur conversation. On pourrait dire qu'elles les guident dans certaines situations. Et ils s'endorment ce soir-là avec l'espoir de recevoir le lendemain, non seulement le ravitaillement qu'ils attendent avec impatience, mais aussi la correspondance, car depuis trois semaines ils sont sans nouvelles de la famille.

***

Top réveille ses maîtres le lendemain avec d'étranges grognements et en ouvrant leurs yeux ils remarquent une lumière blanche qui inonde la pièce comme si la route était ensoleillée. En fait, il neige et dix centimètres recouvrent déjà le sol d'une blancheur immaculée. On dirait que, comme dans un théâtre, le décor a changé, et le paysage ainsi transformé, recouvert d'un riche manteau étincelant prend subitement un aspect féérique. Ils regardent la neige tomber à gros flocons, serrés, lourds, quand tout à coup Top commence à donner des signes d'impatience. Que peut-il bien avoir ?

— C'est peut-être un ours qui rôde dehors, dit José, toujours influencé par Jules Verne.

Et voilà Top qui saute par une fenêtre en aboyant furieusement.

— Si c'est un ours, dit Carlos, nous allons bientôt le savoir, et de notre Top il ne restera pas grand chose.

Mais José n'ayant pas trouvé la plaisanterie à son goût se met à préparer une cartouche de dynamite avec son détonateur et sa mèche — avec les dents, s'il vous plaît, comme le lieutenant le leur a enseigné — en disant :

— Je te répète que si c'est un ours, je lui lançe ça et nous aurrons de la viande pour quelques jours.

— N'attends pas, en tout cas, qu'il soit trop près de la maison, car nous sauterions avec.

Et il sort pour inspecter les alentours, en appelant Top, bien décidé à revenir avec une peau d'ours et son contenu, bien sûr.

Peu de temps après, José revient, oui, mais en disant un peu déçu :

— J'entends le bruit du camion qui s'approche, je n'aurais jamais un ours à mon tableau de chasse !

La sonorité de la gorge a changé à cause dc la neige, comme dans une maison, quand on met les meubles, les tapis, les tentures. L'ambiance devient feutrée, le bruit du torrent n'est plus le même et ils peuvent percevoir l'écho du moteur du camion, qu'ils désespéraient de voir arriver aujourd'hui. Mais comme un mirage, l'écho disparaît pour réapparaître encore, mêlé au bruit du torrent. Avaient-ils bien entendu ? Les lacets de la route sont la cause de ce phénomène, et quelque temps après ils n'ont plus de doute. Enfin le voilà. C'est Top qui avait raison. Comment a-t-il perçu, bien avant ses maîtres, l'approche de quelque chose, pour lui insolite ? Certainement grâce aux facultés extraordinaires de perception dont les animaux sont doués. Les pattes, l'odorat, ou les oreilles leur permettent de sentir la présence, quelquefois d'un danger, ou de leur maître bien avant qu'il n'arrive à la maison.

Top n'est pas très content en voyant le lieutenant et le chauffeur descendre du camion, et Carlos a été obligé de le tenir et de le faire taire, pour qu'ils puissent rentrer à la maisonnette. Ils se sont précipités à l'intérieur avant même de dire « bonjour », pour s'installer devant le feu de la cheminée.

Tout en se réchauffant ils racontent qu'ils n'ont eu aucune difficulté pour rouler jusqu'aux premiers postes, mais que la dernière portion de route est la plus enneigée. Le lieutenant jette un coup d'œil sur les trente caisses d'explosif et fait des compliments sur l'aménagement de l'ensemble. Même la présence du chien, il la trouve excellente. Il vaut une sentinelle, selon lui, même quand il dort.

José profite de la conversation engagée au sujet du chien pour dire :

— Le hasard fait bien les choses, lieutenant, et j'espère que le ravitaillement est plus copieux que celui de la dernière fois, car nous sommes trois, Top mange aussi.

Le lieutenant répond avec une plaisanterie, en se mettant à rire. Quand il s'arrête il reste perplexe. Moment que Carlos saisit pour ajouter :

— Il fait partie de l'armée ; il nous obéit au doigt et à l'œil, je crois qu'il mérite sa ration.

— Je vous promets de vous l'apporter dès mon prochain passage, dit-il, en notant quelque chose sur son carnet.

— Comment se fait-il que nous ayons droit à tant d'égards ? pense Carlos en regardant discrètement son frère, comme pour lui transmettre ses réflexions.

Il est vrai que dans l'armée, la camaraderie existe, bien sûr, mais entre ceux du même grade, et encore c'est une question de sympathie. Pourtant, le lieutenant engage avec les deux frères Morella une conversation bien agréable, en racontant qu'il avait été à Madrid.

En même temps, sans s'arrêter de parler, il sort de sa sacoche leur courrier. Parmi les lettres il y en avait une avec enveloppe à en-tête « Hôpital Militaire de Madrid. L'Administrateur ».

— J'y ai fait un séjour, à cet hôpital, dit-il, après ma blessure à la Cité Universitaire. Ce n'est pas votre père ? ajoute-t-il, en indiquant le mot « Administrateur ». Il me semblait bien que votre nom ne m'était pas inconnu, mais... c'est loin... j'ai quitté Madrid il y a deux ans.

— Vous avez deviné, c'est bien lui, dit Carlos.

Le lieutenant continue la conversation en disant qu'il était sorti de l'école normale d'instituteurs deux ans avant le début de la guerre. Il est originaire de Madrid comme eux, et peut-être s'étaient-ils croisés dans la rue ou rencontrés lors des tournois sportifs entre écoles.

Il fait bon devant le feu, tandis que dehors la neige tombe toujours, et le temps passe insensiblement à égrener des souvenirs, autant de liens qui deviendront plus tard la base d'une solide amitié.

C'est le chauffeur qui vient interrompre ces moments d'agréable entretien en rappelant au lieutenant qu'ils doivent revenir au Q.G. pour charger de nouveau et repartir ravitailler les postes de la route de B. Mais le lieutenant ne semble pas pressé de s'en aller. Il y a longtemps sans doute qu'il n'a pas rencontré des interlocuteurs avec qui sympathiser. Et la conversation se poursuit encore sur la situation au front de l'Ebre.

— Les opérations sont ralenties à cause du froid, dit-il, et à mon avis, ne reprendront que dans deux mois, fin janvier. D'ici là, si nous recevons assez de matériel, l'issue de la bataille peut changer, bien que l'ennemi, lui aussi, accumule certainement de quoi se défendre, et puisse même attaquer à l'improviste. Ce dernier choc va être décisif et terrible.

Le lieutenant regarde sa montre : il a passé deux heures à bavarder !

— Pressons, dit-il à son chauffeur en riant, nous mettrons le retard sur le compte de la neige.

A bientôt, leur crie-t-il.

*
* *

Après le départ du camion, ils font l'inventaire des vivres et les prévisions de consommation pour les jours à venir, jusqu'au prochain ravitaillement.

La lettre de leur père, vieille de trois semaines a été adressée à Barcelone. Elle a fait le trajet Valence-Barce-

Carlos reçoit aussi une lettre d'Adeline...

lone par mer, la route étant coupée depuis quelques mois à hauteur de Tortosa. Quand leur père l'a écrite, il n'était pas question de leur destination actuelle et ses mots de patience et de courage ont aujourd'hui un sens dépassé. Il est surtout prolixe en nouvelles de la famille car, lui, ne manque pas de téléphoner souvent à leur mère, qui se trouve réfugiée depuis octobre 36 dans la région de Valence ; d'abord à Jativa, puis à Onteniente, avec leur sœur et leur plus jeune frère.

Carlos reçoit aussi une lettre d'Adeline, la jeune fille avec qui il entretient des relations plus qu'amicales depuis qu'ils se sont rencontrés, six ans auparavant, liaison amoureuse chaste et platonique, qu'ils pensent transformer en mariage dès la fin de la guerre, car aucun d'eux ne conçoit la vie sans celle de l'autre à ses côtés. C'est elle qui a réexpédié la lettre de leur père ; Carlos en effet, a demandé à Adeline de surveiller son courrier et lui a donné son adresse, avant de quitter Barcelone.

Adeline qui habitait avec ses parents le quartier de Madrid qu'on appelle les Quatre Chemins, est partie avec sa famille vers Murcie et ils ont trouvé refuge à Jumilla. Carlos a eu l'occasion d'y aller la voir et même de rester quelques jours, à la faveur d'une permission, dans la pension où elle s'est installée. C'était au mois de mai 1937, la guerre battait son plein. Les passions et les désirs sont, dans ces circonstances, exacerbés jusqu'au paroxysme, ils deviennent affectivité violente et le plus sain jugement ignore alors la morale qui n'est qu'un obstacle à la réalisation totale des rêves.

Et ils n'étaient pas à l'abri des tentations !

Combien de promenades ont-ils faites à travers les champs d'orangers ce printemps de 1937, alors que Carlos venait de quitter le front de Madrid où il était depuis le début du conflit ! Promenades qu'ils préféraient faire le soir, car c'est le moment où le parfum des fleurs est plus intense et plus enivrant.

Un jour, après déjeuner, par un temps splendide ils ont dirigé leurs pas à travers les vieilles rues du village montant par gradins vers les champs cultivés en dehors du bourg. Plus loin, ces champs faisaient place à des terrains arides et rocailleux, où végétaient des oliviers, et qui contrastaient avec les vergers et les potagers ceinturant le village d'une zone de verdure. Les champs montaient vers une colline couronnée d'un vieux château en ruines. Comme des gamins, une fois là-haut, ils ont sauté par-dessus des murs, visité des souterrains obscurs et crié entre les parois pour entendre l'écho.

Quand fatigués, ils se sont assis du côté d'une falaise opposée au village et surplombant une route, le soleil commençait à prendre les teintes dorées du couchant et le ciel bleu intense de la journée devenait rose pâle. Tout en regardant le magnifique tableau qui s'offrait à leurs yeux, et qui les incitait à vivre pleinement, Carlos et Adeline ont échangé une fois encore leurs serments, et ils ont fait des projets pour l'avenir, avant de redescendre au village.

Ils aimaient jouer avec le feu, se brûler juste le bout des ailes. Le risque était leur plaisir. Et ils trouvaient plaisir à augmenter chaque fois le risque. Comment ont-ils fait pour résister ? Alors que tout les attirait l'un vers l'autre, qu'ils pouvaient être séparés à tout jamais, ou disparaître dans la tourmente. Alors que pendant la guerre, la jouissance immédiate des plaisirs devient la règle de conduite, quelle force ont-ils eue pour s'imposer des limites ? Cette ascèse, du reste, renforçait encore leur passion.

Carlos venait de passer huit ou neuf mois dans les tranchées, au front, dans le secteur de Madrid et il avait à plusieurs reprises frôlé la mort, et vu nombre de ses camarades tomber autour de lui. Il pouvait être envoyé de nouveau dans des endroits où la vie se joue à pile ou face à chaque instant. Un soir, ils étaient accoudés au balcon de la chambre de Carlos et regardaient ensemble des hirondelles se poser par terre rapidement et y ramasser de la boue, dans la rue, pour faire leur nid. Carlos était comme perdu dans un rêve ; à peine sentait-il la présence d'Adeline à ses côtés. La vue des hirondelles lui avait rappelé des vers romantiques, que quelques années auparavant, comme élève, il avait dû apprendre par cœur et auxquels il pouvait aujourd'hui donner un sens particulier ; et tout naturellement il se mit à réciter...

Les obscures hirondelles reviendront
Accrocher leurs nids à ton balcon,
Et encore une fois, sur les carreaux, avec leurs ailes,
En jouant, elles appelleront.
Mais celles qui réfrénaient leur vol
Pour contempler ta beauté et mon bonheur,
Celles qui apprirent nos noms...
Celles-là... jamais ne reviendront.

— Je ne sais pas si un jour nous ferons comme elles... a dit Carlos avec un soupir. La guerre sera longue et si je viens à mourir, je veux que tu puisses appartenir à un autre homme avec toute ta dignité. C'est de cela que moi je fais mon honneur.

L'année suivante en 1938, comme Carlos était destiné à Barcelone, Adeline arriva à convaincre sa famille de s'y fixer. Ils ont continué à jouer avec le feu dans des multiples occasions, sans jamais se brûler. Il faut dire que depuis six ans qu'ils se connaissaient, ils étaient d'accord sur quelque chose d'essentiel à leurs yeux, et ils avaient adopté leur ligne de conduite : la possession du corps aimé, en devenant une communion — « un seul corps, une seule chair » — était pour eux l'aboutissement de l'amour-désir. Or cet amour-là, ils n'étaient pas pressés de le voir aboutir : il demeurait leur espoir, leur raison de vivre.

Carlos revit comme dans un rêve ces heures qui lui paraissent maintenant si lointaines, après la lecture de ces lettres et il a le regard vague vers les flammes, image pour lui symbolique de ce feu auquel ils ne se sont jamais brûlés.

Son frère, en l'appelant plusieurs fois, réussit enfin à le tirer de sa rêverie.

— Tu sais, nous avons trop d'huile. Nous devrions faire une lampe, lui dit-il sans transition.

— Bonne idée, ainsi nous pourrons, dès la tombée du jour, écrire ou nous distraire, sans dépenser nos bougies.

Rien de plus facile ; avec une vieille boîte de conserves et en s'inspirant des lampes romaines, ils réussissent à en fabriquer deux, pour s'éclairer convenablement.

Et leur vie s'organise, dans l'attente de l'inéluctable retraite à laquelle ils ne veulent même pas penser. Ils ont convenu qu'il est impossible de prendre des décisions à l'avance et que, le moment venu, ils devront trouver des solutions immédiates aux problèmes au fur et à mesure qu'ils se présenteront. Donc, seulement le présent les intéresse et naturellement le passé. Car ils ont le temps matériel et le loisir, le seul, de revivre ce passé, si récent cependant, mais qui constitue les premiers chapitres de leur existence.

Le lendemain Carlos revient voir ses compagnons, sous le pont, pour connaître leurs impressions après le passage du lieutenant. Le Catalan est loin de partager ses vues, quant au Castillan un peu amorphe, il ne souffle mot. Comme le temps est meilleur que la veille, et bien que la neige n'ait pas complètement disparu, Canals lui propose d'aller faire un tour. En se promenant tout seul, il a remarqué en travers de la rivière un câble avec une nacelle, et il voudrait savoir où elle peut bien les conduire. Pour s'y aventurer, il faut évidemment être à deux.

Ils ont donc marché le long du torrent pour trouver, en effet, un câble bien tendu et ancré solidement dans les rochers des deux rives. En face une minuscule nacelle, sorte de caisse à claire-voie suspendue par deux poulies, peut se déplacer pour des allers et retours à l'aide d'une corde dont les extrémités sont attachées à la nacelle, et qui passent par deux roulettes fixées aux poteaux supportant le câble. Pas question de monter tous les deux en même temps.

L'un après l'autre ils traversent la rivière dans cette espèce de cage à poules, avec les genoux au menton. La nacelle dès qu'il y a quelqu'un dedans part toute seule, car le câble, avec le poids, prend une flèche assez prononcée et il faut même la freiner. Par contre, à mi-chemin, presque à ras de l'eau, il faut employer toutes ses forces en tirant de la corde pour remonter l'autre moitié du parcours. Et la position inconfortable du passager ne lui rend pas la manœuvre particulièrement aisée. Mais le plus comique, c'est le débarquement. En arrivant, il faut lâcher la corde pour sortir de la nacelle, ce qui du même coup la fait revenir au milieu de la rivière.

Par trois fois Carlos a recommencé l'opération avant de se rendre compte qu'il y avait une branche, à côté du poteau, et à portée de la main, qu'il suffisait de disposer d'une façon astucieuse pour coincer la nacelle, et l'empêcher de redescendre.

Après ces péripéties, ils suivent jusqu'en haut de la paroi un sentier par où les chèvres ne voudraient pas passer. Là, quelques terres de culture et au loin une ferme. C'était donc un endroit habité ! D'ailleurs de la fumée s'échappe de la cheminée ainsi que de la vapeur d'un bâtiment situé en retrait.

— Ils sont en train de faire de l'huile, dit Canals.

— Décidément, ce Catalan connaît bien les coutumes des paysans de la région, pense Carlos, et il dit :

— Je leur achèterais bien un morceau de lard ou du jambon ; mais de l'huile, nous en avons assez. Si, en tout cas, ils veulent bien nous vendre quelque chose.

Leur arrivée a fait sensation. Visiblement ils n'étaient pas attendus. Ces gens se croyaient seuls, isolés et oubliés.

— Mais par où êtes-vous venus ? leur a lancé une vieille femme un peu agressive.

— Par votre nacelle, bien sûr, répond Carlos.

— Compliments, les gars. Vous êtes forts, car je vois que vous ne vous êtes pas noyés, leur dit un peu plus aimablement un vieil homme à l'âge indéfinissable.

Et il les fait entrer dans une grande pièce sombre, où devant l'âtre il se met à les questionner sur la guerre, sur leur situation, curieux de savoir d'où ils sont, ce que font leurs parents, quand cela va se terminer... Il a lui-même un fils sur le front de l'Ebre.

Tout en parlant il a coupé une tourte de pain de campagne, d'une dimension telle que Carlos n'en a jamais vu, par le milieu, et puis deux tranches bien régulières qu'il approche des braises. Carlos se souviendra longtemps du parfum de ce pain grillé.

Quand elles sont dorées, il les invite à le suivre. Dehors, sous un appentis, un âne tourne attaché par un attirail de cordes et de courroies, à une meule conique qui écrase lentement les olives dans une espèce de vasque taillée dans le granit. Par un trou latéral, l'huile coule dans un récipient qui est presque plein. Là, il plonge les deux tranches de pain qu'il tient entre le pouce et l'index de chaque main, les laisse s'égoutter quelques secondes avant de les leur offrir.

— Venez à table.

Sans se faire prier davantage, Carlos et son compagnon feront honneur à ce qui doit être pour leur hôte un rite, en buvant en même temps un bol de lait bien chaud.

Avant de partir, il leur donne dans un petit sac, du lard, de la viande salée et du fromage, avec une poignée d'oignons et de l'ail pour assaisonner leur cuisine. « L'argent, dit-il, bientôt ne servira à rien. »

En les accompagnant quelques pas sur le retour, il croit bon de les avertir :

— Demain je descends couper le câble !

Evidemment il a pris peur que des gens moins bien intentionnés qu'eux, ne viennent chez lui du côté du torrent, et comme ferait un châtelain qui remonte son pont-levis, il préfère, lui, rendre inutilisable le seul moyen qui le relie à la route.

Ils ne sont plus revenus le voir, et pour cause.

⁂

A leur arrivée au pont, le compagnon de Canals achevait la préparation de leur repas. Ils se sont partagé les victuailles et Carlos s'est dépêché de remonter la route pour rejoindre son frère qui devait s'inquiéter à son sujet. Il n'avait pas fait la moitié du chemin que Top était déjà devant lui, tellement content qu'il est aussitôt reparti en aboyant pour prévenir son frère de son retour.

Les journées se succèdent, monotones, avec toujours les mêmes corvées : le bois, la cuisine, l'eau. Ils ont fini de calfeutrer les fenêtres et ainsi ils n'ont plus froid. Pour meubler leurs soirées, ils ont sculpté, assez sommairement, en buis, les pièces d'un jeu d'échecs et ils font des parties mémorables, près de la cheminée, tandis que Top dort d'un œil, couché à leurs pieds.

C'est au cercle militaire de Valence qu'ils ont appris à jouer aux échecs. Ils s'y étaient rendus sur le conseil de leur père pour y trouver un de ses collègues qui devait se charger de leur installation dans cette ville en 1937. Leur père ayant des relations partout, dans le milieu de l'armée, bien sûr, car il avait beaucoup voyagé, cela leur avait permis à eux aussi, étant enfants, de parcourir une bonne partie de l'Espagne et même du Maroc. Entre 1918 et 1925, Carlos et ses frères avaient déjà traversé l'Espagne en train, de Vitoria à Malaga, puis en bateau, ils étaient allés à Melilla, ensuite à Barcelone, pour revenir à Zamora et Madrid. Adolescent, Carlos avait fait la connaissance de Séville lors d'un congrès d'étudiants, ainsi que plus tard celle de Valence, Murcie, Saragosse et de toute la côte méditerranéenne. Il ne comptait plus les fois qu'il était allé visiter Tolède, Aranjuez ou le Palais de l'Escorial.

De ces voyages Carlos garde de merveilleux souvenirs. Il entend encore la voix de son père, quand il arrivait à la maison en annonçant « à la fin du mois, nous partons ! » Où ? Cela lui était égal. Sa mère avait les larmes aux yeux, parce qu'elle se rendait compte du travail à faire, avec quatre jeunes enfants, une maison à déménager et à remonter ailleurs, mais lui, il était heureux de voir les meubles démontés, la vaisselle entourée de paille dans les caisses, le train... peut-être le bateau. Surtout les voyages en bateau le fascinaient ! Pour lui c'était synonyme d'aventures. Et pourtant, ces bateaux n'étaient pas des luxueux paquebots pour touristes en vacances, mais des caboteurs qui passaient la journée dans un port à charger et décharger les marchandises — quelquefois des chevaux — et la nuit se déplaçaient d'un port à l'autre. Et c'est justement cela qui est inoubliable pour un enfant de six ans. Chaque matin il se réveillait dans un port différent, il visitait une autre ville ; tramway à Alméria, autobus à Valence, et puis c'était le retour tous les soirs au bateau : une vie de marin en somme. Il fallait huit jours pour aller de Melilla à Barcelone, mais il trouvait toujours que les voyages étaient trop courts et il les aurait volontiers recommencés aussitôt en sens inverse.

Les souvenirs de leur existence au Maroc sont aussi frais que s'ils dataient d'hier. C'est à la plage de Melilla qu'il avait appris à nager : un soldat qui était l'ordonnance de son père, l'y conduisait tous les après-midi, ainsi que son frère José. Il avait cinq ans et son frère tout juste seize mois de plus. Après le bain, comme tous les enfants, ils faisaient des châteaux de sable ou des puits pour voir l'eau sourdre dans le fond.

Un jour José enfonçait déjà son bras jusqu'à l'épaule lorsqu'il poussa un cri. Il s'était fait mal avec quelque chose de dur dans le fond du trou. Il continua de gratter et enfin il dégagea une pièce de cinq pesetas en argent. Et cinq pesetas à cette époque-là c'était le salaire mensuel d'un ouvrier de la campagne. Ouvrier qui, étant payé à la semaine — ou à la journée — voyait rarement une belle pièce d'argent. Depuis, ils auront fait beaucoup d'autres trous dans les sables de combien de plages, sans jamais trouver un centime !

La carrière de militaire du père imposait à la famille des déplacements fréquents d'une ville de garnison à une autre. Jamais plus de deux ou trois ans de stage dans le même endroit. Et, comme des escargots, ils voyageaient en traînant leur maison. C'est pourquoi « pas de bibelots inutiles » disait la mère.

Pour tous ces déménagements, le père avait fait faire des grandes caisses d'emballage, avec des grosses planches, que Carlos voyait après toutes petites, là-haut, accrochées par la grue du bateau. Ces caisses, une fois arrivées à destination, étaient démontées soigneusement — elles serviraient certainement bientôt — et rangées jusqu'au prochain voyage dans quelque grenier, ou bien dans une chambre que la mère appelait « la chambre aux lions », probablement parce que c'est là que tous les frères, et même quelquefois la sœur, aimaient se retrouver pour jouer.

Avec les côtés des caisses, les couvercles et leur imagination, ils avaient vite fait de transformer la chambre en un authentique Saloon et bientôt c'était la bagarre de Buffalo-Bill contre les visages pâles. Ce Western durait des heures, et quand ils étaient tous « morts », la sœur qui leur avait d'abord servi à boire pour faire plus vrai sur un comptoir improvisé, se déguisait en infirmière et allait les soigner avec une bassine d'eau fraîche et une éponge et, à force des les chatouiller, les faisait ressusciter. Quand la mère arrivait, les voyant tous par terre... « pires que des lions », disait-elle.

Leur sœur, Mary, était née à Malaga, un jour de forte chaleur, de la fin août 1919. La mère se plaisait à raconter que ce jour-là, il y avait eu un tremblement de terre, tandis qu'elle était dans les douleurs. Des chevaux logés dans une écurie voisine de la maison n'avaient pas cessé de piaffer bien avant le phénomène, comme s'ils l'avaient pressenti. Les meubles s'étaient déplacés, les lustres s'étaient balancés, au moment même de sa naissance. Pour la taquiner, plus tard, ses frères lui disaient qu'elle avait fait trembler la terre, en venant au monde par les fesses, ce qui était d'ailleurs vrai.

Carlos n'avait que trois ans quand il était à Malaga. C'est pourquoi il lui reste si peu de souvenirs, des impressions plutôt : l'image floue d'un balcon « mirador » tout vitré, comme il y en a tant en Andalousie, le cri du marchand de patates douces portant dans son panier, bien enveloppées dans une toile pour être conservées chaudes, les patates cuites au four. Probablement le même qui vendait des mûres de roncier (« moras de zarza, moras ! ») à la saison propice. De petits métiers qui permettent d'imaginer la vie de nos ancêtres au Moyen-

Age. Pourtant parmi ces souvenirs si lointains, si imprécis, il en est un qui se détache, définitivement gravé dans la mémoire, accompagné presque d'un dédoublement : il se voit dans ce « mirador », petit garçon de trois ans, atterré et criant de stupéfaction au passage dans le ciel d'un aéroplane. Le premier aéroplane qu'il voyait ! Quelque chose de surnaturel, bien sûr, pour son intelligence.

Par contre de Melilla... il sent encore ses mollets fouettés par le sable que le vent chaud soulevait du sol. Le picotement était à la longue douloureux et il était obligé, pour protéger ses jambes, de s'accroupir, le dos tourné au vent, et la tête entre ses bras afin de se boucher les oreilles. Quand le sable envahissait la ville, poussé par les tempêtes venant du sud, dans les rues se formaient des tas qui se déplaçaient au gré du vent et il en avait plein les cheveux en rentrant à la maison. Ce qu'il n'appréciait pas davantage, et il poussait des cris de comédien pour le manifester, c'était le coup de peigne énergique de sa mère pour lui nettoyer la tête.

∴

Tous ces souvenirs, Carlos et son frère aîné ont largement le temps de les évoquer les soirées où ils ne font pas leur partie d'échecs. Et comme s'il s'agissait d'un concours entre eux, chacun doit trouver le plus ancien. Ayant été des camarades de jeu inséparables, leurs souvenirs en général concordent ; seulement l'un ou l'autre, de temps en temps, a un mot à ajouter pour préciser une situation, ou pour compléter une idée.

De l'Afrique, ils parlent des soirées entières. C'était le temps heureux où ils n'allaient pas encore à l'école et où ils passaient les journées à jouer sur des terrains vagues à côté de la maison, surveillés constamment par la mère, qu'ils voyaient apparaître régulièrement aux fenêtres de l'appartement.

Leur frère Alfred est né là-bas, à Melilla en 1920. Plus exactement, un Monsieur le leur avait apporté dans une sacoche. Oui, un Monsieur avec un uniforme. C'est leur père qui leur avait annoncé cela. Et les deux frères se sont installés dans le balcon pour guetter toute une matinée tous les passants en uniforme : aucun n'entrait dans leur immeuble. Enfin, un coupé est arrivé, tiré par un cheval. Le Monsieur en uniforme, sans doute un médecin militaire que le père avait appelé, est descendu. Et effectivement il avait une sacoche. Quand il est entré chez eux, le père les a envoyés chez des voisins. Carlos n'a jamais su ce qu'il y avait dans la sacoche, mais en fin de soirée, le père vint les chercher et leur présenta le petit frère Alfred. Il voit encore sa mère couchée à côté du berceau, mais avec ses quatre ans, il n'a pas fait le rapprochement qui s'imposait.

C'est peu de temps après que Carlos et son frère José attrapaient la coqueluche. La mère les soignait avec des gouttes qu'elle débitait d'un flacon à la forme peu courante : le bouchon présentait cette particularité qu'il fallait le tourner d'un quart de tour, avant d'incliner le flacon pour que les gouttes se formassent à l'extrémité d'un appendice du bouchon qui ressemblait à un museau de cochon en miniature.

Quand ils ont été pratiquement guéris, les deux plus jeunes l'ont attrapée à leur tour, probablement contaminés par les aînés. La sœur commençait à marcher, mais le cadet n'avait que quelques mois. Les parents désespéraient de le sauver. Il étouffait dans ses quintes de toux, à en perdre connaissance.

La mère avait allaité le frère aîné et Carlos ; pour la sœur elle fut obligée d'avoir recours à une nourrice. Le frère cadet, lui, dut se contenter des boîtes de lait condensé sucré. Est-ce cela qui l'a sauvé ? En tout cas les parents, à partir du jour où le jeune frère fut mieux, puis hors de danger, vouèrent un culte au lait condensé d'une certaine marque.

Le fait d'avoir été si malade et à l'article de la mort âgé de quelques mois ne l'empêcha pas, plus tard, de travailler à l'école ou au lycée avec beaucoup plus de facilité que ses autres frères. Quand Carlos était en Agro, il avait l'habitude de travailler le matin en se levant souvent à quatre ou cinq heures. Alfred, alors en première ou en terminale lui disait le soir :

— Puisque tu te lèves à cinq heures, appelle-moi à six heures, j'ai une leçon à voir.

A six heures, comme convenu, Carlos allait le réveiller. Celui-ci répondait, faisait demi-tour dans son lit et il continuait de dormir. Toutes les demi-heures, Carlos revenait l'appeler sans plus de succès ; Alfred faisait demi-tour dans l'autre sens... et dormait toujours. Quand enfin il était l'heure de s'en aller, il se levait, faisait une toilette de chat, avalait son petit déjeuner à genoux sur une chaise, tout en feuilletant son livre de classe et partait en trombe.

A la fin de l'année, Carlos en travaillant sérieusement arrivait à obtenir ses moyennes, alors que le frère cadet, fatigué tous les matins des sorties tardives du soir ou des bals, qu'il appréciait beaucoup, ne pouvait — et c'était normal — travailler avant d'aller en classe. Carlos le voyait donc rarement travailler.

Comment faisait-il alors pour récolter tous les prix à la fin de l'année ?

— Prix d'honneur en Physique, premier prix en Maths, prix d'honneur en Chimie, etc., annonçait-il froidement fin juin !

C'était en quelque sorte écœurant ! Par moments Carlos avait l'impression même qu'Alfred se moquait des autres. Il faut croire que la coqueluche ne lui avait pas laissé de séquelles. Carlos comprit plus tard que son frère cadet était doué, et bien plus que lui. En quelques minutes, en lisant les pages en diagonale, il avalait une leçon de n'importe quelle matière et, comme en plus il avait une grande mémoire, son travail était fait en peu de temps. Quant aux Maths, c'était pour lui un amusement ! En terminale, c'est lui qui fit presque tous les cours de l'année, à la place du professeur qui allait s'asseoir avec les autres élèves.

∴

Trois jours se sont passés depuis le dernier ravitaillement. Aujourd'hui, Carlos et son frère attendent le lieutenant qui doit leur apporter le courrier, la nourriture de l'esprit, aussi importante que celle du corps, car elle maintient leur moral, et ils en ont besoin. Il pleut toute la journée et ils ne peuvent pas sortir sans leurs imperméables. Cette grisaille est démoralisante !

Le camion passe le matin de bonne heure, annoncé par les aboiements de Top qui a rapidement reconnu le lieutenant et le chauffeur, se montrant cette fois-ci plus sociable, comme s'il savait qu'ils lui apportent ses rations.

Le courrier est toujours retransmis par Adeline depuis Barcelone, suivant les consignes que Carlos lui avait données. Elle est assez inquiète quant à l'issue de la guerre. « Qu'allons-nous devenir ? » dit-elle. Carlos lui répète dans toutes ses lettres que, même s'il est obligé de faire une retraite jusqu'en France, il pourra revenir dès que le calme sera rétabli. Et puis il ajoute « la France ne pourra nous garder indéfiniment et fera pression sur le gouvernement espagnol, pour qu'il nous ouvre le chemin du retour. » Dans chaque lettre il lui dit « quelques mois au maximum », pour la tranquilliser, mais lui-même n'en est pas tellement convaincu, et il a l'impression de faire un pieux mensonge.

En réalité, Carlos a par moments des doutes, et il en discute avec son frère. Les nouvelles du front ne sont pas bonnes. Les franquistes ne sont pas disposés à terminer la guerre autrement que par l'extermination des « rouges ». Ils refusent tous les appels du gouvernement républicain pour mettre fin à cette tuerie par un armistice quelconque. Dans ces conditions ceux qui passeront la frontière ne pourront plus revenir et, s'ils reviennent, ils paieront aussi cher leur audace que tous ceux qui vont se faire prendre à Madrid ou ailleurs, les armes à la main ou en ayant sur la conscience seulement le délit d'avoir servi la république. Le camp, la prison ou le poteau d'exécution les attendent !

Carlos mesure ces jours combien il est difficile de vouloir remonter le moral de quelqu'un, alors qu'il a perdu lui-même tout espoir. Il voit l'avenir bien sombre. Et, comme il connaît très bien Adeline, il sait qu'elle doit lire entre les lignes, et qu'elle devine ce que lui n'est pas capable de lui avouer. Est-il possible qu'ils ne réalisent jamais leur beau rêve, qu'ils aient été trompés par un mirage pendant tant d'années ? Est-il possible que ce soit le prix de sa Liberté ?

Carlos a toujours pensé, et il n'est pas seul à le croire, que la guerre d'Espagne n'est que le prologue d'un conflit plus important. Quand éclatera-t-il ? Quand et comment se terminera-t-il ? Que seront-ils devenus ? Autant de questions auxquelles il ne peut répondre que par... « qui vivra verra ». Et il faut vivre au jour le jour en essayant de sauver sa peau, comme ils le font depuis trois ans, avec l'espoir de pouvoir déclamer après la tourmente... « Heureux qui comme Ulysse... »

En attendant, ils sont là, prêts à illustrer les dernières pages de l'histoire de cette guerre par un feu d'artifice qu'on aurait bien pu éviter s'il n'y avait pas eu en

Espagne depuis tant d'années ce manque de respect des idées d'autrui, cette intolérance devenue à la fin intransigeance fratricide.

Il paraît, d'après des bruits qui courent, que la population civile du côté franquiste souffre beaucoup moins du manque de ravitaillement que celle du côté républicain. Celui-ci ne dispose que des quelques ports sur la Méditerranée qui sont continuellement harcelés par les marines italienne et allemande. Les derniers jours passés à Barcelone ils n'ont même pas vu de queues devant les boutiques. Il n'y a plus rien à vendre. Un misérable chou se vend au marché noir à des prix fabuleux. C'est la famine ! La première année de la guerre tout le monde, armée ou civils, a été ravitaillé par les régions proches de la côte de Valence et le riz était presque la base de la nourriture. Mais, dès la deuxième année il n'y avait plus un grain de riz : c'était du matin au soir des pois chiches, qui disparaîtraient à leur tour mystérieusement pour laisser la place à des lentilles, importées, paraît-il, du Mexique et que tout le monde appelle « les pilules du docteur Negrin », celui-ci étant le chef du gouvernement.

⁂

En voyant la charcuterie et le lard de leurs rations, Carlos pense à Zamora où il avait vécu en 1923. Ville du nord-ouest de l'Espagne, tout près de la frontière portugaise, caractérisée par des hivers très froids. A l'époque, elle lui semblait une grande porcherie, car il y avait des cochons partout. Toutes les maisons avaient des grands portails donnant accès à des couloirs voûtés, au fond desquels s'ouvraient des cours où se tenaient des porcs, plus ou moins nombreux suivant la richesse des gens, ce qui les classait probablement dans l'échelle sociale.

...un porcher qui longeait les ruelles en jouant une espèce de pipeau...

Quand Carlos allait avec son frère aîné à l'école, ils étaient inquiets tout le long du chemin, car ils se trouvaient souvent, dans une ruelle étroite, sale et malodorante, tout à coup face à un troupeau de porcs qui s'avançait vers eux. C'était à chaque fois le même mouvement de panique, comme s'il se fût agi d'une troupe de rhinocéros, et ils avaient vite fait de se garer pour les laisser passer.

Souvent, le troupeau n'appartenait pas au même propriétaire. Il y avait dans le quartier un porcher qui, tous les jours de bonne heure, longeait les ruelles en jouant une espèce de pipeau, et au fur et à mesure qu'il avançait, c'était merveille de voir les porcs sortir de leur maison par groupes de quatre ou cinq, quelquefois plus, et se mettre à le suivre. Le matin, il les amenait ainsi dans les forêts proches où, suivant la saison, ils trouvaient des glands, des châtaignes. Le soir, il revenait avec son troupeau toujours derrière lui et, en faisant le chemin en sens inverse, il parcourait les mêmes rues du quartier, de telle sorte que, quand il arrivait chez lui, il se retrouvait tout seul. Les porcs, en passant devant leur portail, reconnaissaient leur maison et, « sans rien lui dire » lui faussaient compagnie et rentraient chez eux. C'étaient des bêtes énormes, avec des taches noires, mais ce qui frappait le plus, c'était de voir leur ventre traîner par terre, quelquefois même écorché et sanguinolent.

A la Saint-Martin, tout le pays était en fête et c'est là que Carlos avait assisté à la première course d'ânes. Il y en avait de tout petits, et de grands, presque aussi hauts que des chevaux. Tous étaient parfaitement étrillés, avec le poil bien luisant, bien harnachés et couverts de guirlandes de pompons et de clochettes. Tous les jours ils transportaient des fardeaux aussi gros qu'eux, ou bien ils étaient attelés à quelque carriole.

Ce jour-là, dès que le signal de la course était donné, on aurait dit qu'ils le faisaient exprès : aucun ne voulait avancer, sauf ceux qui, en train de braire, couraient derrière une ânesse de leur goût. D'autres faisaient carrément demi-tour et s'en allaient dans le sens contraire. Quelquefois, tout près du but, c'était le refus d'aller plus loin. Du côté des cavaliers, d'abord c'était des cris d'encouragement, après, des coups sur les pauvres bêtes, mais le résultat n'était pas meilleur, car les ânes répondaient par des ruades et presque toujours le cavalier se trouvait projeté à terre et par conséquent disqualifié.

Quand l'époque des grands froids arrivait, c'était le moment de sacrifier les porcs qui avaient atteint le poids requis, bien engraissés par les glands et châtaignes de l'arrière-saison. Cela se passait dans les cours. La famille et les voisins y participaient. Il n'y avait pas d'abattoir, ou plus exactement l'abattoir était partout. Pendant des jours, au petit matin, on entendait les cris déchirants des animaux qu'on égorgeait. Au milieu de la rue on allumait un feu de paille pour brûler les soies de l'animal et toute la journée les gens s'affairaient à la préparation de saucissons, de pâtés de toutes sortes, de boudins, de jambons et à la salaison de toutes les viandes de la bête. Et quatre ou cinq porcs donnent énormément de travail : il faut être expert et avoir le matériel nécessaire.

Quand la corvée était finie chez l'un et après les pantagruéliques ripailles qui s'ensuivaient, tout le monde se retrouvait chez le voisin. L'hiver, toute la ville devenait une immense charcuterie. Même ceux qui ne faisaient pas l'élevage des porcs achetaient de la viande pour faire leurs conserves. C'est ainsi que même les parents de Carlos se sont trouvés pris dans le tourbillon et ils ont fait comme les autres, par esprit d'imitation ou parce que « si tout le monde le fait, il doit bien y avoir une raison ». Le grenier de la maison fut longtemps plein de saucissons, boudins et chorizos, spécialités de la région.

Dans ces pays froids où il neige beaucoup, les gens craignent de rester bloqués l'hiver sans pouvoir sortir pour chercher leur ravitaillement. Pour cela ils ont l'habitude de remplir les greniers de provisions. Et les parents de Carlos, pour ne pas faire autrement que les voisins, avaient acheté aussi quelques cageots de raisin qu'ils avaient suspendus. Ils avaient fait de même avec de petits melons. Pour les attacher il n'est pas question d'utiliser de la ficelle, car avec le poids du melon la ficelle entamerait l'écorce et le melon s'abîmerait. Ils les attachaient donc avec des lanières faites avec des vieux chiffons. Mais quel travail ! Cela paraît simple, cependant, il faut un bon tour de main pour que le melon ne glisse pas. Carlos et son frère, avaient aidé à ces opérations ; aussi de temps en temps, dans le silence de la nuit, on entendait un grand boum ! dans le grenier. Le matin, il y avait un melon par terre à moitié ouvert.

Dans ces vieilles maisons, avec des greniers pleins de victuailles, inévitablement, il y a toujours des souris, quand ce ne sont pas des rats. Dans les rues l'hygiène était inexistante. Le bétail passait à tout moment et les cours se trouvaient dans un état de saleté indescriptible. Quant à l'odeur... on finissait par s'y habituer. D'ailleurs le frère aîné y contracta le paludisme. Tous les trois jours il avait une poussée de fièvre ; il dut prendre longtemps de la quinine.

La famille habitait non loin du centre de l'agglomération, dans la rue principale d'un quartier populeux. Il y avait au rez-de-chaussée l'entrepôt d'un grossiste de Zamora qui était le propriétaire de la maison. Le premier étage était leur habitation. La porte de l'appartement n'était pas en haut de l'escalier d'accès, qui partait d'un grand couloir d'entrée, mais en bas. La fermeture était assurée par une espèce de verrou, comme on en voit sur les portes des granges, que l'on ouvrait depuis le haut des marches à l'aide d'un astucieux système de grosses ficelles, quand un visiteur voulait entrer. Ainsi, on tirait la ficelle, tout en criant « poussez ! ».

Un soir toute la famille était déjà couchée, lorsque Carlos entendit du bruit. Quelqu'un touchait à la porte en bas de l'escalier. Il s'est levé, frissonnant de peur, pour le dire à son père dont la chambre était trop loin pour qu'il puisse entendre quelque chose. Le père s'est aussitôt levé et il est allé écouter à son tour. Plus de bruit ! Il lui a dit « tu as dû rêver, va donc te coucher », mais il est resté, lui, à l'écoute quelques minutes. Le bruit a recommencé et Carlos a entendu son père parler de revolver. Il a mis la tête sous l'oreiller en se demandant ce qu'il allait arriver s'il rencontrait quelqu'un derrière la porte. Le père a donc descendu lentement les quinze ou vingt marches, — Carlos attendait le coup de feu — et il a ouvert la porte brusquement, en même temps qu'il actionnait un interrupteur qui se trouvait là... il n'y avait personne ! Ouf ! En regardant attentivement la porte il a remarqué que des rats ou des souris avaient laissé la trace de leurs dents, en rongeant le bord près du sol, par où ils voulaient entrer. Ce soir-là, Carlos mit longtemps à s'endormir.

En évoquant aujourd'hui ces souvenirs, les deux frères ne peuvent s'empêcher de penser à certains faits d'armes de « l'Ingénieux Hidalgo Don Quichotte de la Manche » qui se battait souvent contre des fantômes et, sans vouloir ridiculiser leur père, loin de là, ils reconnaissent que dans la vie quelquefois, on se trouve devant des situations qui font dire que Cervantes sera toujours d'actualité.

A Zamora les promenades familiales étaient rares. Le froid était toujours très vif, et le temps ne s'y prêtait guère. Mais une fois qu'ils sont allés, profitant d'une après-midi ensoleillée, à un grand parc au bord du Douero (fleuve redoutable avec son courant rapide et ses eaux boueuses) Alfred se perdit. Il devait avoir trois ans, pas plus. Et les voilà tous affolés à le chercher, en questionnant tous les promeneurs. Le temps passait, la nuit allait venir, quand enfin on le retrouva derrière un buisson où il faisait « consciencieusement » cache-cache, comme il leur avoua après, les ayant vus passer plusieurs fois sans se manifester.

Les parents natifs de la région proche de Gibraltar, n'étaient pas très à l'aise dans ce pays froid et ils parlaient souvent de ce qui avait été leur horizon jusqu'à leur mariage. L'immense rocher appelé « le peñon » dans la partie la plus méridionale de l'Andalousie, était le pôle d'attraction de beaucoup de gens qui allaient tous les jours y travailler, ou faire du commerce, quand ce n'était pas de la contrebande. Carlos aimait entendre son père lui raconter des histoires de contrebandiers, avec des poursuites épiques dans la nuit, sur les eaux calmes de la baie d'Algésiras, où parfois des chiens sillonnaient la surface à la nage, avec des boîtes étanches sur leur dos, pour transporter une poignée de tabac.

Il allait à l'école avec son frère aîné, dans un local sordide, avec un gros poêle au milieu de la classe, que l'instituteur lui-même attisait de temps en temps. Mais le premier contact avec la vie scolaire ils l'avaient eu à Mataro, petit village de pêcheurs au nord de Barcelone, où la famille était allée tout de suite après leur départ du Maroc. Un jour où l'école avait célébré la fête de son Saint Patron, tous les enfants étaient habillés avec une sorte de costume en drap bleu marine, avec le col et les poignets rouges. Et Carlos était bien fier dans ce déguisement, fait par sa mère, comme s'il avait voulu imiter son père avec son uniforme ! De Mataro, tous ses souvenirs sont ceux d'une enfance heureuse.

La maison, rue Llauder, non loin de la plage, avait une cour avec un jardinet. Dans le mur du fond était un grand lavoir avec un fronton en mosaïque, qui représentait une étoile et qui n'aurait pas déparé une villa romaine. Un héliotrope adossé au mur de gauche, parfumait — surtout les soirées chaudes d'été — la cour et même la maison. Un poulailler abritait quelques volatiles et cinq ou six lapins.

La mère de Carlos avait acheté au marché deux poussins qu'elle entreprit d'élever avec du pain trempé dans du lait et du jaune d'œuf. Elle les avait mis dans une boîte en carton avec quelques chiffons, et près du feu de la cuisinière pour les tenir au chaud. Un des poussins mourut assez vite. L'autre passa un mauvais cap, mais arriva à s'en tirer. Il devint le compagnon de jeu des enfants, les suivant partout comme un petit chien, dès qu'ils l'appelaient. C'était comique de le voir courir dans le long couloir et, arrivé au bout, comme le carrelage était très lisse, freiner avec son derrière en faisant des glissades, pour ne pas percuter la porte du fond dans son élan.

Quand il fut devenu un beau poulet, la mère le mit dans le poulailler avec ses congénères où il chantait cocorico de temps en temps. Au retour de l'école, ils allaient le voir et lui donnaient quelques minutes de liberté dans la cour, afin de jouer avec lui et de lui faire manger en récompense une poignée de grain ou une feuille de chou.

La mère aimait beaucoup les animaux ; s'occuper d'eux, les soigner, leur parler comme s'ils avaient été des personnes. Mais il fallait les tuer en fin de compte, et de cela elle était incapable. Une fois qu'elle devait sacrifier un pigeon, elle appela le père, lequel ne valait pas mieux pour ce genre de travail. Quelqu'un avait dû lui dire qu'il suffisait de tirer un peu de la tête pour lui déconnecter les vertèbres du cou, afin qu'il ne souffre pas. Le père tira tant et si bien qu'il la lui arracha complètement. Il était livide de contrariété de se voir ainsi, la tête dans une main, le pigeon sanguinolent dans l'autre, et furieux contre sa femme qui lui faisait faire de semblables corvées, à tel point qu'il fut malade quelques jours.

Près de la maison, une rue descendait en pente vers la plage. Les deux frères aînés, toujours inséparables dans ces escapades, aimaient y aller pour voir l'arrivée des petits chalutiers qui débarquaient leurs filets chargés de poissons. Les marins les sortaient de l'eau à l'aide de bœufs attelés avec des gros cordages. Et, pendant que les pêcheurs triaient les poissons, sardines, anchois, dorades, ils s'extasiaient devant cette masse grouillante de vie qui peu à peu devenait immobile.

A côté de la plage il y avait un terrain marécageux formé par un ruisseau qui se jetait là à la mer. Ils y allaient chercher des roseaux pour se faire des flûtes. C'est leur père qui leur avait appris à les faire ; il fallait couper un entre-nœud, ouvrir en sifflet une des extrémités et vers le milieu du tronçon lui faire une coupe en biais, en laissant autant que possible la membrane intérieure. Suivant la longueur de la flûte la note était plus ou moins grave. Et ils arrivaient à jouer en duo, les deux frères, quelque chose comme « au clair de la lune... » du matin au soir ; ce qui faisait prendre des crises à leur mère, et on la comprend, mais le coupable, disait-elle, était le père qui leur avait appris ! Mais, toute la famille était heureuse à Mataro, et la mère s'y plaisait particulièrement. Le climat lui convenait, la plage et le petit port de pêche lui rappelait Algésiras, son pays natal. Aussi versa-t-elle des larmes le jour où le père annonça le futur déménagement pour Zamora.

— Comment allons-nous faire, avec le froid qu'il fait là-bas ? dit-elle.

Avant de quitter Mataro, les parents de Carlos avaient souhaité connaître Argentona, un village proche où il y avait une source d'eau gazeuse. La campagne était belle et le temps propice à une excursion de toute la famille. La mère prépara les paniers avec la nourriture pour la journée, et le père loua les services de quelqu'un qui les conduisit le matin et les ramena le soir, avec une carriole tirée par un cheval. Sur une colline à côté du village, ils firent halte près de la source dans un endroit très ombragé et frais.

L'eau avait été captée par deux petits tunnels creusés dans la roche. Elle avançait le long de deux rigoles sommairement maçonnées, tandis que du plafond tombait comme une pluie. Deux bouts de tuyau, convenablement aménagés, facilitaient le remplissage des bouteilles ou carafes. Nuit et jour, elle coulait. Nuit et jour, elle se perdait par terre et s'infiltrait plus bas.

Pendant que les parents sur un feu improvisé préparaient le déjeuner, Carlos et ses frères jouaient à proximité de la source. Et naturellement ils allaient s'y désaltérer. Il n'oubliera jamais sa fraîcheur et son goût légèrement salé. Mais, surtout, la nouveauté pour lui, c'est qu'elle était « piquante », elle lui coupait le souffle ! Dans son verre, il regardait les petites bulles de gaz se former, puis monter à la surface avant de boire. Et il buvait... il buvait ! Son père à la fin s'en aperçut et, craignant qu'il ne fût malade le lendemain, lui interdit d'y revenir. Il fut obligé de boire en cachette à partir de ce moment. N'importe, la journée avait été pour lui un enchantement.

Cependant, elle fut gâchée rétrospectivement, lorsque la mère leur apprit, bien longtemps après, que ce jour-là ils avaient mangé le poulet qui avait tant joué avec eux. Elle l'avait fait sacrifier par son boucher, car il lui aurait été impossible de le faire elle-même. Carlos était incapable après, de manger du poulet, et bien des années passèrent avant qu'il n'en accepte le moindre morceau.

∴

Echec au Roi, dit José, en déplaçant un fou. La partie durait depuis un moment et, bien que sachant que son frère était plus fort que lui à ce jeu, ses attaques soudaines le surprenaient toujours. Elles avaient le don de le stimuler, on pourrait même dire, de le réveiller.

Carlos réussit à parer le coup avec un cavalier, mais la partie était pratiquement finie et perdue pour lui. Avec l'autre fou il prit son cavalier et l'échec fut mat. Décidément il arrive rarement à le vaincre. Il pourrait compter sur les doigts de la main les parties qu'il a gagnées. Son frère a l'art et la manière de le distraire avec quelques mouvements de pièces dans un coin de l'échiquier, tout en lui préparant le coup de grâce, que Carlos a du mal à voir venir. Dès la fin de la partie, ils commentent en riant les bêtises qu'ils ont faites, souvent par distraction.

Mais Carlos a une excuse. Il lui est très difficile de s'astreindre à ne réfléchir qu'au jeu, et dans la situation où ils se trouvent, avec des lendemains aussi incertains, son imagination ne tarde pas à lui échapper et à courir après son passé. Ses souvenirs défilent comme dans un rêve, par bribes, plus ou moins décousus, mais presque réels, comme s'il revivait sa propre vie.

Comme il a déjà fait deux ans et demi de guerre et qu'il n'a que vingt-deux ans, il ne souhaite qu'une chose : que cela se termine ! Car il sent la soif de vivre l'envahir, seule flamme restante de sa jeunesse. Et ce n'est pas avec son inactivité actuelle qu'il peut satisfaire le besoin que tout individu a de faire quelque chose dès sa sortie de l'adolescence.

Cette guerre les aura formés et durcis bien plus vite que quelques années de vie tranquille, mais à quel prix ! Combien de jours sans manger, combien de jours sans dormir, enroulés dans une mauvaise couverture sur la caillasse humide, dans le fond d'une tranchée, en attendant l'ordre d'attaquer, pour conquérir cent ou deux cents mètres de terrain, en laissant derrière eux des morts et des blessés, alors qu'il faudrait reconquérir la moitié de l'Espagne ! Combien de fois n'ont-ils pas tremblé pour leur peau, les quelques minutes qui précèdent l'assaut, ou en comptant les secondes pendant que les bombes sifflaient sur leurs têtes.

Mais ce passé-là, tout récent, n'est pas celui qui revient le plus souvent à sa mémoire. Il ne veut plus le revoir, même en songe, et il essaye par tous les moyens de le chasser de ses souvenirs. Parce qu'à part la férocité humaine que lui aura-t-il appris ? A part la négation de la justice par ceux qui se disent ses détenteurs, qu'aura-t-il appris ? Oui, il aura appris, et c'est bien triste, la suprématie de la force sur la raison. Et comme corollaire de tout cela, l'immensité de l'ignorance et de la bêtise, l'immensité de la cupidité et combien l'homme est un loup pour l'homme. Et dire que c'est sur ces bases qu'il faudra reconstruire l'avenir !

Comme le trésorier qui fait le bilan de sa caisse en vue des opérations financières futures, il lui arrive en ce moment de faire et refaire, car il n'en croit pas ses yeux, le bilan de son existence et il se demande : « que me reste-t-il ? Ma vie ! » Et c'est déjà un crédit immense, car combien sont-ils à ne plus pouvoir se poser la question !

Après les moments critiques qu'il a traversés ces derniers temps, il lui semble que sa dernière mission n'est pas aussi périlleuse que les autres, donc logiquement il doit lui rester la vie comme seul Avoir. Quant aux projets d'avenir, il se refuse à en faire. Il faudrait être capable de lire dans une boule de cristal, pour savoir de quoi demain sera fait. Il pense toujours vivre son avenir en étant prêt à analyser rapidement la situation, pour répondre à chaque problème du moment avec la meilleure solution. Pour l'instant, il leur faut avoir un moral d'acier pour résister car les journées se succèdent, tristes et mornes. Ils sont un peu comme le condamné qui attend toujours l'aube du lendemain et pour qui les jours passent sans voir arriver la fin du supplice.

Leurs meilleurs moments sont ceux de l'arrivée du courrier, avec le ravitaillement et les soirées qu'ils consacrent à l'écriture, correspondance ou notes personnelles. La Noël et le Jour de l'An se seront passés sans qu'ils s'en aperçoivent. Le lieutenant, à chaque voyage, est resté un bon moment à bavarder avec eux. Il leur dit avoir déménagé son Q.G. de M. à S. plus au nord et plus près d'eux.

Vers la mi-janvier les nouvelles, que le lieutenant ne leur cache plus, sont désastreuses. Depuis le début de l'offensive, trois jours avant la Noël, Tarragone a été prise par l'ennemi et la ligne du front, complètement désorganisée, recule partout. La situation politique se dégrade également avec des graves divergences entre les ministres et les militaires. Les communistes, auxquels Negrin, le chef du gouvernement avait donné les principaux postes il y a environ six ou sept mois, après la perte de Teruel, ne veulent capituler d'aucune façon. Ils veulent faire la guerre à outrance. Pour eux, « vaincre ou mourir ». La plus enragée étant « la Pasionaria » qui — depuis son fauteuil — dit aux combattants : « il vaut mieux mourir debout que vivre à genoux » (?) Ainsi, ils feront périr beaucoup d'innocents. Ils ne feront qu'augmenter le nombre de victimes, déjà fabuleux, sans changer en rien l'issue de cette guerre qui est irrémédiablement perdue pour les républicains, alors qu'ils sauront, eux, se mettre à l'abri.

⁂

Le lieutenant fait maintenant tous les jours l'inspection des postes. La situation aux différents fronts ne fait que se détériorer. Lc courricr ne passe plus et les nouvelles de Barcelone sont pessimistes. Quelques jours plus tard, il leur apprend que le gouvernement a quitté Barcelone et que l'entrée des troupes franquistes dans la capitale catalane n'est plus qu'une question d'heures. Il leur demande de se tenir prêts, car ils ne vont pas tarder à entrer en action.

Deux jours se passent sans qu'ils aient des nouvelles du lieutenant. Carlos monte avec son frère, au-dessus de la carrière qui abrite la maison, là où ils étaient allés le jour de leur arrivée à la recherche de bois, leur « observatoire », pour voir si à l'horizon on aperçoit quelque indice de bataille ou de la débâcle. Le temps est clair et la vue en direction du Sud découvre toujours loin, très loin, une vallée noyée dans la brume. Cette vallée est déjà perdue pour les républicains. Les combats sont maintenant beaucoup plus près et les montagnes qui les entourent les empêchent elles-mêmes de voir le champ de batailles. Par contre ils entendent parfaitement les coups de canon et les tirs des mitrailleuses, qui sont inaudibles depuis le fond de la gorge et depuis leur maisonnette.

Ils sont restés là, hébétés, un bon moment, à entendre ces bruits qu'ils avaient déjà rangés dans l'arsenal de l'oubli. En deux mois passés là, loin de tout, de la ville comme du front, ils avaient fini par oublier la guerre. Mais elle est là, tout près maintenant. Peut-être à dix ou quinze kilomètres. En descendant de leur observatoire, ils étaient bouleversés, tristes et silencieux.

Quand le lieutenant est revenu, il était moins gai que d'habitude. Il a commencé par leur apprendre que Barcelone avait été prise le 25 janvier. Et sans un coup de fusil, alors que tout le monde espérait que les Catalans défendraient leur capitale comme le centre de l'Espagne avait défendu Madrid. Pendant qu'il parlait, les yeux de Carlos se sont couverts d'un voile... il était loin ; il entendait à peine. Il pensait à Adeline et il revivait en quelques secondes tous les faits et gestes de leur vie, depuis qu'ils se connaissaient, comme dans un rêve condensé et accéléré. Où est-elle ? Qu'est-elle devenue ? Quand pourraient-ils se revoir ?

Le lieutenant avait des ordres précis à leur transmettre : « il faut préparer les charges ». Il est parti aussi mécontent et ému de la situation qu'eux-mêmes, en leur annonçant que le lendemain il passerait avec une équipe pour mettre les mèches.

Dès son départ, les deux frères commencent le transfert des caisses une à une et, avec plus de précautions qu'ils n'avaient jamais eues, il les installent dans le fond des trois trous, sous la route, avec une bâche par-dessus pour les protéger de l'eau qui suinte toujours. Ce travail leur a pris toute la journée, car ils l'ont fait calmement et sans précipitation. « Ce n'est pas le moment de se faire tuer bêtement par manque de précautions » a dit José. Il est vrai que dans toutes les guerres, il y a des morts jusqu'à la dernière minute. C'est le comble de la malchance que de tomber quelques secondes avant le cessez-le-feu et ils veulent, eux, sortir vivants de cette tuerie.

Le lendemain, suivant sa promesse, mais tard dans la soirée, le lieutenant arrive avec trois compagnons. Chacun s'occupe d'un trou. Ils avaient fait ce travail dans les autres postes et enfin ils visitaient le dernier. Pendant ce temps, le lieutenant leur dit que tout le secteur est prêt, que l'ordre de mise à feu ne peut émaner que du Haut Commandement du front, une fois les troupes évacuées. Et il ajoute :

— C'est à moi d'allumer les mèches, quand je serai porteur de l'ordre écrit.

Et il leur fait la confidence qu'il n'est pas tellement fier de terminer ainsi une mission qu'il avait espéré toujours ne pas mener à sa fin de cette façon, car il attendait et il aurait préféré que le conflit évoluant autrement, le contre-ordre arrive et que les destructions soient évitées. Tout cela est bien déprimant pour eux aussi, qui secrètement espéraient une évolution favorable de la situation et une paix signée entre les deux belligérants, arrêtant à un moment donné toutes les actions contraires à l'intérêt national.

Le lieutenant qui a été leur seule liaison avec les autres, avec le monde, les a tenus au courant des démarches faites par le gouvernement républicain et du refus systématique de l'adversaire. Sa réponse est immuable : « Aucune signature de paix. Aucun pardon ! »

Sans doute trouve-t-il qu'il n'y a pas assez de morts ni de ruines. Il ne veut que l'extermination des « rouges » ! Mais ce qui est grave c'est qu'il le fait avec la bénédiction de l'Eglise de Rome et avec le consentement des pays comme l'Angleterre, qui refuse d'envoyer des bateaux pour évacuer des combattants ou des civils, et de la France, où ils ne sont même plus très sûrs de trouver asile. D'après le lieutenant, Blum a quitté le gouvernement français et Daladier qui lui a succédé maintient, lui, la thèse de refouler en Espagne les troupes qui franchiraient la frontière, pour ne pas s'aliéner l'axe Rome-Berlin, sans doute.

Il faut espérer que ceux qui écriront plus tard l'histoire de cette guerre seront assez perspicaces pour découvrir, et assez honnêtes pour dévoiler les raisons pour lesquelles aucun des pays civilisés dits démocratiques, n'a été capable d'obliger les nationalistes de Franco a accepter un cessez-le-feu. Que de souffrances auraient pu être épargnées par ce moyen, à moins que ces pays civilisés n'aient trouvé leur intérêt dans cette guerre et dans l'extermination des républicains. Dans ce cas-là, on doit les démasquer aussi, pour que tout le monde sache à quoi s'en tenir, quand des politiciens font des discours enflammés en faveur de la paix, alors que leurs actions criminelles et malheureusement irresponsables œuvrent dans le sens contraire.

⁂

Il ne leur reste plus qu'à attendre. Ils commencent le mois de février avec la certitude de ne pas le terminer là. Si la France, après leur retraite, ne veut pas d'eux, ils n'auront qu'à demander leur rapatriement vers l'Espagne, du côté de Valence, pour atteindre le centre qui est toujours aux mains des troupes républicaines — si en tout cas, elle accepte de les y conduire — et si, étant là-bas, ils perdent la guerre, ils seront pris comme des souris.

Jamais les journées ne leur ont paru aussi longues. Pour tuer le temps, ils vont voir assez souvent les compagnons du petit pont. Canals, le Catalan est toujours à son poste. Moins bien renseigné de la situation que Carlos, il se montre renfermé et même hargneux. Il se doute qu'ils ont sympathisé avec le lieutenant et que celui-ci leur a fait des confidences. Il trouve normal que Barcelone ne se soit pas défendue :

— Pourquoi détruire la ville ? dit-il. Dans un sens ils ne peuvent que lui donner raison.

Le lieutenant leur dit que les premières troupes d'évacuation commenceront à passer probablement demain et que, par la suite, un défilé continu se poursuivra pendant quelques jours, sans pouvoir leur donner d'autres précisions. Dans la nuit, en effet, Top qui a entendu des pas insolites dehors se réveille mécontent. Plus tard, quelques véhicules passent et Carlos a du mal à le faire taire, pour qu'ils ne soient pas découverts dans leur maisonnette qui, extérieurement a toutes les apparences d'être abandonnée. Ils n'ont pas envie d'entrer en contact avec ces gens. La solitude dans laquelle ils ont vécu depuis deux mois les a rendus indépendants et asociaux comme des ours !

Le lendemain de bonne heure, un flot commence à passer. Quelques-uns s'arrêtent et entrent dans la maisonnette un instant pour allumer une cigarette. D'autres, méfiants de les voir installés là leur demandent à quelle Brigade ils appartiennent. Mais les frères Morella ont l'ordre de ne pas dévoiler ni leur identité ni leur mission à d'autres qu'à des officiers qui voudraient le savoir. A l'heure du déjeuner, ils étaient trente ou quarante — imposible de les compter — à chauffer quelque chose à « leur cheminée », à changer les hardes sales contre d'autres, peut-être moins sales. Carlos et son frère ne pouvaient pas déjeuner. Leur cheminée n'était plus à eux. Ils avaient hâte que cela finisse. Ils ont même dû se bagarrer pour défendre leurs affaires. Ils se sont fait traiter « d'embusqués » et, seul un officier, quand ils lui ont montré leurs papiers, a compris la situation des deux frères et, à leur demande, a fait taire des excités qui leur promettaient une triste fin, s'il n'était pas intervenu.

Toute la nuit des troupes sont passées, en général sans s'arrêter à la maisonnette. Il est vrai qu'il n'y avait plus de place. Une poignée était agglutinée comme des mouches devant le feu, d'autres allongés par terre, à même le sol, à l'emplacement où étaient entassées récemment encore les caisses de dynamite et partout où ils trouvaient une place pour se coucher.

Comment décrire ces pauvres gens ? La majorité avait

vécu un enfer les derniers jours, d'après leurs récits. Quand ils ont décroché du front, ils n'avaient plus de munitions, celles-ci ne pouvant leur parvenir faute de camions, presque tous endommagés par l'aviation ennemie. Ils en veulent à leurs chefs qui, disent-ils, n'ont pas été capables de les conduire à la victoire en leur donnant les moyens.

Quelques-uns restent silencieux, dans un coin, le regard vague et complètement hébétés. Ils doivent revoir intérieurement sans cesse le film des atrocités auxquelles ils viennent d'échapper. Ils sont incapables de faire le moindre geste pour partir. Il faut que d'autres, moins affectés sans doute qu'eux, les prenant de force, les traînent le long de la route de l'exil. Arriveront-ils à la frontière ? Ne perdront-ils pas la raison avant ?

Sur certains, au moral d'acier, ces épreuves n'ont pas eu de prise et ils ne pensent qu'à revenir, une fois la frontière traversée, se battre du côté de Madrid. Quelques-uns, plus réalistes, disent que le temps d'aller à Marseille, puis à Valence, pour toute l'armée (à condition que la marine italienne ne coule pas les bateaux), est plus long que celui qu'il va falloir aux troupes de Franco pour se retourner et anéantir ceux qui se trouvent sur les fronts du centre. Mais ceux qui osent s'exprimer ainsi sont traités de défaitistes par les autres.

La nuit, en plus de la troupe à pied, circulent vers le nord les quelques véhicules qui avaient été miraculeusement épargnés par les bombes, avec le maigre ravitaillement restant ; des ambulances pleines de blessés et même des charrettes de paysans — un mulet devant, une vache derrière — chargées de tout ce que l'on a toujours emporté à chaque exode : matelas, chaises, ustensiles de cuisine. Pauvres gens !

Quelquefois, on entend au passage de ces charrettes le cri d'un jeune enfant, sans doute enfoui dans ce fatras d'objets hétéroclites, et la voix d'une femme, que l'on devine sans la voir, qui essaye de le consoler. Rien de plus insolite ni de plus poignant que ces cris de désespoir et de peur, dans cette nature qui fut si longtemps un havre de silence. Dans ces conditions, comment dormir ? Elles sont bien finies, les nuits tranquilles, accompagnées seulement du bruit du torrent ! Même Top est affolé avec tout ce monde. Quelques chiens passent de temps en temps, suivant la troupe, et Top court se réfugier auprès de ses maîtres. Il est devenu un ours, comme eux !

⁂

Les événements se précipitent. Le lieutenant arrive, descend du camion avec ses affaires, et donne l'ordre au chauffeur de retourner à son Q.G. Il explique qu'il a laissé un spécialiste responsable à chaque poste, en plus des compagnons qui s'y trouvaient déjà, et que le capitaine, qui passera le dernier, après toute la troupe, donnera l'ordre de mise à feu de chaque charge et prendra dans son véhicule le personnel. Il se montre satisfait de rester là avec eux, et de passer en leur compagnie les dernières heures, avant l'exode. Il pense qu'après demain, probablement, ce sera leur jour de départ de ces parages.

Ayant suivi les informations nationales et internationales depuis le Q.G. il sait que, il y a seulement quelques jours, la frontière qui n'était ouverte qu'aux réfugiés civils, est aussi ouverte maintenant aux militaires, mais à condition qu'ils rendent leurs armes.

— C'est bien la preuve, dit Carlos, que la France n'a nullement l'intention de nous donner les moyens pour passer de l'autre côté de l'Espagne, dans le centre, pour continuer la guerre là-bas, ce qui est le souhait d'une immense majorité.

— Comment veux-tu, poursuit son frère, que la France agisse de la sorte ? Franco et ses alliés pourraient interpréter cela comme une intervention ou une aide au gouvernement républicain, alors qu'elle-même et l'Angleterre se sont toujours considérées comme les champions de la Non-Intervention.

Les armes ainsi récupérées seront réclamées par l'ennemi et la France un jour ou l'autre devra les rendre, pense le lieutenant, et il ajoute :

— Quant aux troupes, même si Franco les réclame, et il ne se gênera pas pour le faire, je crois sincèrement que la France hésitera à nous envoyer en masse à l'abattoir. Car c'est bien cela qui nous attend si l'ennemi nous fait prisonniers. « Aucun pardon » ont-ils annoncé déjà. Quand la guerre sera complètement finie sur le sol d'Espagne, chacun de ceux qui auront traversé la frontière devra en conscience et en homme libre, faire son choix en prenant la responsabilité de savoir s'il doit rentrer chez lui ou bien rester en France sous le statut de réfugié politique.

Le lieutenant est bien renseigné sur toutes ces choses, et il a bien pris soin d'étudier toutes les possibilités et attitudes à tenir, à partir du moment de la démobilisation par le passage de la frontière, de façon à se refaire, si besoin est, une vie provisoire. Ils parlent tous les trois de longs moments sur ce sujets, pour arriver à la conclusion unanime que Carlos résume en ces termes.

— Vous verrez qu'une autre guerre aura lieu bientôt, et l'Espagne devra prendre parti d'un côté ou de l'autre. Dans ce cas, les centaines de milliers d'hommes qui vont se trouver en France comme réfugiés, lui feront défaut et elle devra les laisser rentrer sans exercer des représailles contre eux. « Qui vivra verra » je vous l'ai déjà dit, et nous n'allons pas tarder à le savoir.

A travers leurs conversations, leurs discussions, ils se seront trouvé beaucoup d'affinités : éducation, points de vue similaires sur leur avenir et même un certain goût de l'aventure sans oublier, ce qui prime par-dessus tout, une grande envie de vivre. Et ils décident de former un bloc pour être plus forts, et de s'entr'aider en étudiant chaque problème et en prenant les décisions ensemble.

C'est dans cet état d'esprit qu'ils vivent les dernières heures d'une révolution qu'ils n'ont pas voulue, et qui leur aura pris pour le moment trois ans de leur jeunesse, pendant qu'ils voient passer une armée à bout de souffle, vaincue par un déséquilibre dans l'armement, par manque de moyens, tanks, aviation, experts militaires, mais non par manque de combativité. D'ailleurs, tous parlent de revenir aux autres fronts pour continuer la lutte.

L'ennemi ne harcèle pas ces troupes, sachant que la décision d'abandonner le front a sonné, et n'occupe le terrain que lentement, longtemps après le départ des derniers, sans doute par précaution et par crainte des pièges. Toute la journée le défilé des troupes a continué. Uniformes déchirés, pansements maculés de sang, aux bras ou même à la tête, tous couverts de poussière, et puis les mêmes regards vagues, les pas d'automates vers l'inconnu... A partir du soir, comme par enchantement, plus personne ; la nuit, ils ont dormi tranquilles, dans le calme qu'ils avaient tant goûté avant.

***

Le matin ils étaient réveillés et prêts de bonne heure, car on sentait venir le moment décisif à cause de ce silence qui annonce la tempête. Ils prenaient un reste de café, quand ils ont senti comme un tremblement de terre, suivi quelques secondes après d'un bruit d'explosion qui se répercuta comme un coup de tonnerre dans les parois rocheuses de la gorge. Le lieutenant, sachant de quoi il s'agissait, s'est fait rassurant.

— Nous sommes maintenant en sécurité. Personne ne

pourra prendre cette route avant longtemps. Toutes les demi-heures nous allons entendre une autre explosion, chaque fois plus près.

Sept heures du matin ; il fait nuit encore. Tout en récupérant leurs affaires et en préparant leur paquetage, ils regardent leur montre à tout instant, comme s'ils suivaient par la pensée le travail de ces combattants qui jouent leur vie pour protéger celle des autres.

Les deux autres explosions se sont succédé à l'intervalle prévu et quelques minutes après un véhicule s'arrête devant leur porte. Le lieutenant est allé saluer le capitaine et il a dû lui dire quelque chose au sujet des deux frères Morella, car celui-ci leur a fait signe d'approcher et à leur salut a répondu par une poignée de mains.

— Nous parlerons plus tard, leur a-t-il dit, mais finissons d'abord cette corvée. Et il a appelé les compagnons qui venaient avec lui des autres postes, en leur disant :

— Ici il y a trois trous à préparer, sous la route, cent mètres plus bas. Exécution ! Le lieutenant est parti avec eux.

Pendant ce temps, Carlos a cherché en vain dans le camion Canals, le Catalan qui était sous le petit pont. Son compagnon lui a dit qu'il était parti depuis deux jours.

— Ce n'est pas la peine de le faire remarquer au lieutenant, il s'en rendra bien compte, lui a-t-il conseillé.

Un quart d'heure ne s'était pas écoulé que le capitaine et le lieutenant arrivaient d'un pas décidé suivis des trois autres qui couraient derrière.

— Tout le monde en voiture, crie alors le lieutenant. Et le camion démarre en trombe. Deux cents mètres plus loin, coup de frein, arrêt.

— Tout le monde par terre, à plat ventre du côté ravin, ordonne encore le lieutenant.

Et ils attendent. Carlos se glisse de façon à avoir la vue vers l'arrière de la gorge du côté où l'explosion va se produire. Il ne voit pas le parapet ni la chaussée à l'endroit où est la charge, à cause des méandres de la route, mais par contre il voit très bien toute la paroi à cet endroit-là.

Il voit tout à coup la montagne changer de forme, une violente secousse le fait décoller du sol, suivie d'un grondement, comme si la terre elle-même allait s'entrouvrir. Ce cycle est à peine fini qu'un autre commence de sorte que les pierres qui ont été projetées à cent mètres, au moins, en retombant rencontrent d'autres pierres qui montent à leur tour ; une troisième explosion succède, répétant les phases du séisme : la paroi qui se soulève, le sol qui tremble, le bruit qui assourdit dans un vacarme apocalyptique.

A la fin un vent semblable à une tornade balaye la route, chargé d'une poussière telle qu'elle empêche de voir les dernières pierres retomber. Comme le font les roches expulsées par une éruption volcanique, elles reviennent à leur cratère plusieurs fois.

En regagnant la voiture, Carlos a l'impression que le sol bascule encore, comme le voyageur qui, après une traversée par mauvaise mer, met pied à terre sur le quai. Avant de partir, il regarde en arrière la montagne encore fumante, le nuage de poussière qui obscurcit le soleil et il écoute les derniers échos de ce cataclysme artificiel, longtemps réfléchis, comme si la montagne se plaignait de l'outrage qu'elle vient de recevoir.

Maintenant que tout est fini, que ce qui aurait pu être évité (et qu'il souhaitait, pour des mutiples raisons, ne pas être obligé de réaliser) vient malgré tout d'avoir lieu, il se dit que les responsables sont dans l'autre camp. Ils avaient la possibilité d'arrêter les destructions, comme le massacre, par une attitude plus humaine dans les négociations. Ils ne trouveront que ce qu'ils méritent ! Non, Carlos ne se sent pas coupable. Pour ce qu'il considérera toujours comme un acte de barbarie, il n'a à implorer le pardon de personne, si ce n'est de la Nature.

Le camion roule déjà, quand son frère lui dit :

— La fin du monde sera probablement quelque chose de semblable, avec la seule différence qu'elle ne s'arrêtera que quand toute la terre sera anéantie.

Et Carlos, en se tournant vers le lieutenant, et comme pour mettre fin à ses pensées, lui dit :

— Mission accomplie et réussie. Maintenant commence la plus difficile... « Vivre » !

CHAPITRE II

Chaque matin, en ouvrant les yeux, ils sont surpris par la couleur de l'aurore. Cela fait trois ou quatre jours — ils commencent à perdre la notion du temps qui passe — qu'ils se réveillent en terre française, et chaque nuit a effacé les impressions de la veille. Ils n'ont pas encore compris que cette couleur, cette ambiance vert pâle, n'a d'autre origine que la couleur de la toile qui leur sert de tente quand elle est traversée par la lumière du jour. Cette lumière tamisée est agréable, en accord avec un sentiment de sécurité — presque de bonheur — maintenant que sont écartés les périls de la semaine précédente. Les deux frères sont côté à côte, enroulés dans les mêmes couvertures. Une façon de se protéger et de mieux garder la chaleur.

Top n'est plus à leurs pieds, et à chaque réveil ils pensent à lui. Ils ont été obligés de le confier à un soldat qui est passé en camion devant la maison de cantonnier, non pas pour s'en débarrasser, mais parce qu'ils pensaient que le dernier jour avec le « tremblement de terre » qu'ils allaient provoquer, la pauvre bête serait affolée et s'échapperait dans la nature où elle courrait davantage de risques. Celui qui l'a pris en charge s'entendait bien avec lui et il leur a promis de le placer dans une ferme si possible, avant de passer la frontière.

Carlos hésite à sortir, car dehors il fait très froid. Il a encore neigé cette nuit comme il le fait depuis trois jours. Cette tente improvisée garde assez bien la chaleur, mais comme la toile est absolument étanche, leur respiration se condense et provoque une humidité à l'intérieur, qui finit par imprégner leurs affaires. Comment faire autrement ? Le système n'est pas parfait, loin de là, mais quand on pense qu'il y a eu déjà, en trois jours, quelques morts de froid !

Ils se félicitent aujourd'hui de la bonne idée qu'ils ont eue, de garder les capes anti-ypérite que l'armée leur avait fournies avec le paquetage. Ces capes d'une toile très fine, pliées un peu à la manière d'un parachute, sont très légères et ne tiennent presque pas de place. A l'extérieur la toile est verte, d'où la couleur de leurs réveils. A l'intérieur une couche imperceptible de caoutchouc blanc l'imperméabilise. Elles ont une forme circulaire et ils avaient déjà pensé à s'en servir en la mettant par-dessus les couvertures, la première nuit de leur arrivée en France.

Le lendemain, quand ils ont compris qu'il n'y avait pas d'espoir de coucher sous un toit, et qu'ils allaient rester, — pour combien de temps ? — à la belle étoile, ils se sont décidés à récupérer le tissu de leurs deux capes pour faire une seule tente. Ils les ont coupées convenablement et assemblées de façon à faire un grand rectangle, qu'ils ont ensuite étalé sur quelques branches disposées en ciseaux, et attachées à une autre branche en longueur, tenant lieu de faîtage.

Beaucoup ont fait comme eux, et elles font envie à

ceux qui, pour alléger leur barda, les ont jetées dans le ravin pendant l'exode. Il est vrai que l'ypérite n'était plus à craindre et que, par contre, ils avaient des dizaines de kilomètres à faire à pied.

L'humidité les oblige, dans la journée, à ouvrir complètement la tente pour la faire sécher, sauf bien entendu les jours où, à cause de la neige ou de la pluie, ils ne font que quelques courants d'air à l'intérieur, pour ne pas rentrer le soir dans des couvertures mouillées.

Carlos n'a pas le courage de sortir de la douce chaleur moite dans laquelle il a passé la nuit. Mais il pense à chaque instant qu'il recommence à vivre, et que les difficultés qu'il pourrait rencontrer à l'avenir, auront toutes une solution autre que la fin qui guette tous les jours le combattant.

Lorsqu'il est debout, à côté de la tente, il contemple les montagnes couvertes de neige, qui l'entourent. En bas du pré où il se trouve, où il a été parqué, avec tant d'autres, comme du bétail, une route va vers la gare située à quelque cents mètres à gauche. Malgré la distance il peut lire le nom de Latour de Carol. C'est là qu'il est arrivé il y a trois jours.

Au loin, par-dessus la gare, il voit le village de Puigcerda qu'il avait quitté un dimanche matin, et le clocher de son église, en haut duquel, dans la même soirée, il avait vu apparaître le drapeau nationaliste. Ce drapeau avait été pour lui un point final à une tragédie, et comme une barrière infranchissable entre sa Patrie et lui-même.

A côté de sa tente, une autre confectionnée avec les mêmes matériaux abrite le lieutenant et le capitaine de la compagnie, lesquels d'ailleurs ne veulent plus s'entendre dire « mon lieutenant » ou « mon capitaine » depuis qu'ils ont franchi la frontière. A partir de ce moment ils sont devenus pour tout le monde, Luis Ortiz, l'Instituteur, et José Grau, le Vétérinaire.

Après la terrible explosion de la triple charge, ils avaient été évacués dans le camion de la compagnie. Au bout d'une vingtaine de kilomètres la panne d'essence les arrêta net. Que faire ? Chacun a pris son paquetage et ses affaires et, sous les ordres du capitaine ils ont mis le camion en travers de la route, en direction du ravin.

— Poussez, a crié le capitaine, et le véhicule est allé se démanteler complètement entre les rochers. quelques mètres plus bas.

Dernières cartouches pour les fantassins... dernières gouttes d'essence pour eux... la dernière bataille était bien perdue ! Et il leur restait encore cinquante kilomètres pour atteindre Puigcerda. Ils ont marché toute la journée. Il faisait un froid vif, mais un temps merveilleusement clair. Derrière eux, plus personne ; quant aux troupes qui étaient devant, elles devaient être bien loin. Le soir au hameau de X, ils ont trouvé une ferme, dans la cour de laquelle des troupes innombrables s'attardaient.

Quand ils les ont vus arriver, sachant qu'ils étaient les derniers à passer, quelqus-uns ont été pris de panique, et sans attendre le lendemain matin, ils sont partis dans la nuit, malgré les assurances qu'ils leur ont données.

Et toute la section, après une journée de marche, s'est installée dans le grenier à foin de la ferme, au-dessus de l'étable pour y passer la nuit. Certes non, ils n'ont pas eu froid ! Mais ils n'ont pas dormi non plus. Les vaches, en dessous, remuaient sans arrêt, peut-être à cause de la présence de tant de monde. Il y avait aussi des puces dans le foin, des milliers de puces qui, sans doute lassées de sucer toujours le même bétail, trouvaient bon le changement. José toujours disposé au calcul, leur a proposé d'aller chercher une bonne poignée de ces soldats qui traînaient dans la cour pour leur demander de se joindre à eux au grenier : « plus nous serons à nous partager les puces, et moins nous en aurons » a-t-il dit.

Et puis il faisait chaud ! Ils n'étaient plus habitués à dormir avec une chaleur pareille. Mais ce fut l'apothéose quand quelqu'un cria « les rats » ! En effet il y avait des rats qui devaient même être assez gros, car leur poids se faisait sentir, quand ils passaient sur eux, attirés par les provisions, saucisson, fromage, qu'ils avaient dans leurs musettes. Ils auraient bien voulu les faire fuir en allumant une lampe, mais par crainte de mettre le feu à la grange ils ont préféré rester dans le noir, éveillés toute la nuit, pour ne pas être « bouffés » par les uns ou les autres. Aux cris qu'ils poussaient de temps en temps répondaient les jurons de ceux qui vaincus par la fatigue commençaient à s'endormir.

Le matin, avant le jour, Carlos et son frère toujours avec le lieutenant et le capitaine, inséparables, sont allés prendre congé du fermier en lui assurant qu'ils avaient passé une bonne nuit, en échange de quoi ils ont eu droit à un savoureux déjeuner campagnard, devant sa cheminée, avant de prendre la route. Les voyant partir, en bon philosophe, le fermier leur dit : « Moi je reste. Où voulez-vous que j'aille avec vingt-cinq vaches ? Et puis, moi, les blancs ou les noirs... » Au hasard des arrêts ou des étapes, les autres compagnons de la section se sont séparés du groupe. Personne ne s'occupait plus de personne. Les officiers ne pouvaient plus commander, ils n'étaient plus obéis, et beaucoup avaient arraché leurs galons.

Il s'agissait maintenant de marcher, marcher toujours, tant que les pieds pouvaient tenir. Les véhicules étaient tous devant ; ou derrière, dans les ravins. Les soldats qu'ils rattrapaient étaient exténués de fatigue et s'attardaient en faisant des haltes fréquentes. D'autres attendaient certainement l'arrivée des forces de l'adversaire, soit parce qu'ils ne voulaient pas traverser la frontière, ce qui risquait d'être interprété plus tard pour revenir en Espagne comme un signe de culpabilité, soit parce qu'ils faisaient partie de la cinquième colonne, et dans ce cas ils n'avaient rien à craindre. Carlos a cherché partout, en vain, l'ami Canals, en pensant qu'il devait bien être dans la masse de ceux qui traînaient.

Ils ont marché cette dernière journée presque tout le temps, dans la neige qui tombait sans cesse, et avec un vent du nord, qui venant de face, leur coupait le souffle. Leurs pieds étaient à la limite de la fatigue et les chaussures commençaient à prendre l'eau. Le soir ils étaient en vue de Puigcerda. Dans le village régnait un désordre indescriptible. Des rumeurs couraient quant à l'accueil des Français de l'autre côté de la frontière. Les uns parlent de mauvais traitements, les autres de prisons. Il est évident que des agents de l'ennemi devaient se trouver à l'intérieur des troupes républicaines, et qu'ils avaient pour mission de propager des bruits le dernier jour, afin que le maximum de gens restent là. Les tribunaux militaires feraient le tri, une fois les lampions de la victoire éteints !

Mais tous les quatre ils avaient discuté entre eux, décidé et tracé un itinéraire qui aboutissait à la France, et ces sirènes ne pouvaient pas les charmer, et encore moins les faire changer d'avis.

C'est ainsi qu'ils se sont abrités pour dormir dans un hangar de la gare de Puigcerda. Le lendemain au réveil,

— On y va ? a dit l'un d'eux.

— On y va ! ont-ils répondu tous en chœur.

Et les voilà partis en suivant les voies de chemin de fer, vers la France. La marche sur la caillasse du ballast, pendant quelques kilomètres, était la dernière épreuve pour atteindre la liberté, et cela leur donnait du courage, en leur faisant oublier les ampoules qu'ils avaient aux pieds, après les cinquantes kilomètres de marche forcée.

Ce couloir de passage, entre l'Espagne et la France, ressemblait à une énorme tranchée, aménagée au milieu d'une vallée ouverte, dont la montagne de gauche, le Pic de Campcardos, et celle de droite, le Puigmale, culminaient à plus de deux mille neuf cents mètres, mais assez loin de la voie ferrée. Le vent froid était très vif, mais le soleil brillait. C'était le dimanche 12 février 1939. Vers midi, ils étaient en France.

Peu après ils ont vu en travers de la voie un attroupement de militaires, avec des uniformes qu'ils ne connaissaient pas. En s'approchant ils ont pu enfin distinguer les képis des gendarmes, des douaniers et d'autres militaires.

Visiblement les Français n'étaient pas ravis de les recevoir. Les Espagnols en déroute devaient déranger leur petite vie calme de frontaliers, en leur donnant un travail supplémentaire. Il est évident que depuis quelque temps ils se relayaient sur place vingt-quatre heures sur vingt-quatre, pour filtrer les « rouges » qui fuyaient le paradis franquiste. Etait-ce leur faute ? Carlos en les voyant pensait, une fois de plus, que les Français avec la Non-Intervention, avaient fait un mauvais choix. Quand ils n'étaient plus qu'à quelques mètres, ils ont pu remarquer plusieurs barrages avec des barbelés, tenus chacun par des gens à uniforme différent.

Carlos et ses compagnons ne s'attendaient pas du tout à ce que les Français viennent à leur devant, les accueillir les bras ouverts, pour leur dire gentiment « bonjour », en leur serrant la main comme s'ils avaient rendez-vous là, après une longue absence, en leur demandant en plus de nouvelles de la famille. Non, d'accord ! mais, tout de même... Non seulement sans aucune aménité, mais malheureusement pour ceux qui se comportaient ainsi, ils les ont accueillis en dehors des limites de la correction. Ils ont donc tous subi une fouille minutieuse pour commencer. Ceux qui avaient des armes, bien sûr, devaient les déposer.

Eux, ils n'en avaient pas. Et cela posait un problème aux gendarmes. Où pouvaient-ils les cacher ? Car ils devaient en avoir ! Enfin rendus à l'évidence, ils ont passé leur paquetage au peigne fin. Ils ont été dépouillés de leurs allumettes et de leurs briquets ; parce que cela peut faire du feu bien sûr. Des cigarettes ; parce que n'ayant plus de briquets, comment les allumer ? Des canifs, des couteaux, et tous les objets coupants ou tranchants parce que sans doute ils étaient tous considérés comme des gitans, et tout le monde sait que les gitans ont la renommée de « jouer » facilement de l'arme blanche. On ne sait jamais ! Carlos a dû même leur laisser un canif inoffensif, à une seule lame, avec les côtés du manche en nacre, cadeau de son père, et dont il se servait pour couper son pain.

Un gradé à galons s'est approché d'eux, à un signe du gendarme en leur demandant « dans quelle arme étiez-vous ? que faisiez-vous ? ». José a répondu pour les quatre en déposant dans la main du gradé une cartouche de dynamite qu'il avait sortie de sa poche — mais comment cette poche avait-elle pu échapper à la fouille ? — « dinamiteros », a-t-il dit calmement, puis un moment après, comme s'il avait voulu se payer la tête de l'officier.... « attention il y a un détonateur ». C'était la cartouche que José avait préparée un jour pour se défendre, soi-disant contre un ours ; il l'avait depuis gardée sur lui.

Ils ont bien compris, car le gradé s'est vite débarrassé de ce qu'il avait dans la main en le donnant délicatement à son subordonné qui est allé le donner à un autre, lequel est parti enfin avec l'objet vers une guérite.

Le capitaine a regardé José d'un air mécontent, mais la blague était faite, et puis... aucune importance ! Ils étaient tous déjà en train de pouffer de rire, en voyant la tête de tous ces gens qui n'avaient sans doute jamais vu une cartouche de dynamite d'aussi près. Quelle peur ils leur avaient causée !

Enfin, on leur a demandé d'attendre ; le gradé est allé à la guérite, il est revenu, a parlementé avec son subordonné. Celui-ci, en mauvais catalan, s'est mis à leur crier des injures, en donnant consciencieusement et à chacun, un coup de pied au c. Carlos, lui, n'a rien dit en catalan, mais si le gendarme avait deviné la moitié de ce qu'il pensait en castillan !... Il l'aurait renvoyé chez Franco sans autre préambule.

Il est vrai que quand ils sont arrivés à la frontière, ils n'étaient pas frais et roses, ni rasés de près : ils ne sortaient pas du bain comme ces messieurs qui les attendaient, après la messe, un dimanche matin en France. Leur barbe avait bien huit jours, et leur dernière coupe de cheveux datait de deux mois, sinon plus. Ce n'était pas une raison pour les prendre pour des malfaiteurs. Ignoraient-ils à ce point les souffrances que ces combattants venaient d'endurer ? Ne savaient-ils pas ce que c'est que « la guerre » ?

Carlos remarqua que, quand les gendarmes voulaient être compris par les réfugiés, ils leur adressaient la parole en catalan, alors qu'ils se parlaient entre eux en français, dans le cas contraire. Sans penser que sous leurs longs cheveux ils étaient aussi capables de faire la traduction et de comprendre tout ce qu'ils pouvaient dire de désobligeant envers ces jeunes déracinés. Par moments c'était même comique.

Une fois passé le premier barrage, il fallait s'adresser un peu plus loin à d'autres militaires, la police des douanes, qui prenaient les noms, prénoms, âge, lieu de naissance, dans une liste rapidement faite. Quand une page était remplie, on faisait avancer le groupe jusqu'au troisième barrage, où un autre militaire, de l'armée de terre cette fois-ci, muni de sa liste les faisait mettre en colonne par quatre pour vérifier plus facilement qu'il avait le compte, puis les conduisait, escortés par une poignée de Sénégalais, sur la route. Ils devaient passer devant la petite gare de la localité, toujours en colonne et bien gardés, jusqu'au pré où ils viennent de se réveiller. Ce pré était déjà entouré de barbelés, et l'unique accès est surveillé par un corps de garde, sans compter tous les Sénégalais qui battent la semelle nuit et jour tout le long de son périmètre.

Pour assister au passage du misérable cortège de cette armée en déroute, il y avait une foule de badauds. Les uns sortaient de l'église et s'attardaient à regarder ce spectacle inédit. On voyait dans leurs yeux l'horreur et la peur que ces pauvres gens pouvaient leur faire. D'autres sortaient du bistrot en levant le poing, et ils n'hésitaient pas à les aborder pour leur dire un mot gentil, un encouragement. Si on leur demandait une cigarette ils donnaient le paquet et même les allumettes ou leur briquet. Tant et si bien qu'avant d'entrer dans le pré, ils avaient déjà récupéré presque tout ce que les gendarmes venaient de leur confisquer.

Avec la température qu'il faisait, leur premier souci était de faire quelques feux, pour pouvoir se réchauffer autour, par groupes de quinze ou vingt, et ne pas périr de froid dès la première nuit. Il y avait des beaux arbres, surtout aux bords des routes qui longeaient le camp, mais comment les couper ? Les gendarmes leur avaient confisqué jusqu'aux couteaux de poche. Les gens du pays étaient les seuls à pouvoir les aider. Ils ont donc mis à contribution les curieux qui rôdaient autour du camp en leur disant : « il nous faut des haches, des scies... sinon nous allons tous crever ! ». On n'a jamais su comment ces outils sont entrés et aussi vite à travers les barbelés, surtout avec les Sénégalais qui surveillent. Toujours est-il que dès l'après-midi de leur arrivée, quelques arbres tombaient qu'aussitôt, comme des mouches, tout le monde s'est mis à dépecer.

Ce camp improvisé, ancienne prairie, est situé entre la route de la gare, en bas, et une autre au-dessus, qui doit aller vers Bourg-Madame. La différence de niveau entre les deux routes est si grande que le terrain a une pente très forte. Les réfugiés ont du mal à rester debout, surtout que l'herbe a disparu dès la première journée, piétinée par les pieds de cinq mille hommes qui ont été parqués là. Ensuite la neige est tombée et en quelques heures la prairie s'est transformée en bourbier, à tel point qu'on peut se demander si un jour repoussera là un brin d'herbe.

Dès le lendemain, par haut-parleurs on faisait savoir qu'il était interdit de couper des arbres, étant donné que le terrain appartient à un particulier. C'était condamner ces cinq mille réfugiés à mourir congelés. Personne n'en a tenu compte et les arbres ont continué de tomber. A partir de ce moment, les Sénégalais ont été chargés de faire respecter l'interdiction et de s'opposer par tous les moyens à l'abattage. Ils couraient après les bûcherons, qui finissaient par se perdre dans la foule ; pendant qu'ils cherchaient, d'autres terminaient la besogne.

∴

Carlos se décide enfin, à descendre aux nouvelles, car il règne là une douce pagaille. Les seules choses qui ont été prévues pour « bien » recevoir les réfugiés ce sont les fils de fer barbelés sur quatre rangs, et un Sénégalais tous les cinquante mètres autour de ce pré.

En effet le premier jour, alors que Carlos et ses compagnons venaient de se partager les restes de leurs rations d'Espagne, craignant de ne rien avoir à manger, un camion est entré au camp, chargé de moutons vivants et de quelques sacs. Des soldats, tant bien que mal, faisaient défiler les réfugiés en les comptant ; un, deux,... et quand ils avaient fait passer un cent, ils jetaient par terre un mouton en le prenant par la toison. L'animal, effrayé, courait dans tous les sens pour se laisser finalement attraper. Pour accompagner cette viande on leur donnait une mesure de riz, une sorte de grand faitout pour cent personnes. Et du pain. Ah ! Oui ! une boule pour dix !

Carlos pensait que c'était peut-être de l'improvisation, mais que ça pouvait être aussi bien de la provocation, car « voyons, dit-il, on nous enlève les couteaux, canifs, briquets, allumettes et autres moyens de faire du feu, on nous interdit de couper les arbres pour nous chauffer, ou pour faire la cuisine, et on nous donne des moutons vivants et du riz cru ! ».

Carlos savait par la presse française qu'il avait eu l'occasion de lire, que les « rouges » étaient considérés comme des assassins, des voleurs, des incendiaires, « sans doute on nous assimile aussi à la bête du Gévaudan, on veut nous voir dévorer les moutons à pleines dents » pensait-il. Seulement voilà, de la même façon qu'ils s'étaient procuré les haches et les scies, ils avaient déjà des couteaux, et ils ont fait des méchouis, avec des veillées et des chants.

Ils ont organisé leur vie peu à peu, mais avec une certaine opiniâtreté pour montrer qu'ils sont bien décidés à rester en France, bien que de nombreux signes les incitent à penser que tout est fait pour les dégoûter, afin qu'ils demandent leur rapatriement. Des gens du pays leur ont fait savoir que le Parlement Français avait voté une somme de quelques francs par jour pour la nourriture de chaque réfugié. Mais ils savent, eux, que les moutons qu'on leur donne ce sont des moutons espagnols, qui avaient passé la frontière avec les troupes et les paysans en exode. Le riz également. Et probablement le pain aussi, est fait avec leur farine. Alors !

Tout cela n'est pas bien encourageant pour celui qui se trouve indécis, même s'il ne s'attendait pas à être logé dans un trois étoiles. Aussi, depuis leur arrivée, il y a des gens qui se présentent aux gendarmes du camp, pour leur demander de les faire rentrer en Espagne. Nostalgie de la terre natale ? Opportunisme ? Peut-être les deux !

Mais cette attitude n'est pas du goût de la majorité, car ils pensent que pour s'attirer les bonnes grâces des nouveaux maîtres de l'Espagne, ils pourront les dénoncer, ou bien donner des noms des compagnons, ou bien encore faire prendre des représailles contre leurs familles. Il y a eu des incidents sérieux, au nez des gendarmes, qui n'ont pas osé intervenir. Ceux qui voulaient partir, sont bien partis mais dépouillés de leurs couvertures, manteaux, capotes, etc. Un grief de plus contre ceux qui restent, quand ils raconteront cela de l'autre côté de la frontière.

Des papiers imprimés en Espagne, rentrés clandestinement sans doute, à moins que ce ne soit avec la bénédiction et sous la protection des gendarmes, circulent pendant quelques jours. Il y est question de reconstruire l'Espagne, de pardon, des frères égarés, des familles qui attendent... « En France vous êtes des prisonniers, ici vous serez libres (?) ». De quoi démoraliser ou simplement faire pleurer... à force de rire. Car personne ne peut croire à ces promesses.

Ils n'ont pas été très écoutés, mais il faut bien dire que celui qui veut partir... a peur des autres. Les Français ont trouvé un moyen pour trier les gens sans incidents, avec le maximum de garanties, peut-être à la demande des autorités espagnoles. Une sorte de référendum « sur le champ ». A cet effet ils ont aménagé des enclaves avec des barbelés mobiles, et des couloirs par où tout le monde a dû circuler avec la possibilité, sans être molesté par quiconque, à part des quolibets et des grossièretés lancés par-dessus les fils de fer, d'aller dans l'enclave de son choix. Le défilé aura duré toute la journée et peut-être une centaine a opté pour l'Espagne sur les cinq mille qui se trouvent dans ce camp.

D'autres incidents, plus graves encore, auront lieu au moment de leur départ, et la force a été obligée d'intervenir pour protéger les postulants au paradis franquiste qui, malgré tout, ont été sérieusement malmenés.

Carlos passe une partie de la journée, accompagné toujours de son frère, à se promener le long de la route en haut du pré, seul endroit où le terrain est moins boueux. A force de voir les mêmes sentinelles ils finissent par lier conversation avec quelques-uns de ses soldats : de pauvres Sénégalais, déracinés comme eux, venus faire le service militaire dans la Mère Patrie. Ils ne sont pas du tout heureux, jour et nuit dans la neige, et encore moins avec le travail qu'on leur fait faire. Ils ont commencé par leur dire « bonjour » puis ils ont parlé du temps, ce qui est toujours une mine inépuisable et une bonne entrée en matière pour des doléances et des lamentations.

Pour Carlos ce sont des essais de conversation en langue française, la chose qui lui fait le plus défaut, maintenant qu'il est en France. Face à ses interlocuteurs, son parler « petit nègre » ne lui donne pas de complexes. Par les Sénégalais il saura que la presse leur est interdite. Mais ce sont les Sénégalais qui lui passeront à travers les barbelés tous les journaux qu'il avait envie de lire.

Par eux également, il aura appris qu'un autre camp, beaucoup plus grand, avait été aménagé à Bourg-Madame à quelques kilomètres de là, dans d'aussi mauvaises conditions. Il paraît même que la plus grande quantité de réfugiés de la Catalogne est passée par le bord de mer, du côté de Cerbère, et qu'on n'a rien trouvé de mieux que de les « parquer » sur la plage d'Argelès-sur-Mer. Deux cents mille réfugiés se trouveraient là-bas. « De quoi nous plaignons-nous ? » dit José à son frère.

Quand Carlos avait entendu dire à Puigcerda qu'en France ils seraient accueillis dans des prisons et maltraités, il pensait « propagande que tout ça ». Aujourd'hui sans donner totalement raison à ceux qui faisaient courir ces bruits, il est obligé de reconnaître qu'en partie, ils n'avaient pas tort. Il n'est pas dans une prison, loin de là. Il lui manquerait pour cela le toit et les quatre murs, mais il n'a aucune liberté, bien que paradoxalement complètement libre à l'intérieur des barbelés.

Maltraités ? A part le coup de pied au c. du premier gendarme qu'il a eu l'honneur de rencontrer !... et encore, quelle idée, il lui avait fait peur ! Non ! on ne peut pas appeler mauvais traitements ce qui, à son avis, n'est que de la mauvaise organisation, ou plus exactement, une absence totale d'organisation. « Seulement voilà, pense-t-il, il est grand temps qu'on s'occupe de nous ». Ceux qui voulaient rentrer en Espagne, ont manifesté leur volonté, ils ont fait leur choix, et ils sont retournés. Ceux qui restent, par leur entêtement, prouvent qu'ils sont décidés à rester. Mais si on ne prend pas, et vite, quelques mesures, ils seront tous réduits à un tas des squelettes, car tous les matins on trouve quelques gars raides et bons pour aller au cimetière de Latour de Carol, sans fleurs ni couronnes. Le fossoyeur du pays, habitué à faire un trou tous les quinze jours, ne sait plus où donner de la... pioche. Aussi pour enterrer ces morts supplémentaires on a demandé une équipe de volontaires. Il paraît que pour les mettre en terre ils sont enveloppés seulement d'un drap ou d'une couverture. Il est vrai que le résultat est le même.

Les conditions d'hygiène ne sont pas non plus exemplaires, et les cas de dysenterie augmentent chaque jour. Quand l'administration du camp les prend en charge et que les services sanitaires interviennent, en général il est déjà trop tard.

Carlos et ses compagnons ont largement le temps de réfléchir à quantité de problèmes que la situation leur impose tous les jours, ils n'ont pas autre chose à faire pour ainsi dire, et ils critiquent la carence ou le manque de prévoyance de ceux qui gèrent ce camp de réfugiés. Comment croyez-vous que ces messieurs de l'armée ont résolu le problème des W.C. ? Tout simplement... ils n'avaient rien prévu ! Le premier jour chacun faisait comme les chats... un trou... et un peu de terre par-dessus. Mais cinq mille trous tous les jours, au bout de quelque temps et avec un peu de chance on finissait par trouver...(!)

Résultat, ils sont allés en délégation au commandement du camp pour exprimer leur mécontentement et demander une solution. Ils se sont fait traiter de fortes têtes, parce qu'ils ont eu des mots acerbes pour l'armée qui les garde là, mais ils ont fini par obtenir des pelles et des pioches. Avec ces outils ils se sont empressés de faire suffisamment de tranchées, un peu partout, et tous les soirs ils ajoutent quelques pelletées de terre dans le fond. « Si au lieu du mois de février nous étions arrivés là en août nous aurions déclenché une belle épidémie de peste dans le canton » pensent-ils.

Les jours se succèdent sans que leur situation matérielle change un tant soit peu. Les jours gris et les chutes de neige alternent avec des jours de soleil éblouissant, mais le froid empêche l'épaisse couche de neige de fondre. La Nature est belle, superbe même, autour d'eux, quand le regard s'en va vers les collines proches ou les montagnes lointaines mais, eux, n'ont pas le calme d'esprit indispensable pour s'attarder à les admirer, trop préoccupés qu'ils sont par les conditions inhumaines de ce séjour qui se prolonge plus que de raison.

Ils viennent de passer dans ce pré boueux leur première semaine, avec tous les jours les mêmes problèmes pour survivre : la nourriture, un mouton pour cent... le bol de riz, et le chauffage. Les arbres continuent de tomber malgré l'interdiction. Des Sénégalais rentrés au camp pour poursuivre les « bûcherons », ont été malmenés, et maintenant ils préfèrent ne plus intervenir et laisser faire. Ils iraient bien se réchauffer un moment à côté d'un de ces feux où tant de gens sont agglutinés, mais ils ne peuvent que battre la semelle en se promenant autour du camp, bien engoncés dans leurs capotes. Par contre la majorité des réfugiés est en guenilles et leurs chaussures, à bout de souffle, prennent l'eau.

Enfin, quelque chose de nouveau. Aujourd'hui des camions de l'armée sont rentrés dans le camp. Ils ont cru qu'ils venaient les chercher. Ils traînaient, tout simplement, les célèbres cuisines de campagne de la guerre de 14-18. Des spécialistes les ont installées en rang, du côté de la route qui va à la gare. Un soulagement pour ces réfugiés qui n'auront plus à s'occuper de leur cuisine. Ils vont être non seulement logés, mais nourris. Des esprits malveillants disent déjà que ces gros chaudrons en fonte sont les mêmes qui dans les fermes servent à cuire les betteraves pour les porcs. Mais maintenant que leur nourriture est faite par des cuisiniers, ils ont du mal à trouver un morceau de pomme de terre dans leur gamelle d'eau chaude.

Une autre « amélioration » est arrivée avec celle des cuisines ; le matin ils ont droit à un « jus ». De quoi ? On ne leur a pas dit. D'orge grillée, peut-être. Ce qui est certain c'est qu'il faut le boire sur place, à peine sorti du chaudron et versé de la louche à la gamelle, car avec la température extérieure et le vent glacial du matin, en quelques minutes il devient imbuvable. Comme d'autre part, le pain n'est distribué que dans la matinée, il est rare qu'il leur reste un morceau à tremper dans le breuvage du lendemain.

La nuit dernière un vent soufflant en tempête, a presque emporté les fragiles tentes sous lesquelles ils s'abritent. Carlos et son frère ont eu beaucoup de mal à retenir la toile qui s'envolait. Mais il est plus amusant, pensent-ils, et surtout moins dangereux de se battre contre les éléments que contre un ennemi armé. Le matin ils ont été obligés de tout remonter, renforcer les bouts de bois et les ficelles pour éviter, à l'avenir, de rester « à la belle étoile » en pleine nuit.

Un autre vent commence à souffler à l'intérieur du camp. Un vent de révolte contre les affreuses conditions où ils se trouvent. Le nombre de morts par jour a doublé depuis leur arrivée. Par contre les malades sont évacués plus rapidement par des ambulances de la Croix-Rouge, sans que personne sache ce qu'ils deviennent. D'autres préfèrent se coucher et mourir sur place.

Des groupes se sont refusés à prendre leur nourriture en faisant grand tapage. La garde a été renforcée et quelques-uns ont été amenés, paraît-il, au fort de Collioure. Les esprits ne se sont pas calmés pour autant, bien au contraire, car ils se sentent tous solidaires et ils sont décidés à forcer les responsables à prendre des mesures pour mettre fin à leurs souffrances.

Au bout de quelques jours de troubles, les réfugiés commencent à percevoir des signes d'un changement qui sans doute se prépare. Des délégués de la Croix-Rouge Internationale viennent au camp, pour leur distribuer des cartes postales d'un modèle spécial, sur lesquelles on leur demande d'indiquer à leurs familles, seulement leur « existence » après la tourmente. Inutile de donner d'adresse, ils seront bientôt évacués, sans qu'il leur soit possible de savoir où. Ces cartes seront transmises à la Croix-Rouge espagnole, si les autorités veulent bien les laisser passer la frontière, ce qui se fera un jour ou l'autre, mais quand ?

Pour tous, ces cartes sont comme « la bouteille à la mer » du naufragé. L'isolement dans lequel ils se trouvent est une des causes du malaise. Chacun « rumine » à longueur de journée les mêmes idées. Quelques-uns ont déjà perdu la raison. Ils ne seront pas évacués comme les autres malades, car ils ne sont pas méchants, mais plutôt « amorphes ».

Pour la majorité, le fait d'avoir rempli ces cartes, dix jours après le passage de la frontière, a été un soulagement bénéfique, tant il est vrai que l'espoir fait vivre. Pour eux, c'est comme si leurs familles avaient déjà de leurs nouvelles. Quand les parents recevront ces cartes, ils devront à leur tour, y mettre quelques mots et les rendre à la Croix-Rouge qui se chargera de les leur faire parvenir. La « boucle » sera fermée, et ils pourront se compter, car il doit y avoir presque deux millions de manquants. Il s'agit, si l'on peut dire, de les retrouver, mais principalement pour eux, les vivants, l'objet est de soulager l'angoisse des familles dans l'incertitude, car ils doivent être considérés comme morts ou disparus. Quelle joie quand ils les sauront en vie !

Toutes les conversations sont centrées sur leur libération, que tout le monde croit imminente, et chacun compte les jours... mais le temps passe et le découragement viendra de nouveau faire des ravages. Même la Croix-Rouge n'obtiendra pas l'autorisation avant quelque temps. En somme, des représailles envers « ceux qui ont choisi la liberté » qui n'atteignent en réalité, que leurs familles restées en Espagne. L'Espagne nouvelle est balayée par le vent du « grand nettoyage » et son souffle empêche le passage de leurs cartes.

Ceux du paradis franquiste préféreraient, sans doute, et cela se comprend, avoir dans leurs camps de travail tous ces réfugiés, pour déblayer les ruines et pour reconstruire ce qui a été détruit (à qui la faute ?) à grand renfort de coups de pied... et pour un plat de lentilles. Tout compte fait, Carlos pense que, personnellement, le coup de pied du gendarme, lui aura fait moins de mal, moralement, que le même coup de pied d'un de ses compatriotes, si jamais ils avaient pu le lui donner. Il ne l'aurait pas admis, il sent qu'il se serait révolté... et ils l'auraient sans doute « éliminé ». C'est pourquoi il attend. Il préfère que la rage leur soit passée et que la haine soit remplacée par l'oubli. Peut-être même le régime actuel sera-t-il obligé de s'adoucir sous la pression des autres pays.

Avec ses compagnons, Carlos parle souvent de leur avenir qu'ils ont du mal à imaginer, et ils arrivent toujours à la conclusion la plus pessimiste : « dans le pire des cas, disent-ils, comme Franco est plus vieux que nous, il a des chances de disparaître avant, et comme son régime ne lui survivra pas, nous pourrons alors retourner dans notre Patrie ». Oui, mais en réfléchissant et en faisant le compte, ils se rendent à l'évidence que « dans ce cas » c'est toute leur vie qu'ils vont passer en France, en attente d'une problématique amnistie, ou de la prescription, au bout de trente ans... Moralement ils se sentent prêts, et cette aventure ne leur fait pas peur. Ils envisagent dès maintenant toutes les solutions possibles, de façon à faire un choix convenable, le jour venu.

Les haut-parleurs hurlent le départ ! Demain matin 28 février, tout le monde doit être prêt à sept heures. Cet après-midi du lundi 27 restera pour tous un moment mémorable. Ils vont enfin quitter ce bourbier ! La joie est sur tous les visages. Il faut dire qu'ils n'ont pas été tellement surpris. D'abord leurs cris de révolte puis, leur passivité à l'exécution de toutes les corvées, ont porté leur fruit. Les journaux locaux même ont rapporté quelques échos, résultat des visites de journalistes venus les questionner à travers les barbelés. Et cela n'a pas été bien accueilli, paraît-il, par les autorités militaires. On les comprend, mais c'était, comme on dit, de bonne guerre.

D'autre part, la veille, dimanche, il y avait foule autour du camp. Les gens du pays étaient venus les voir. Une distraction en quelque sorte. Les uns accompagnés de leurs enfants, comme s'ils les menaient au zoo. Et on peut se demander ce que leurs parents pouvaient bien leur raconter pour leur expliquer la situation de ces gens, enfermés à l'intérieur de cette énorme cage. D'autres cherchaient à lier conversation avec eux, en parlant catalan, et ils leur faisaient passer des cigarettes ou des victuailles récoltées dans quelque bureau ou atelier. Les Sénégalais « n'y voyaient rien ». Il y avait bien longtemps qu'ils s'étaient mis du côté des réfugiés et ils les laissaient faire, en tournant discrètement le dos, quelquefois même à leur commandement. « Demi-tour, droite » était devenu un mot de passe et de rigolade entre eux, sans que les Sénégalais se sentent vexés. Ils étaient de braves types, bien qu'un peu bourrus.

Des jeunes filles aussi ; il y en avait par groupes de trois ou quatre, qui venaient voir toute cette jeunesse gâchée, peut-être avec l'intention inavouée d'avoir le frisson en pensant à ce que la suppression des barbelés aurait provoqué comme ravage dans les cœurs des jeunes, et des moins jeunes, du village.

Toujours est-il que dans le pays les gens le savaient, oui, que le départ était décidé pour le mardi matin. A la gare ils avaient même reçu l'ordre de préparer un train. Et une compagnie de gendarmerie était arrivée depuis le samedi. Les villageois étaient heureux de les voir partir et ils le montraient en leur souhaitant bonne chance. Une minorité, qui avait toujours eu peur de ce camp de « rouges » dans leur commune, devait être soulagée de se débarrasser d'eux, mais ne savait pas comment leur exprimer son contentement.

Carlos espère qu'un jour ces gens, trompés par une certaine presse ou propagande, ne manqueront pas de preuves de la bonne foi de ces républicains, de leur loyauté envers un régime, et de leur droit à la vie comme tout être humain. Après tout s'il est là, c'est un peu de leur faute. Qu'auraient-ils fait à sa place ? Comment feront-ils à la prochaine conflagration qui ne manquera pas de se produire ? Pendant la « guerre civile » il y a eu des atrocités dans les deux camps ; des églises incendiées par les « rouges », des « rouges »» prisonniers de Franco suppliciés dans les arènes où les taureaux étaient lâchés un peu à la manière des jeux du cirque. Sans parler de Guernica, et de tant d'autres. Mais il ne tardera pas à les voir à l'œuvre ces prudes messieurs endimanchés, qui le regardent avec horreur, quand ils osent le regarder. Ils auront l'occasion de changer d'avis et de reconnaître qu'un individu qui s'est battu pour défendre ses idées, sans vouloir pour autant être considéré comme un héros, mérite tout au moins d'être traité comme un homme.

Et Carlos, devant ces regards fuyants, souhaite dans son for intérieur que si un jour un de ces messieurs se trouve en difficulté où que ce soit, la main amie d'un de ses compagnons d'infortune, vienne à son secours, ne serait-ce que pour éponger sa dette envers le pays qui l'a accueilli.

⁂

Les gendarmes, rentrés tôt au camp ce matin, ont fait plier bagages à tout le monde, et nettoyer au maximum le terrain. Quelques tas d'ordures brûlées fument encore et des groupes s'attardent autour pour essayer de se réchauffer les pieds trempés de neige en les approchant des cendres chaudes. Les autres sont en colonne par quatre depuis une heure et piaffent d'impatience, en attendant le départ.

Cette fébrilité n'atteint pas les deux frères, plutôt enclins au scepticisme qu'à l'emballement. José semble même pensif. Carlos lui en fait la remarque.

— Nous quittons l'enfer, c'est sûr, lui répond José, nous savons maintenant ce que c'est. Mais nous n'irons pas directement au paradis. Il faut d'abord faire un stage au purgatoire. Et le purgatoire, le connais-tu ?

— J'avoue que non ; tu as raison. Mais ça ne peut pas être pire qu'ici, conclut Carlos.

Seize jours et seize nuits sur la neige, à patauger dans la boue, avec comme toute protection une frêle tente, même entouré de quelques amis solides, il faut avoir le moral bien accroché pour résister. Malgré le froid et les privations, leur santé n'a pas été altérée — par quel miracle ? — La chaleur de l'amitié sans doute qui, en réchauffant l'âme, a maintenu le corps en équilibre. Ils partent de là indemnes, mais sans regret et le souvenir de ce « séjour en montagne » ne s'effacera pas facilement de leur mémoire. De quoi leur faire détester à jamais ce que d'autres, à condition naturellement d'être confortablement équipés, peuvent considérer comme une source de plaisirs.

Enfin les ordres commencent à arriver. Des gradés, avec des sacoches bourrées de papiers, font un pointage sur les listes de rentrée en France, avant de donner l'autorisation de sortie du camp. Quelques ouvertures ont été pratiquées dans les barbelées. Elles sont à moitié obstruées par des planches montées sur deux tréteaux, qui font office de bureau devant lequel les réfugiés vont défiler en déclinant leur identité. Des queues se forment.

Celui qui est devant Carlos donne son nom : Turella. Le gendarme le trouve dans sa liste, met une croix et dit : « au suivant, comment t'appelles-tu ? » Car il va de soi qu'on ne peut pas dire « vous » à un individu en guenilles, ce qui lui fait perdre — évidemment — toute sa personnalité. Et il se met à chercher le nom de Carlos. Au bout d'un moment...

— Tu n'es pas là, lui dit-il.

— Comment ? Je ne suis pas là ? dit Carlos en riant et regardant le bout de ce qui lui tient lieu de chaussures.

Il l'avait vu faire : il avait cherché à T. à cause de Turella, le précédent. Et en riant toujours, Carlos lui dit : Mo-re-lla, avec un M comme... et il s'arrête net.

A l'instant même il a pensé que cette plaisanterie adressée à un gendarme en l'exercice de ses fonctions pouvait être prise comme une offense et lui coûter cher.

— Il fallait le dire avant, lui dit-il tout rouge, tu me fais perdre du temps.

— Nous tous, nous avons perdu ici trois semaines, et le monde continue de tourner, lui répond Carlos pendant que le gendarme met une croix à côté de son nom enfin retrouvé.

Quand le gendarme relève sa tête, Carlos a compris qu'il n'est pas content de sa réponse, et s'empresse de quitter les lieux, car il a le sentiment que, s'il n'avait pas été assis, il aurait eu droit quelque part, à un coup de pied de gendarme, le deuxième en peu de temps !

Plus d'une heure se passe avec cette formalité. Enfin les voilà tous sur la route, vers la gare, où des badauds les regardent passer, bien encadrés par gendarmes et Sénégalais. Dans une voie de garage, un train les attend. Sans précipitation, car le train ne partira pas avant que le dernier d'entre eux ne soit monté, ils s'installent à dix ou douze par compartiment de huit.

Il est près de midi quand les coups de sifflet du Chef de gare libèrent le convoi qui se met en marche. Adieu à Latour de Carol ! A quand leur prochaine visite ? Et, reviendront-ils un jour ? Peut-être jamais, pour quelques-uns d'entre eux ! Et ils longent tout doucement le cimetière, comme pour mieux adresser une dernière pensée aux compagnons qu'ils laissent là. Ils avaient « choisi la liberté » et ils ont trouvé, en supplément, le repos éternel dans la fleur de l'âge.

⁂

Le train ne roule pas très vite dans ce terrain accidenté et on entend les coups de sifflet intermittents de la machine. Ils regardent tous le paysage, sans dire un mot, comme s'ils observaient la minute de silence pour ceux qui restent là. Minute qui dure plus que d'habitude ; il n'y a plus de clairon pour les arracher à leurs pensées. Et leurs pensées vont à leurs morts, bien sûr, mais aussi et surtout aux familles restées de l'autre côté de la frontière. Et le train avec sa marche et ses coups de sifflet les éloigne de plus en plus, et inexorablement, des familles, parents, fiancées... Carlos a la douloureuse sensation, et certainement d'autres comme lui, qu'on lui arrache quelque chose de lui-même, comme ça, à vif. Cela fait partie sans doute, du prix de la liberté.

Il est impossible de dire si c'est la vue de ces montagnes splendides ou de ces ravins sans fond qui crée cette angoisse, les obligeant à garder un silence si profond. Ce qui est sûr c'est que tout le monde pense aux siens, ou à soi-même, en se demandant encore une dernière fois « suis-je un traître à ma patrie ? m'étant exilé, ne serais-je pas, et pour toujours le renégat de la famille ? »

Cependant Carlos se souvient des conseils de sagesse de leur père. Voyant venir pour eux le temps de l'épreuve, du débat de la conscience et des hésitations, il leur avait écrit dans les derniers temps : « Si vous le pouvez, ne

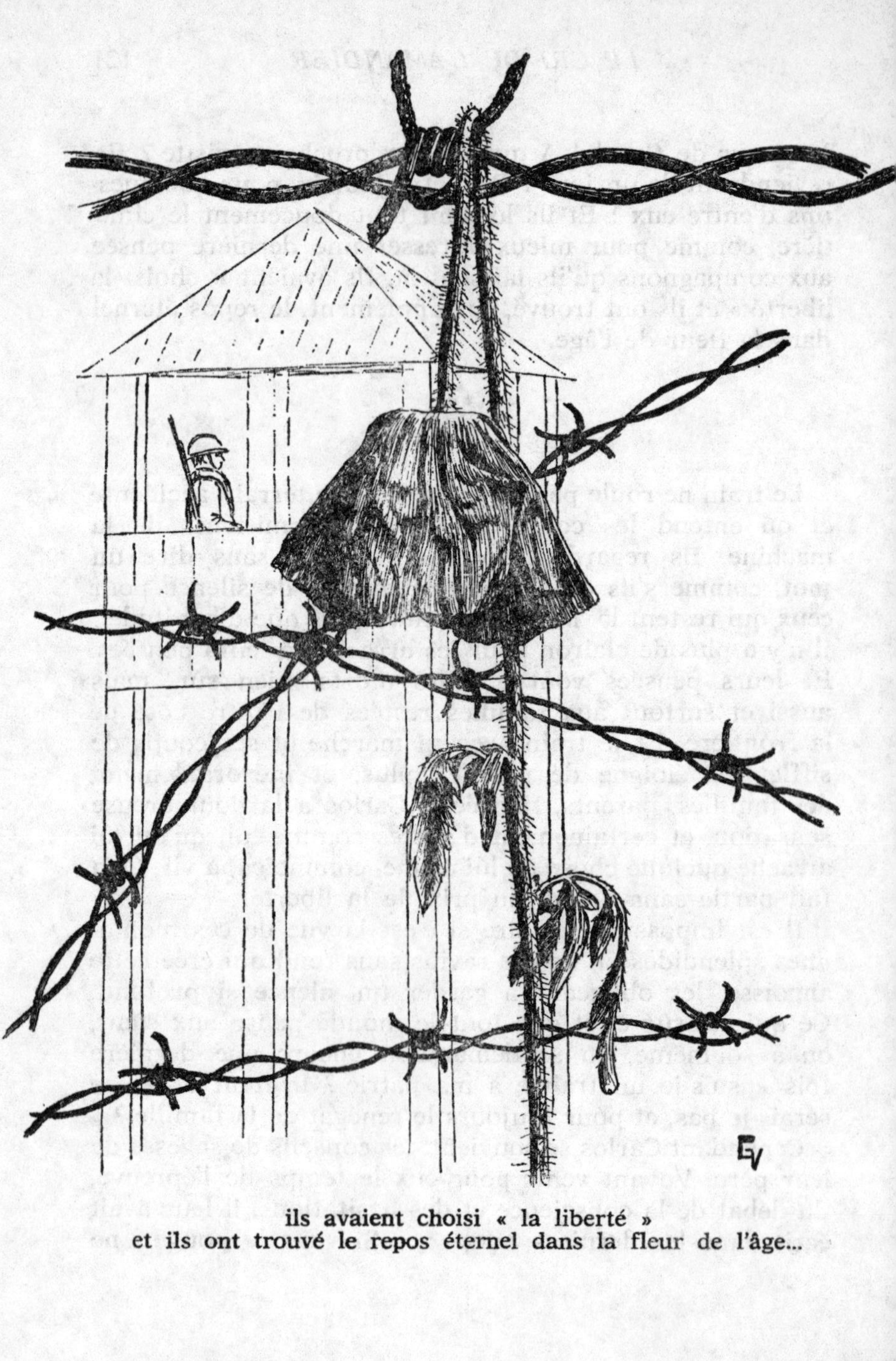

ils avaient choisi « la liberté »
et ils ont trouvé le repos éternel dans la fleur de l'âge...

restez pas là. L'héroïsme peut exister dans la bataille ; après, c'est de l'inconscience que de vouloir braver des gens déchaînés, s'octroyant la raison par la force afin de mieux se venger sur le vaincu. La prudence dans ce cas-là n'est pas de la traîtrise, ni même de la peur, quand on a fait son devoir, et rien d'autre ».

Ce silence oppressant ne pouvait pas durer éternellement dans le cœur de ces milliers de jeunes ayant subi tant d'épreuves et aujourd'hui sains et saufs d'une épouvantable tuerie. La vie prend toujours le dessus. Et comme s'ils avaient formé un gigantesque chœur, auquel un maître invisible aurait donné le coup de baguette du départ, d'une voix unanime, ils se sont tous mis à chanter « Ce n'est qu'un au revoir » dans une version adaptée à leur langue, bien sûr. Moment entre tous émouvant et inoubliable, que celui de ces chants jaillis spontanément de tant de gorges trop longtemps serrées. Des chants de guerre et des chants d'espoir se sont alternés jusqu'à épuisement du répertoire. Des chants que l'écho doit porter à des kilomètres en se réfléchissant dans les montagnes, en traversant les vallées, annonçant au passage du train, la première victoire d'une poignée de réfugiés — celle contre les éléments — et leurs premiers pas sur la route de la liberté.

Le convoi fait halte dans presque toutes les gares de son parcours. Naturellement il est interdit de descendre, et tous les quais sont occupés par un cordon de soldats, qui maintient les badauds, tout en surveillant les portières. Les curieux venus les voir au passage, leur posent des multiples questions. D'autres leur apportent à boire, ou leur donnent des cigarettes. Dans quelques gares, l'arrivée du train a été saluée par des applaudissements, quelques poings levés aussi, mais qui ne réussiront pas pour autant à faire lever les poings de tous les voyageurs de ce convoi. Tous ont souffert de la politique et des politiciens, bien qu'une minorité seulement s'en rende compte, et à ceux-là personne ne leur fera faire un geste qui ne correspond plus à leur idée de liberté.

Le train continue son chemin et peu à peu l'horizon s'éloigne, les vallées sont plus ouvertes, les tunnels moins nombreux. Il descend les pentes des Pyrénées par Ax-les-Thermes, Tarascon, Foix et Pamiers déjà dans la plaine. Encore quelques kilomètres, pour s'arrêter à Nervet, gare minuscule entre les voies et une route nationale, où si l'on en juge par l'abondance de militaires, ils sont attendus. C'est sans doute la destination du convoi. On fait descendre tout le monde, et en colonne par quatre ils traversent la route entre deux haies de militaires, gendarmes et Sénégalais, mais sans spectateurs civils, le village même étant trop loin. Juste en face de la gare quelques vieilles baraques vont servir de logement pour une nuit. Carlos a réussi à savoir par un gendarme qui n'était pas très avare de ses paroles, que ces baraques sinistres avaient abrité des prisonniers allemands pendant la guerre de 14-18, et qu'ils allaient repartir dès le lendemain matin pour un village proche, leur destination définitive.

Ce sera pour ces réfugiés, la première nuit passée sous un toit dans cette terre de France, dix-sept jours après leur arrivée, c'est-à-dire le 1er mars 1939. Couchés à même le sol — ils ont l'habitude — enveloppés dans leurs couvertures et entassés, presque les uns sur les autres, mais à l'abri de la neige et de la boue.

De bonne heure un camion de l'armée arrive avec quelques chaudrons de café chaud. Un autre apporte les rations de pain pour la journée. C'est trop beau ! Tout de suite après, quelques cris, quelques ordres et tout le monde est une fois de plus sur la route en colonne par quatre, tous déguenillés, avec leurs hardes, surveillés comme des prisonniers ou des malfaiteurs et, en avant marche ! Carlos retrouve le gendarme de la veille, toujours aussi prolixe, et il essaye de savoir combien de kilomètres ils ont à parcourir ainsi, tant il est vrai que le plus pénible c'est de ne pas savoir où l'on va, et que dès lors qu'on connaît son but, le courage vous porte vers lui, et la peine pour l'atteindre se fait plus légère. Il traduit autour de lui et renseigne ses compagnons, qu'ils n'ont à faire que neuf kilomètres à pied ; la nouvelle est partie comme une traînée de poudre, de bouche à oreille, vers l'avant et vers l'arrière de la colonne qui doit s'allonger sur près de trois kilomètres car ils sont quelque cinq mille.

La route est absolument plate et comme tracée avec une règle. Ils ont la chance d'avoir une journée claire et ensoleillée pour cette « promenade » et de ce fait ils voient dans l'axe de la route devant eux, mais assez loin, le clocher d'une église qui, comme un mirage, semble s'éloigner au fur et à mesure qu'ils s'approchent. Il restera immobile pendant longtemps pour enfin grandir peu à peu avec leur marche cadencée, aidée de temps à autre par quelques chants selon une vieille habitude militaire. Le cortège fera une halte d'un quart d'heure vers le milieu du parcours, non à cause de la distance, mais parce qu'ils sont tous trop chargés. Ne sachant jamais de quoi demain sera fait, ils traînent toujours tous les ustensiles indispensables pour faire la cuisine, leurs tentes en toile, ainsi que toutes leurs affaires personnelles, linge, tricots, couvertures.

Ils sont tellement habitués à se voir ainsi harnachés les uns les autres qu'ils ne remarquent plus combien ils doivent paraître bizarres — pour ne pas dire ridicules — au badaud qui les rencontre, car il y en a parmi eux qui portent tellement de choses qu'on les voit à peine et, à la limite, on croirait voir se déplacer tout seul un colis géant. Au sac-à-dos, toujours trop petit, on accroche avec des bouts de vieille ficelle les casseroles, noires de la fumée des feux de bois, les bouteilles métalliques contenant l'eau, les vieilles chaussures, et tant d'autres objets hétéroclites. Avec le balancement de la marche, les ficelles cassent et, de temps en temps, on entend le vacarme d'une marmite sur la route, et les rires de ceux qui suivent derrière. Ils ne se privent pas de lui donner quelques coups de pied, au passage, pour s'amuser, au grand désespoir de son propriétaire qui la récupèrera difficilement, et en tout cas toute bosselée. Comme dans tout déplacement de masse, la tête de la colonne marche vite, par rapport à ceux qui, fatigués, perdent peu à peu du terrain, obligeant l'escorte à les attendre. Personne ne cherche à prendre la fuite, où iraient-ils ? Avec cet accoutrement et dans un pays où ils se sentent si étrangers, ne serait-ce que par la langue ?

Enfin le village apparaît ; un groupe de maisons basses entourant le clocher. Devant les premières maisons une pancarte « Ramèzes », et le triste cortège commence sa traversée. Pas de fanfare bien sûr, l'accueil n'est pas très chaleureux ; il est même hostile. Les commerçants se précipitent pour baisser les rideaux de fer de leurs boutiques, comme s'ils voyaient arriver une bande de voleurs. Les gens rentrent chez eux brusquement pour les regarder par la fente de la porte entr'ouverte, ou derrière les carreaux de leurs fenêtres, les volets mi-clos. Les habitants ont fait une ville morte de leur village pendant les deux heures qu'aura duré ce défilé. Une distraction inhabituelle en somme.

Carlos aurait bien voulu voir une figure humaine ou, plus exactement, les yeux de quelqu'un pour y chercher les raisons d'une telle hostilité, de tant de méfiance. Dans l'impossibilité d'avoir une réponse il dit à son frère et à ses amis : « maintenant que nous sommes-là, nous aurons bien l'occasion de nous revoir, de faire connaissance, et eux, ils auront celle de se repentir de tant de bêtise ».

Le cortège longe la route, qui est en même temps la rue principale du village. Sur la gauche une grande place avec une partie couverte doit être le lieu où se tiennent les marchés. Derrière, dans le fond, une église toute en briques attire l'attention de Carlos, habitué à voir chez lui ces édifices construits en bonne et solide pierre. La place est aujourd'hui occupée par quelques camions militaires, avec un détachement de troupes qui les regardent passer pour assurer la bonne marche des opérations, en rassurant à moitié seulement, si l'on en juge d'après les portes et les volets fermés, une population apeurée.

Une fois le village traversé. on leur fait prendre un chemin à gauche de la route qui descend vers une rivière. A quelques mètres sur la droite s'élève une étrange construction toute en briques, surmontée d'une très haute cheminée, également en briques. Il s'agit en effet d'une ancienne briqueterie, dont les bâtiments ont l'air abandonnés. C'est là que les gardiens de la colonne vont les faire entrer, en les canalisant comme font les bergers avec leurs chiens, pour que tout le troupeau regagne la bergerie. Combien de temps resteront-ils là ?

Ici tout a été préparé pour les accueillir, avec moins de précipitation — donc d'improvisation — qu'à Latour de Carol. Trois ou quatre rangées de barbelés entourent le terrain. En franchissant l'entrée, ils passent devant le corps de garde déjà installé dans une maisonnette indépendante de ce que fut l'usine. Dans une pagaille monstre chacun cherche une place. Les meilleures semblent être, à première vue, celles d'un immense tunnel, l'ancien four, parce que plus à l'abri des courants d'air. Quelques faibles lampes électriques ont été suspendues à la voûte, pour qu'ils puissent voir et qu'ils ne se marchent pas dessus. Le reste du bâtiment est occupé par les séchoirs ; sorte d'échafaudages constitués de grosses poutres et de planches mises en travers, séparées les unes des autres de quelques centimètres. Elles devaient servir de support aux tuiles et aux briques qui, en sortant des moules, y séjournaient pendant le séchage, avant d'aller à la cuisson, au four-tunnel.

Le séchoir est énorme et la surface se trouve multipliée par les cinq ou six étages superposés qui montent ainsi du sol jusqu'à la couverture en tuiles. Les planches sont à peine fixées, et ils devront faire bien attention pour ne pas passer à travers et descendre brusquement sur les occupants de l'étage inférieur. Le sol, en terre battue, est rouge comme de la brique pilée, et leurs pas soulèvent une poussière impalpable qui bientôt formera un halo de brouillard autour des lampes électriques.

Pour la petite équipe de Carlos, la route n'aura pas été trop longue ni pénible. Presque une promenade agréable. Il est vrai que leur paquetage a été ramené aux affaires indispensables pour tous les quatre, avant de quitter Latour de Carol, et qu'ils l'ont équitablement partagé. Chacun de ce fait profite de la solidarité de tous, en transportant une charge plus légère. Ils vont être aussi d'accord pour s'installer au dernier étage et ils empruntent des escaliers, ou plutôt des échelles rudimentaires pour y accéder. Ils pensent avoir là-haut un peu moins de poussière et un peu plus d'air respirable.

A peine les derniers de la colonne sont-ils entrés, qu'une sonnerie de trompette se fait entendre. Ils se regardent tous en s'interrogeant sur ce nouveau langage. C'est vrai, il va leur falloir s'habituer aussi aux appels militaires de l'armée française. Quelques cris en bas, près de la porte, seront nécessaires pour qu'ils comprennent que c'est l'heure du déjeuner. Des cuisines de campagne, déjà en fonction, ont préparé le repas des réfugiés pendant la matinée et on n'attendait que leur arrivée pour les servir. Décidément tout va bien !

En descendant à l'appel, Carlos se rend compte combien il est plus facile de monter par ces échelles aux barreaux irréguliers, — quelquefois il en manque — que de les descendre à l'aveuglette, en risquant la chute à chaque étage. Derrière la briqueterie un pré d'à peine un hectare a été clôturé avec les mêmes rangs de barbelés qu'ils avaient vus à l'entrée. La cour de récréation ! Sur un côté, une rangée de cuisines de campagne. Les chaudrons ventrus et fumants les attendent, et des queues se formeront bien vite pour ramasser dans leur gamelle une louche de pommes de terre avec quelques bouts de viande, le tout cuit à l'eau. Comme dessert, un camembert tout ratatiné, à partager en dix portions. Pour avaler ce premier repas ils préfèrent rester sur place, afin de faire un tour dans leur nouveau domaine, avant de finir leur installation à l'intérieur. Ils se rendront compte tout d'abord que le pré est trop petit pour les cinq mille réfugiés qui viennent d'arriver là ; heureusement que plus de la moitié, une fois leur gamelle pleine, sont rentrés de crainte de ne pas trouver leurs affaires car, aussi lamentable et aussi incroyable que cela puisse être dans une telle bande de misérables, il y a des voleurs parmi eux. La guerre n'a pas amélioré les mentalités, loin de là.

Tout à fait dans le fond du pré, touchant les barbelés, une étrange construction attire leurs regards. Avec des pilotis en bois on a aménagé un plancher à un mètre de l'herbe, avec une rambarde autour. Quelques marches permettent d'y accéder. De loin, d'où ils sont, on dirait une tribune pour quelque spectacle folklorique, ou pour des concerts de fanfares.

— C'est pour faire du théâtre, a dit quelqu'un.

— Non, c'est pour ceux qui chantent en chœur, a dit un autre.

Pas possible ! Auraient-ils pensé à cela ? Mais son utilisation définitive ils la trouveront quand, en s'approchant, ils pourront distinguer clairement une bonne dizaine de gros récipients placés en dessous, exactement à l'aplomb des quelques planches manquantes. Ce sont les tinettes ! Oui, vraiment, cette fois-ci tout avait été prévu, et ces initiatives commencent à étonner et à surprendre ceux qui ne croyaient plus à l'ingéniosité française car, une solution semblable... Il fallait la trouver ! En tout cas, dès le premier jour, ces lieux auront été baptisés « le kiosque à musique », à cause de leur vague ressemblance et pour des raisons faciles à imaginer. Ainsi désormais, quand on demande à quelqu'un... « As-tu vu un tel ? » si la réponse est... « Oui, il est descendu au kiosque à musique... » on sait tout de suite où il se trouve.

Dans l'après-midi, un autre appel de trompette (différent du précédent) les fait sortir. Il s'agit d'une distribution de paille pour augmenter leur « confort ». La poussière du sol n'est rien à côté de celle que la paille remuée par cinq mille individus a pu faire en quelques minutes. Un brouillard dense qui durera des journées entières. Surtout que dans le séchoir, avec les planches disjointes, la paille descend vers les « locataires » des étages inférieurs. Carlos et ses amis, tout compte fait préfèrent se trouver tout en haut de ce poulailler. Pour ne pas perdre leur paille, ils ont étalé d'abord les vieilles toiles de tente, sur lesquelles ils l'ont éparpillée en une bonne épaisseur et, pour finir, ils mettent par-dessus des couvertures, en gardant d'autres pour se couvrir la nuit. Les conditions ne sont pas idéales, mais leur vie sera là plus facile que dans le pré de Latour de Carol. Comment ont-ils fait pour résister ? Il faut croire que la soif de vivre de l'individu y est pour quelque chose !

Le premier soir ils auront droit à une louche de bouillon, après un coup de trompette naturellement. Il était assez tôt, le soleil à peine couché ; avant de retourner à leur hangar, ils auront pu voir un groupe de soldats qui descendaient le drapeau français d'un mât qui se trouve planté devant le corps de garde. Visiblement les responsables de ce camp doivent avoir des ordres pour faire vivre tout le monde au rythme des faits et gestes de leur armée. « S'ils savaient, pense Carlos, combien nous en avons par-dessus la tête, de la guerre, de l'armée, et combien nous aspirons à autre chose qu'à marcher au pas ! ».

Le lendemain, au petit jour, des sonneries leur font comprendre que c'est l'heure de la relève de la garde, de « l'envoi des couleurs » et enfin de l'appel « au jus ». Le va-et-vient continu de tant de gens, soit vers les cuisines, soit vers le « kiosque à musique », a déjà marqué les endroits de passage en éliminant, et pour longtemps, l'herbe de ce pré. Il faut dire que, pareille à celle des fourmis, circule dans les deux sens une procession permanente, formée par « ceux qui vont » en se dépêchant plus ou moins et « ceux qui reviennent » moins pressés, regardant le ciel bleu et respirant au passage l'air des cuisines.

Dès le premier jour, ils disposent d'eau potable à volonté grâce à quelques citernes de l'armée, ce qui va leur permettre par la même occasion, de faire sur place une rapide toilette à condition de ne pas la gaspiller. Mais en peu de temps, avec l'eau qui coule par terre, sur l'herbe piétinée, l'approche est devenue presque impossible ; devant les citernes s'est tout de suite formé un véritable bourbier. A tel point que pour prendre l'eau à boire, il faut rentrer dans la boue jusqu'aux chevilles. La solution est arrivée très vite... « Interdiction de se laver » Ce qui, à première vue, peut paraître ridicule, car on vient de les gratifier chacun d'un magnifique morceau de savon de Marseille.

Mais la vraie solution ne se fera pas attendre, et elle fera d'une pierre deux coups, en résolvant au passage le problème du lavage du linge qui commence à devenir préoccupant. Pour cela... il y a la rivière toute proche, de l'autre côté du chemin. Seulement ils ne peuvent pas y aller tous à la fois, pensez vous, cinq mille ! Alors on leur fait comprendre par note affichée que ceux qui auraient besoin d'aller se laver, ou de laver un ballot d'affaires, doivent se présenter au corps de garde... La ruée vers l'or ! La queue, en colonne par quatre, comme d'habitude, traverse les hangars, et se perd dans le pré vers le « kiosque ».. Nouvelle solution ; un garde prend les vingt premiers, sort du camp, les conduit à la rivière et là... « messieurs vous avez un quart d'heure », et pendant ce temps il monte la garde avec son fusil, après quoi il revient au camp avec ses vingt individus, pour repartir aussitôt avec un autre groupe, et son fusil. Ainsi tous les quarts d'heure. Bien sûr ils ont le temps de se laver les pieds, la figure, et... même un peu de linge, sans fignoler naturellement. Carlos y est arrivé, lui, alors ! Seulement voilà même à dix heures par jour, c'est-à-dire quarante quarts d'heure, multipliés par vingt individus, cela donne un maximum de huit cents collègues propres. Et les quatre mille deux cents autres ? Ils attendent leur tour ! Il ne faut pas désespérer, une fois dans la semaine c'est mieux que rien, et le problème est résolu. Comme dit Carlos... « S'ils avaient vraiment voulu nous épater, ils auraient fait passer la rivière au milieu du camp ».

L'organisation du camp est sans doute assez simple, mais Carlos ne la connaît pas. Il voit seulement qu'il y a un détachement de militaires, avec toujours quelques Sénégalais, et un peloton de gendarmerie. Mais dans une collectivité de cinq mille personnes, un gros village en somme, de nombreux problèmes se posent tous les jours, que la direction du camp ne peut résoudre sans la participation effective des réfugiés. Les listes avec noms, etc. établies lors du passage à la frontière existent toujours mais depuis, un certain nombre est retourné en Espagne, des malades ont été évacués dans les hôpitaux — dont quelques-uns sont revenus — et enfin il y a eu des morts.

Une mise à jour des listes s'impose donc et pour cela le commandement demande leur assistance. Sur un tableau d'affichage est apparue une note, appelant tous les gradés de l'armée espagnole à une réunion en plein air pour recevoir quelques informations, qui deviendront plus tard des consignes à respecter, autrement dit des responsabilités. Une demande pressante est faite également pour savoir ceux qui, connaissant la langue française, pourraient servir d'interprètes.

Parmi les gradés, lieutenants de sections, capitaines de compagnies, même commandants de bataillons, certains sont très contestés par leurs anciennes troupes, sans doute à cause de leur comportement au front, et préfèrent rester dans l'anonymat. D'autres plus populaires, sont acceptés par l'ensemble et deviennent par nomination des autorités françaises du camp, quelque chose comme chefs et responsables d'un groupe de cent individus.

Armé de papiers et de crayons, chacun de ces responsables dresse une liste, à la manière d'un état civil (nom, prénom, date et lieu de naissance, noms des parents, domicile, profession, études), de ceux qui, à concurrence de cent, ont bien voulu s'inscrire auprès de lui. Ces listes confrontées avec celles en possession de l'administration, permettront la mise à jour définitive d'un fichier alphabétique, de sorte qu'on pourra trouver n'importe qui plus facilement en faisant appel d'abord à son chef de groupe. Par ailleurs quatre interprètes se sont fait connaître ; leur mission sera celle de la traduction, non seulement de ce que le commandement du camp aura à communiquer à l'ensemble, mais des demandes que les réfugiés auront à adresser aux autorités.

Les listes ont été faites malgré la réticence de quelques-uns, qui craignent sans doute que la police française ne donne leur nom à celle d'Espagne. Ils sont peut-être déjà fichés là-bas. Mais on leur a fait comprendre qu'ils étaient des exilés, donc protégés par le droit d'asile et que, de toute façon s'ils ne veulent pas déclarer leur identité, ils n'auront droit ni à la nourriture ni aux distribution de vêtements, chaussures, etc, qui doivent suivre. Pour remplir les fiches on embauche : les quatre interprètes, d'office, et quatre volontaires parmi les gradés. L'équipe de Carlos et de ses amis, est à son affaire. Pendant quinze jours, dans un local transformé en bureau, ils vont remplir des fiches, de leur plus belle écriture, à raison de huit à dix à l'heure chacun, sous les ordres d'un gendarme qui n'est autre que celui que Carlos avait trouvé à Nervet. lI aura ainsi le loisir de parler de longs moments avec lui pendant ces jours, où ils sont les bureaucrates du camp.

C'est un grand gaillard, très blond, taillé en armoire à glace. Sa préoccupation majeure, on s'en rend compte parce que les conversations aboutissent toutes au même sujet, c'est la guerre. La guerre qu'il croit inévitable et prochaine. Non de la part des Français qui voudraient l'éviter à tout prix, mais de celle des Allemands qui eux, ne font que se préparer, qui seraient même prêts. D'où tient-il tant de renseignements, de petits détails, qui font que tout ce qu'il dit devient crédible ? Carlos trouvera l'explication quelques jours plus tard lorsqu'il leur dira être originaire d'un village d'Alsace au nom si compliqué que Carlos, bien que le lui ayant fait répéter deux fois, l'aura oublié quelques minutes après. Le fait de vivre à côté de la frontière allemande, où il a même laissé sa femme avec leur enfant, et de bien connaître ses voisins, parmi lesquels il compte des amis, lui permet de savoir à quel point l'opinion de l'autre côté du Rhin, est chauffée à blanc pour passer à l'action.

Son rôle au camp en tant que brigadier-chef est celui

du maintien de l'ordre et de la police, mais il souhaite ne pas avoir à intervenir. Il veut tout savoir, et il leur pose quantité de questions sur la guerre d'Espagne. En fait ces réfugiés ne peuvent que le trouver assez sympathique, car ils le sentent assez près d'eux. Un jour Carlos lui a même raconté le premier contact qu'il a eu avec ses collègues gendarmes, à Latour de Carol. Le bâton de dynamite... la peur.. et le coup de pied au derrière en gratification. Il en a ri de bon cœur, tout autant que les autres auditeurs.

En consultant le fichier, Carlos a eu la surprise de trouver le nom d'un garçon qui habitait Madrid, le même immeuble que lui mais que, perdu dans la multitude il aurait été incapable de reconnaître. Il était bien content de savoir qu'il était là : il allait avoir le loisir de régler avec lui un petit compte, pas méchant du tout, une simple mise au point.

Au début de la guerre civile, lorsque Carlos était au front comme volontaire et son frère José appelé dans l'armée pour son service, le premier avait appris par le plus jeune frère resté à la maison — il n'avait que seize ans — qu'un des frères de celui qu'il venait de repérer était passé à la maison pour demander où se trouvaient les deux frères Morella. Il les supposait déjà partis chez Franco. C'est ce qu'il avait dit à leur mère qui l'avait reçu.

Il faut dire que ni les frères Morella, ni les parents, n'avaient de contact avec les autres locataires, et que, pris par leurs études, ils ne faisaient que rentrer et sortir, toujours habillés correctement et cravatés — le comble — ce qui probablement les avait fait prendre pour des jeunes phalangistes. Evidemment, pour des esprits frustes, ils ne pouvaient pas être autre chose, avec un père militaire !

Eux, par contre, ne sont pas partis volontaires,

mais ils sont restés pour faire la police à l'arrière. Ils appartenaient aux fameux comités d'épuration appelés « tchékas » organisés suivant des normes copiées du N.K.V.D. Tout le monde craignait ces comités : ceux de la droite comme ceux de l'extrême gauche, car ils fusillaient pour un oui ou pour un non. Et comme tels ils s'octroyaient tous les droits : enquêtes, perquisitions, détentions ; ils n'étaient pas capables de faire autre chose que ce « sale boulot ».

Ils étaient donc allés chez les Morella dès la première semaine du conflit, à trois ou quatre bien harnachés et armés. La mère leur avait ouvert la porte, terrorisée, et ils étaient entrés jusqu'au fond de l'appartement en demandant à voir ses deux fils aînés. La mère qui, d'instinct, était incisive et volontiers caustique dans pareils cas leur répondit : « Eux, ils sont au front depuis le premier jour », puis elle leur avait donné les noms des brigades, et les adresses de ses fils, au cas où ils auraient voulu le vérifier ou aller les voir. Mais Carlos n'avait jamais entendu parler de cela officiellement par ses supérieurs aux tranchées, comme il n'avait pas, non plus, reçu leur visite. Ça canardait au front !

Carlos a donc voulu avoir un entretien avec son ancien voisin, devant quelques amis, afin qu'il sache comment il avait passé les trois ans de guerre, ainsi que son frère, après avoir quitté la maison et la famille depuis le début de la rébellion. Et aussi pour qu'il connaisse sa détermination et son impossibilité d'y remettre les pieds. Mais il voulait surtout que l'autre lui explique les raisons de la suspicion dans laquelle ses frères les tenaient.

Quand il est arrivé au bureau où ils étaient, travaillant au fichier, il n'a accusé aucune surprise de les voir là. Lui, il les avait déjà vus, il les avait même reconnus, mais il n'avait pas voulu se manifester, sans pouvoir dire pourquoi. Impossible de lui arracher grand chose. Il ne savait rien de ses frères, ni de ce qu'ils avaient pu faire. En somme, il n'était pas très à l'aise. Carlos pour terminer lui a fait remarquer que ses études ne l'avaient pas empêché d'avoir du courage, de défendre la République et que, grâce à la connaissance de la langue française lui et son frère n'hésitaient pas à choisir la liberté en dehors de l'Espagne. Pour ne pas se créer un ennemi, avant qu'il ne parte, il lui a offert son aide, en lui disant de venir le trouver s'il avait un problème. Dès qu'il est sorti, le brigadier, qui n'avait pas dit mot jusque là, n'a pu s'empêcher de dire « curieux individu. Un mur ! »

L'épisode des voisins madrilènes trouvera sa conclusion quelques années plus tard lorsque Carlos, ayant reçu des nouvelles de sa famille, apprit de sa sœur que les mêmes individus étaient revenus chez lui, après la capitulation de Madrid, mais cette fois-ci avec d'autres uniformes, et avaient saccagé leurs chambres, emporté les tenues militaires de son père, y compris les épées, ainsi qu'un tas de papiers, de journaux, tous documents pouvant témoigner contre lui, en disant qu'ils savaient où se trouvaient ses fils. Par qui ? Certainement par celui qui avait été leur collègue d'infortune à un moment, et qui avait servi d'indicateur aux franquistes ; un moyen comme un autre pour pouvoir revenir en Espagne, et pour que sa famille puisse « changer de veste » sans avoir d'ennuis. Toujours « le sale boulot » !

D'ailleurs peu de temps après leur entretien, il l'a perdu de vu. Il a dû retourner en Espagne lors de leur changement du camp de Ramèzes à Nervet, probablement avec « une colère rentrée » après les questions posées et auxquelles il ne voulait pas répondre, et avec une bonne dose de jalousie en supplément. C'est le père des Morella qui, militaire fidèle au poste jusqu'à la relève par les vainqueurs allait subir, tout seul, les conséquences de ces basses vengeances. Carlos aura connu beaucoup des héros de cette espèce pendant la guerre d'Espagne, et d'autres encore « copie conforme », plus tard.

Pour en revenir à la vie dans le camp de Ramèzes il n'est que de le comparer à celui de Latour de Carol qui ressemblait au campement d'une tribu de Sioux. Ici, l'intérieur de la briqueterie est une sorte d'énorme campement de gitans, par son désordre indescriptible, sa saleté, sa poussière, mais aussi une étrange caverne d'Ali-Baba, richesses en moins ; c'est peut-être ce dernier aspect qui a laissé à Carlos, malgré son bref séjour à Ramèzes, tant de souvenirs, bons ou mauvais, mais qu'importe, puisque l'important c'est de posséder ces souvenirs et de pouvoir les raconter un jour.

Le mois de mars se termine avec un semblant d'organisation qui se fait sentir dans l'amélioration de la nourriture, puis dans les distributions de linge et de chaussures, dont ils avaient un besoin plus qu'urgent. Surtout que les jours où il ne souffle pas, ce vent terrible que les gens d'ici appellent « la tramontane », il pleut sans arrêt pendant des heures. On ne sait plus à la fin ce qui est préférable. Le vent les empêche de dormir : surtout ceux qui, comme Carlos, se trouvent en dessous des tuiles. Le sifflement modulé et continu fait penser à celui des cordages d'un navire en haute mer. Et il peut durer des journées entières. Au « kiosque à musique » c'est comique... autant que dégoûtant. Impossible de faire son pipi dans la bassine placée en dessous du plancher : le vent emporte tout dans son puissant tourbillon et celui qui le reçoit, en général, c'est le pauvre bougre qui est accroupi à côté.

Quant à la pluie... Les sorties à la rivière sont suspendues, car elle est en crue, et déborde sur la route. Le pire c'est l'état de « la cour de récréation ». Pour aller au « kiosque »... ils ne suivent plus la ligne droite comme aux premiers jours — ils resteraient en chemin — mais ils longent les barbelés, en faisant partiellement le tour du camp, à l'intérieur bien sûr, le terrain étant par là plus solide. Pour leur éviter de faire ce détour, on leur a construit une sorte de passerelle à quelque cinquante centimètres au-dessus de la boue, avec des matériaux bon marché ; des rondins et des planches qui ont un côté légèrement arrondi, restes de l'équarissage des troncs d'arbre. La surface plate pour être clouée a été mise de telle sorte que l'on marche sur les ondulations du côté glissant de l'écorce. Il faut regarder où mettre les pieds, et comme la distance à parcourir est d'environ quatre-vingt mètres (sans compter le retour) c'est un exploit que de faire ce voyage sans un faux pas. Et quand on peut rattraper son équilibre sur la passerelle, tout va bien ; le pire c'est de glisser, et de tomber dans la boue. Carlos un jour a porté secours à un gars qui s'était enlisé jusqu'aux genoux devant lui ; il a bien récupéré une jambe avec sa chaussure, mais l'autre pied est venu, à force de tirer... tout seul : la boue a fait un bruit... gloub ! elle s'est refermée, et le pauvre garçon n'a pas réussi à trouver sa deuxième botte, même en fouillant longtemps avec des perches. Incroyable !

Après cette période de pluies, le printemps peu à peu est arrivé ; le vent toujours aussi fort, a fini par sécher la surface de la boue et, enfin ils ont pu se promener dehors. Ils en avaient assez de jouer aux dominos, aux cartes ou aux échecs. D'autre part une nouvelle distraction s'est offerte à quelques équipes de volontaires. Au camp de Nervet, où il y avait une vingtaine de baraques en maçonnerie, et où ils avaient fait halte une nuit en venant de Latour de Carol, il est question d'en faire d'autres, en bois cette fois-ci, et montées sur des semelles en béton. D'après le brigadier, le camp d'Argelès (installé toujours là-bas, sur la plage) doit disparaître bientôt et les gens vont être envoyés dans d'autres camps. Les voilà donc transformés en charpentiers pendant deux mois pour monter une trentaine de baraques supplémentaires plus celles des W.C. et celles des douches. Un vrai village avec ses rues, places, poteaux d'éclairage, infirmerie, cuisines, magasins pour stocker le pain, la nourriture, bureaux, mais aussi avec ses barbelés et même des miradors, car la superficie à surveiller est beaucoup plus grande.

Les équipes partent le matin par pleins camions pour ne revenir que le soir. Les uns vont à une carrière proche chercher le gravillon et le sable pour couler les socles en béton, pendant que d'autres déchargent à la gare d'en face les wagons de planches pour les monter et les rouleaux de carton bitumé pour les couvrir. Elles se montent assez vite, surtout qu'elles n'ont qu'une porte à chaque extrémité et pas de fenêtres, qui seraient inutiles, car les planches sont clouées avec un espacement de deux centimètres afin d'avoir une bonne aération, et un peu de lumière. Aussi quand on est à l'intérieur on a l'impression d'être dans une cage, mais par contre si le vent souffle dehors, et qu'il traverse la baraque en sifflant, alors là on se croirait au milieu du champ.

⁂

Parmi ces réfugiés il y a eu un certain nombre qui ont exprimé le désir d'assister à la messe le dimanche matin. Cela a posé un problème aux « autorités supérieures ». Des « rouges » à la messe ? L'autorisation a été longue à arriver. Puis il a fallu que ceux qui voulaient y aller se fassent inscrire sur des listes pour pouvoir sortir. A cause de l'obstacle de la langue, il n'y a pas foule, une cinquantaine tout de même. Tous les dimanches, en colonne par quatre (pour ne pas perdre l'habitude, mais aussi parce que c'est plus facile à compter) on les conduit sous escorte jusqu'à l'église du village. Le curé est prévenu bien sûr, les paroissiens également, car personne n'a été étonné de les voir arriver. Un côté de la nef est resté vide, comme réservé pour eux. Et Carlos se dit... « on nous attend ». Le premier dimanche le curé souhaite la bienvenue aux nouveaux fidèles, en demandant à tous de prier pour les autres qui, pour des raisons diverses, ne sont pas là.

Les dimanches suivants Carlos remarquera beaucoup plus de Français à la messe. Et il pense que ce sont peut-être de nouveaux fidèles qui viennent par curiosité, pour les voir, ou bien — et c'est plus vraisemblable — que la peur de les rencontrer (vous pensez ! accompagnés de leur famille, de leurs enfants, de leurs demoiselles !) avait fait bouder l'office à quelques-uns ; peut-être au passage ont-ils critiqué leur curé d'ouvrir ainsi les portes de son église à cette bande de déguenillés.

Mais aujourd'hui ce sont les villageois qui viennent vers eux, et qui osent leur faire quelques sourires à la sortie. Pendant la messe il arrive à Carlos de réfléchir... — avec la facilité qu'il a à laisser échapper son imagination — ... de réfléchir au comportement de ces gens, si loin de lui à tous points de vue. Ceux qui étaient avec eux dès le premier jour sont certainement, en majorité des sympathisants, donc des gens qui les croient sincères et qui ne les craignent pas. Les derniers arrivés ont dû réfléchir un peu plus, et ont préféré attendre, voir « comment ça se passe » avant de se décider ; un vrai cas de conscience, et Carlos, qui comprend leur attitude, se demande si ce n'est pas ces derniers qu'il préfère. Mais... voilà qu'il se met à les juger, alors qu'il est là pour prier ! Il est vrai qu'avec une imagination aussi indisciplinée, on ne peut rien faire de sérieux.

Grâce à toutes ces sorties, ils auront réussi à avoir, enfin, des contacts avec des habitants de Ramèzes et de Nervet, et ceux-là, les ayant vus travailler, commencent à changer d'avis à leur sujet. A force de se côtoyer on se fait même des amis. Un gros boulanger qui fait une partie du pain que l'intendance militaire distribue au camp, passe tous les matins à Nervet pour laisser les rations de ceux qui sont détachés là afin de construire des nouvelles baraques. Carlos en parlant avec lui, lui a dit :

— Bonne affaire pour vous que notre présence par ici !

Au lieu de lui répondre à ce sujet, le boulanger a préféré se plaindre... qu'il n'arrive plus à suivre, qu'il s'était engagé sans supposer que son mitron partirait excédé par le surplus de travail qu'il lui demandait, et pour finir...

— Si seulement je pouvais trouver un gars costaud, mais sérieux, surtout sérieux !

— Ça doit pouvoir se trouver parmi les réfugiés, lui répond Carlos, en pensant aux fiches qui lui étaient passées par les mains quelques jours auparavant.

Il a été surpris. Il n'avait pas pensé à eux ; il veut dire, un mitron Français, costaud, sérieux.

— Pourquoi pas un Espagnol ? En Espagne on a toujours fait du bon pain, sans compter les pâtisseries...

Il est resté songeur et, au bout d'un moment, en partant, il a dit à Carlos :

— Je vais y réfléchir.

Carlos l'a revu quelques jours après. Il réfléchissait toujours ! Ou plus exactement il ne savait que faire.

— Je n'arrive pas à me décider. Qu'est-ce que les gens du village vont dire ? Avec « un rouge » chez moi ? Ils ne voudront plus de mon pain ; et puis, non ! Il y a autre chose ; j'ai une fille de vingt ans... non !... non !

Comment lui faire comprendre. Tout ce que Carlos peut lui dire c'est qu'ils ne sont pas des sauvages, mais des travailleurs comme eux. L'obstacle de la langue ? Question de quelques jours, le principal étant le métier.

Quelque temps après Carlos apprendra par son ami brigadier que le boulanger s'était enfin décidé, débordé par le travail, à demander un aide-mitron au camp. A l'aide du fichier, on lui aura trouvé plusieurs boulangers et ce sont les gendarmes qui, après convocation et entretien, ont fait leur choix : un garçon de vingt-huit ans. Tous les matins, de très bonne heure, il part seul jusqu'au village pour rentrer tard dans la nuit. Ce régime ne convient pas au boulanger qui finit par obtenir l'autorisation, sous sa responsabilité, de le faire coucher près de chez lui, en lui faisant promettre de ne pas chercher à s'échapper. Pourquoi s'échapper ? Quand on a une fille à côté qui ne fait pas tant de difficultés comme le père à cause de la langue ?

Six mois après, le boulanger tout heureux, mariait sa fille... vous avez deviné, bien sûr, avec l'Espagnol ! C'est sans doute grâce au bon comportement du mitron, dès les premiers jours, que les gens du village ont commencé à réfléchir... eux aussi. Et que d'autres compagnons sont sortis pour travailler ; qui dans une scierie, qui dans un garage, une carrière, ou ailleurs. Tous ne se sont pas mariés, bien sûr, mais ils ont tous fait comprendre aux plus réticents, le potentiel de travail à saisir, que représentaient ces réfugiés.

Par affiche on annonce à la population du camp, qu'une inspection aura lieu dans quelques jours. Carlos discute avec ses amis à ce sujet et Ortiz — le lieutenant — leur dit : « comme ces camps sont totalement dépendants des autorités militaires, il y a des supérieurs qui veulent savoir comment ça se passe... discipline, nourriture, santé.

— C'est une preuve de plus, interrompt José, que notre

condition est celle des prisonniers. On n'a qu'à regarder les rangées de barbelés.

— Pas tout à fait, mais presque, lui répond Ortiz.

Carlos, pour en savoir davantage, a mis à profit son amitié avec le brigadier, pour lui demander le lendemain des précisions sur la « cérémonie ».

— Vous avez intérêt, lui a-t-il dit, à enlever les ficelles avec le linge qui pend partout, et qui donne l'impression d'un camp de gitans (on s'en serait douté mais, comment faire autrement ? il n'y a ni armoires, ni tables, ni chaises) et puis mettez un peu d'ordre dans vos paquetages, rasez-vous, habillez-vous un peu ce jour-là, même avec les effets de votre armée. Vous devrez vous mettre tous en rang dans la cour. Des autorités non seulement militaires, mais aussi civiles, viennent nous passer tous en inspection, nous aussi, autant que vous, sinon plus.

Ce matin — quel événement ! — un morceau de margarine a été distribué avec le pain au petit déjeuner, et le café n'est pas sucré ; chacun aura droit à deux morceaux de sucre « de la main à la main ». C'est la fête ! et quelle différence : à croire que les autres jours ce n'était pas de la même façon que le café était sucré.

Dans la matinée, à l'appel d'une sonnerie, tout le monde est sorti dans la cour ; quelle pagaille ! En passant on voyait quelques « tractions » devant les hangars. Les officiels étaient déjà là. Comment faire pour que chacun trouve son groupe quand la surface disponible par individu est d'un mètre carré ? Car c'est bien ce qui est arrivé. Jusque-là jamais les cinq mille ne s'étaient trouvés ensemble dans ce terrain, mais aujourd'hui... enfin, impossible de bouger. Tout le monde est là, coude à coude, depuis les tinettes jusqu'aux cuisines, depuis les hangars jusqu'aux barbelés. Peut-être que ces messieurs comprendront. Et ils ont très bien compris car, ils n'ont pas fait un pas vers la cour quand ils ont vu cette foule, dans un silence total, depuis la porte. « C'est dommage — disait José après leur départ — ils n'auront pas vu notre passerelle ni notre kiosque à musique ! » La seule chose qu'ils auront gagnée ce jour, c'est un menu un peu plus appétissant. Tout le monde s'extasiait devant d'incroyables chaudrons de frites.

*
* *

Le résultat ne s'est pas fait attendre. Les travaux au camp de Nervet ont été accélérés et, vers le 10 mai le bruit courait déjà que le départ était proche. Deux jours plus tard la nouvelle est officielle : déménagement le 15. Et les voilà une fois de plus, en rang par quatre, sortant de ces lieux où ils sont restés deux mois et demi, prenant le chemin du village de Ramèzes qu'ils traverseront cette fois-ci en sens inverse. Les gens sont dans la rue pour les voir passer. Les quelques vêtements et chaussures qu'ils ont reçus leur donnent un aspect un peu moins misérable que celui qu'ils avaient lors de leur arrivée. Quelques mains se serrent par-ci par-là en signe d'adieu, et même quelques bouteilles de vin changent de mains rapidement, cadeaux d'une population qui n'a plus peur d'eux. Quelques-uns manifestent un certain regret, de la même façon que quelques larmes furtives s'échappent des yeux de ces jeunes filles qui les regardent s'en aller. Carlos avait bien remarqué que quelques idylles commençaient à se nouer par-desus les têtes des fidèles et des parents pendant les messes (quelle honte !) avec des œillades et des sourires qui en disaient plus long que des discours enflammés. Ils pourront continuer les relations, car ils ne s'en vont pas très loin. Et par une journée de chaleur la colonne va parcourir ses neuf kilomètres, pour atteindre le camp de Nervet.

Au fur et à mesure que la colonne rentre dans le camp, on indique aux groupes leurs baraques. Trois cents indi-

presque tous vivent dehors, à arpenter le camp...

vidus dans chacune. Rien que ça. Un plancher a été aménagé à mi-hauteur, tout le long et de chaque côté, en laissant un couloir central qui va d'une porte à l'autre. Sur ces planchers ou bien en dessous, par terre, les réfugiés doivent installer leurs paillasses avec de la paille neuve qui est déjà sur place. L'espace vital est encore plus restreint que dans la briqueterie et, comme ils avaient fait là-bas, Carlos et ses amis, préfèreront se mettre sur la hauteur pour ne pas avoir des voisins au-dessus d'eux.

Des haut-parleurs ont été installés dans tous les carrefours ; non pas pour diffuser de la musique (dont on dit pourtant « qu'elle adoucit les mœurs ») mais pour appeler les gens, ou pour transmettre des consignes. Ils remplacent, en tout cas, les sonneries à la trompette de la briqueterie de Ramèzes. Alors qu'ils étaient déjà habitués ! Dès le lendemain on demande par ces haut-parleurs — on se croirait dans un hall de gare — de nommer un responsable par baraque. Carlos qui était déjà un peu connu comme interprète à Ramèzes, a été désigné pour tenir ce rôle. Il s'est donc présenté au bureau du camp avec la liste de tous ceux qui habitent la baraque N° 35, la sienne. En échange on lui a dit : « Vous aurez comme chef de baraque le brigadier Obrecht ». Carlos a appris ce jour seulement le nom du gendarme avec qui il s'était lié d'amitié. C'était vraiment de la chance de le retrouver dans ce camp, où tout doit être plus difficile à obtenir, parce que l'administration doit être plus lourde. Dans ces soixante-cinq baraques se trouvent logés près de vingt mille réfugiés, et la direction est débordée dès les premiers jours. C'est déjà la grosse ville et tout est à organiser. Heureusement que le beau temps est là et que presque tous vivent dehors à arpenter le camp, ou à faire du sport, quand on n'est pas de corvée.

Une des plus typiques est celle des tinettes. Les baraques des W.C. ont un plancher surélevé auquel on accède par quelques marches. A l'intérieur, des cloisons forment une manière de labyrinthe, laissant des endroits vaguement isolés. Un trou au plancher correspondant à une tinette placée en dessous. Ces tinettes sont remplacées par d'autres vides, tous les matins. Un groupe de Sénégalais arrive devant une baraque, à tour de rôle, en ouvrant la porte et en criant : « les tinettes ». Aussitôt, comme une envolée de moineaux, il y en a qui sortent par l'autre porte et s'en vont dans une autre baraque se perdre dans la foule pour échapper à la corvée, et impossible de les retrouver.

Ceux qui restent vont passer une matinée qui leur coupera l'appétit pour quelques jours. Le travail consiste à se glisser sous les baraques en question, en faisant attention qu'il n'y ait personne au moment où on enlève la tinette pour la remplacer par une vide (il est même fortement conseillé de signaler sa présence en criant). Il faut ensuite les sortir à deux, en les prenant par les anses, évidemment toujours souillées, et avec deux gros bâtons que l'on met sous ces anses les soulever et venir mettre les extrémités des bâtons sur les épaules, comme si c'était une chaise à porteurs.

Sous les ordres des Sénégalais, tous les porteurs doivent se regrouper le long de la rue centrale et, quand tout le monde est prêt, le cortège de quelque deux cents tinettes s'ébranle, au pas de préférence, un, deux... un, deux... parce que de ces tinettes pleines, extrêmement lourdes et sans couvercles, même au pas cadencé, le contenu s'échappe de temps en temps ; floc ! floc ! surtout si on veut marcher vite. Il faut donc « faire durer le plaisir » et se hâter doucement. Le porteur de derrière commande les opérations, car c'est lui qui voit ce qui se passe au niveau du liquide, c'est-à-dire à cinquante centimètres de son nez. Ça gicle, ça déborde, ça vous asperge la figure, et on ne peut rien faire, étant donné que toute l'attention est concentrée sur le poids que l'on porte et sur l'équilibre à tenir. Quant à l'odeur, on n'en fait aucun cas, c'est un petit détail.

La procession traverse ainsi tout le camp pour sortir derrière dans le fond, où il y a un bois, par un endroit où les barbelés ont été remplacés par des chevaux de frise que les Sénégalais enlèvent pour permettre le passage du cortège. Un énorme trou a été creusé dans ce bois, et c'est là que chaque tinette sera vidée par ses deux porteurs, en faisant bien attention à ne pas trop s'approcher du bord.

Le retour se fait dans les mêmes conditions, le poids en moins, mais avec l'odeur toujours aussi tenace. Pour terminer, les tinettes vides seront replacées à côté des autres, pour le lendemain. Une course folle s'organise à partir de ce moment vers les douches, car il y aura la queue tout à l'heure à la porte, bien que le procédé soit astucieux : on entre par une extrémité de la baraque de douches et on n'a plus qu'à suivre l'eau qui coule pulvérisée d'un tuyau percé placé en haut, et ainsi jusqu'à la porte de sortie à l'autre extrémité. Mais quatre cents individus doivent ainsi défiler, presque toujours avec un short (tenue la plus pratique pour ce « sport ») et qui, de ce fait, sera lavé en même temps.

Le transport de ces tinettes est si pénible et fatigant que des récipients sont souvent renversés par un faux pas des porteurs (comment ramasser ça ?). Pour alléger cette corvée on a installé une voie de wagonnets dans la rue centrale et au-delà jusqu'au « trou » dans le bois. Un pas vers le progrès !

Les porteurs sont ainsi soulagés de la lente procession qu'il fallait faire, car ils n'ont qu'à mettre les tinettes sur les wagonnets et, quand elles sont toutes chargées, pousser « le train de la m... » comme ils l'appellent, pendant la traversée du camp, où le terrain monte légèrement en pente. Une fois les barbelés dépassés, la pente est descendante et il faut actionner quelques freins pour retenir le convoi afin qu'il ne s'emballe pas. Tout cela a bien marché des jours durant, et aurait dû continuer plus longtemps encore mais, voilà, c'était trop beau ! si l'on peut dire...

Comment c'est arrivé ? Personne ne l'a jamais su, bien que tout le monde se doute que ceux qui étaient de service ce jour-là ont voulu s'amuser. Alors qu'ils devaient freiner le convoi, ils ne l'ont pas fait à temps, ou bien pas assez énergiquement, toujours est-il que, voyant qu'ils n'arriveraient pas à l'arrêter avant le trou, ils se sont tous dit « sauve qui peut », ils ont tous sauté par terre et ils ont abandonné le train à son sort, qui était inévitablement celui de tomber wagon après wagon dans le fameux trou. Un accident de chemin de fer comme on n'a jamais vu ! Heureusement sans victimes.

Les Sénégalais qui, comme d'habitude accompagnaient le convoi, criaient, gesticulaient, pleuraient et se roulaient presque par terre de désespoir, sachant que des sanctions allaient leur tomber dessus. Le moins drôle maintenant c'est qu'il faudra repêcher tout le matériel (wagonnets, tinettes) avec des grappins et des cordages, et le laver à grands jets d'eau avant de le remettre en circulation. Quant aux « cheminots » maladroits ils ont écopé une semaine de cachot. Mais ce qu'ils ont pu rire !

La majorité prend ainsi la vie du bon côté. Il ne faut pas qu'ils s'attardent à réfléchir sur le temps qui passe (du temps perdu, leur jeunesse, alors que la vie est si courte) mais ils espèrent, car cette situation ne peut pas durer éternellement et il faudra bien qu'on leur trouve une solution. Il ne faut pas non plus qu'ils regardent par-dessus les barbelés. Ils préfèrent même ne pas s'en approcher et ainsi les ignorer ; autrement la nostalgie de la vraie liberté les prend. En se promenant à l'intérieur du camp ils se croient libres, ne serait-ce qu'à moitié.

Un des nostalgiques de la liberté, alors qu'il n'avait aucune chance d'aller bien loin, a essayé de franchir, la nuit, les rangs de barbelés. Dans un mirador se tenait un Sénégalais. Alerté par le bruit et l'ayant repéré à l'aide de l'éclairage qui reste allumé toute la nuit pour faciliter la surveillance des sentinelles, il est descendu l'attendre.

En passant le dernier fil de fer, avant même qu'il ne se relève, le Sénégalais lui a donné un coup de baïonnette qui lui a traversé la cuisse. Le lendemain matin c'était l'ébullition dans le camp. Les Français, les militaires, n'ont pas compris ce qui allait se passer, autrement ils auraient relevé tous les individus de couleur. Dans la matinée le Sénégalais coupable (coupable de trop bien observer les consignes) a été pris à partie par un groupe, il s'est trouvé isolé et il a été molesté au point que les émeutiers l'ont laissé pour mort. Craignant des représailles immédiates chacun est rentré dans sa baraque en vitesse.

Des ordres sont transmis par les haut-parleurs, en demandant aux « assassins » de se présenter. Les gendarmes, chefs de baraques, font des enquêtes partout à la recherche d'un indice. Carlos et ceux de sa baraque ont un alibi, et il le dit au brigadier Obrecht : « Vous savez bien que ce matin nous étions, les baraques 35 et 36 au train de la m... ».

— C'est vrai, heureusement pour vous, car il va y avoir des sanctions graves.

Au bout de quelques jours, dans l'impossibilité de trouver les coupables, la décision est tombée comme un couperet. L'administration a supposé que l'émeute était l'œuvre de la baraque même du garçon que le Sénégalais avait blessé et, en conséquence, ce sont ses habitants en totalité qui ont été désignés pour subir les foudres des services de police du camp. Vingt-quatre heures après, ils sont tous embarqués vers un camp disciplinaire sauf le blessé qui est resté, lui, à l'hôpital du camp ; une baraque comme les autres, mais avec des fenêtres et quelques lits métalliques.

A partir de ce jour des renforts de gendarmes arrivent au camp, tandis que les Sénégalais sont tous remplacés par des soldats français, ce qui fait dire à José « on commence à voir clair ! »

La grande majorité de cette masse de réfugiés passe les journées au grand air à faire du sport ou, aux heures de chaleur (ils sont en plein été) à l'ombre des baraques, accroupis comme des Arabes, à jouer ou à bricoler, car il y a une quantité incroyable de petits métiers qui se sont développés et qui font ressembler le camp — à certaines heures — à un immense souk. Ils peuvent passer le temps sans s'ennuyer. Et tout est bon pour faire du commerce ou, tout simplement du troc. Les uns dessinent ou font de la peinture ; d'autres font de la sculpture ou de la céramique. Le travail du cuir se vend bien, ainsi que les modèles réduits de bateaux. Carlos s'est mis à faire des bas-reliefs sur des morceaux d'os qu'il va récupérer aux cuisines, ainsi que des bagues ou des chevalières aux initiales gravées.

Il y a eu une exposition de tous ces travaux, à l'occasion d'une visite d'inspection de ce camp par le Général G... Dans le fond de la baraque où toutes les œuvres ont été présentées, avec peu de moyens mais beaucoup de goût, il y avait un tableau accroché (avec un joli cadre sculpté) représentant précisément ce Général en buste, et en uniforme d'une précision étonnante. L'auteur, un peintre catalan très connu, paraît-il, en Espagne, à la demande du Général qui voulait le lui acheter, lui a répondu que pour tout l'or du monde il ne le lui donnerait pas. « Quand on sera libre... » lui a-t-il dit. Sachant la place qu'il occupe dans l'armée, les réfugiés le considèrent comme le responsable de leur interminable stage dans ces camps de barbelés. Pour lui montrer leur mauvaise humeur, ils l'ont même chahuté.

Cinq mois déjà qu'ils se trouvent en France, considérés comme des prisonniers de guerre. Ce camp même avait été occupé par des prisonniers allemands en 14-18. Ils arrivent quand même à vendre une partie de ce travail artisanal à l'extérieur, et avec l'argent qui rentre ils peuvent se payer une réparation de chaussures, ou une paire d'espadrilles. L'argent circule ; mais il y a toujours ceux qui travaillent plus que les autres, ou bien ceux qui ont trouvé un bon créneau, et à un moment donné ont quelques billets de trop dont ils ne savent comment se débarrasser. Cet argent qui ne circule pas mais qui s'entasse, fait des envieux, et quelquefois ça se termine avec des coups de couteaux, car il y a de tout dans ce camp. Sur la tombe de quelques-uns on pourrait mettre en épitaphe : « Ci gît un tel, pour avoir trop travaillé et gagné trop d'argent ! »

Il y a aussi une baraque spéciale avec des petites tables pour jouer, discuter, ou se mettre à l'abri simplement, mais elle est toujours occupée par une bande qui fait du théâtre. Il paraît qu'ils voudraient monter quelques pièces. De l'avis général, et surtout d'après le témoignage de ceux qui sont allés voir les répétitions, tout cela ne sert que de prétexte à quelques-uns pour s'habiller en femmes, et jouer des rôles féminins : ainsi rien ne manque à cette collectivité.

Dans ce camp, pour ne pas avoir à sortir les dimanches matin afin d'assister à un office au village, une baraque a été prévue ; une croix sur le toit, un autel au fond, et tout le monde debout. Un curé vient là pour célébrer la messe. Toutes proportions gardées il y a ici moins de fidèles qu'à l'église de Ramèzes. Sans doute l'absence de jolies filles, à regarder ou à taquiner, y est pour quelque chose.

Mais ni le sport, ni le théâtre, ni le bricolage, ni même le secours de la religion ne peuvent rien pour des esprits faibles, enclins à la nostalgie, capables seulement de ruminer à longueur de journée des idées noires. Même la nuit, car ils ont perdu le sommeil, ils ne cessent de se promener dehors, d'entrer et de sortir, en réveillant au passage ceux qui dorment, qui se mettent à vociférer à leur tour contre ces noctambules. Ceux qui vocifèrent sont incapables de se rendre compte de l'état pitoyable des autres : ceux-ci parlent tout seuls en marchant, sans voir personne ni rechercher de compagnie et, avec un sourire figé, indéfinissable, font sans arrêt des gestes qui ont fini par passer dans le jargon des réfugiés pour désigner ce genre de situations. On dit « Untel va bientôt chasser les mouches » ou bien « l'autre les chasse déjà ». Carlos a demandé au brigadier, son chef de baraque, ce qu'on peut faire pour ces malades (il en a dans sa baraque) et la réponse a été, que pour le moment il n'y a pas de solution. En attendant ils ne s'améliorent pas.

La santé à l'intérieur du camp est une des préoccupations des responsables ; encore faut-il que les réfugiés s'y prêtent. La plus grande partie vient du camp d'Argelès-sur-Mer, et selon eux la dysenterie aurait fait là-bas des ravages. Les premiers jours ils étaient plus de cent mille sur les plages. Les W.C. inexistants, c'était la mer. Dans ce camp de Nervet il y a une baraque avec des étuves pour passer les affaires à la désinfection, afin d'enrayer autant que faire se peut, les poux, car tout le monde en a ! plus ou moins. Le tout c'est de ne pas se laisser envahir complètement. Pour les supprimer totalement, disent-ils, ce serait bien simple. Il suffirait de les mettre tous à poil (les vingt mille), mettre ensuite le feu aux baraques avec toutes leurs affaires à l'intérieur, et enfin les habiller de propre... et encore ! Il y en a qui semblent en prendre leur parti, qui trouvent ça normal, en quelque sorte, ils ne peuvent pas s'en passer. Ils devaient en avoir déjà chez eux, certainement.

Ce sont les mêmes qui ne se lavent pas, ou si peu, et qui ne lavent pas leur linge ; pourtant des grands bacs, genre abreuvoirs à chevaux, ont été installés partout, avec une quantité de robinets, et en plus du savon est distribué de temps à autre. Mais le savon a été « institué » monnaie de troc, et quelques-uns le changent contre des cigarettes (avec quoi se lavent-ils ?). Alors, comme un malheur en entraîne un autre, la gale a fait son apparition. Le brigadier a mis Carlos au courant des quelques cas qui se sont fait connaître à l'infirmerie, et il lui demande de lui donner les noms de ceux de sa baraque qui pourraient être atteints. Ce n'est pas un petit travail car, comment demander — un par un — à trois cents individus... « Est-ce que tu as la gale ? » quand le premier vous répond déjà... « Qu'est-ce que ça peut te foutre ? », et que le second s'apprête à vous lancer à la figure une chaussure... ou un couteau ?

Carlos aura mis un peu plus de temps mais, par des observations discrètes, et des ouï-dire vérifiés, il est arrivé à recenser les quelques cas qui n'osaient pas se manifester. Le brigadier a eu connaissance de la liste et l'infirmerie les appellera par la suite pour commencer un traitement. Des cas avancés ont été trouvés ; des individus qui vivaient couchés, ne se lavaient jamais, couverts de poux, et dont les mains étaient à vif, la peau rongée par la vermine, et le corps de même. Ils ont été envoyés dans les hôpitaux à l'extérieur ; les uns sont revenus guéris, les autres sont revenus aussi, mais pour être enterrés là-bas, le long de la route, où se trouve le cimetière.

Le traitement avec des pommades au soufre n'est pas du goût de ces malades. Ils ont les bras et les jambes, quelquefois même le corps, enveloppés avec des bandes de gaze comme des momies. Tous les jours ils endurent le martyre pour les enlever, car elles sont collées. Ils passent à la douche, et après un savonnage, nouvelle application de pommade, et à nouveau des bandes. Il y en a de courageux qui veulent s'en sortir et se soignent, d'autres qui se laissent aller, plus sensibles à la douleur, et finissent par abandonner. Mais comme leur nom est connu des médecins du camp, s'ils ne se présentent pas aux soins, en fin de matinée ils sont appelés par les haut-parleurs, et la chasse aux galeux commence. C'est un « cirque » tous les jours. A la fin, la solution a été de les isoler car, étant contagieux, ils risquent de contaminer tous les autres.

Pour éviter des épidémies d'un autre type, les services de santé de l'armée sont arrivés pour vacciner toute la population du camp, contre le typhus, croit-on, car on ne le leur a pas dit. Une grosse seringue et la même aiguille pour tous, sous une omoplate. Et pas moyen d'y échapper. Toutes les précautions ont été prises pour que chacun ait sa dose.

— Vite, dépêchez-vous, disaient-ils.

C'est l'été, il fait très chaud, et les queues des gens torse nu s'allongent au soleil. La vaccination est faite à la chaîne. Un gars avec une blouse blanche, ne fait que passer énergiquement un coton imbibé d'alcool à l'endroit convenu, où le deuxième infirmier doit piquer son aiguille, et le « patient » sans s'arrêter, recevra un coup de permanganate du troisième, ce qui lui fera comme un tatouage et lui servira d'attestation les jours suivants avant de recevoir ses rations.

Carlos fait la queue, comme les autres, sous le soleil et en attendant il se souvient d'une situation semblable avec la différence que c'était lui qui tenait la seringue et qu'il piquait des cuisses de poules. En effet, en sortant de l'école d'Agro, après ses études, il avait été affecté à une ferme d'expérimentation où il y avait deux mille poules toutes blanches, de race Leghorn. Il s'occupait de la partie sanitaire et de l'administration. Tous les matins, au lever du jour, Carlos traversait tous les poulaillers en regardant ses pensionnaires, n'hésitant pas à en attraper une par-ci par-là, quand leur attitude lui semblait suspecte, afin de leur regarder le fond du gosier, les yeux, et d'observer leurs réactions. Tout allait bien, lorsqu'un jour une épidémie se déclara. Quelques poules immobiles, les plumes ébouriffées ; puis la confirmation par l'analyse au microscope des muqueuses et ce fut la course à Madrid pour obtenir le sérum idoine afin d'enrayer la maladie. Et par la même occasion de quoi vacciner trois cents lapins. Après un palier dans la courbe de mortalité, l'effet des piqûres agissant, tout redevint normal en quelques jours.

C'est bientôt son tour, et il rentre dans la baraque infirmerie où il va prendre la place de ses lapins. Il avait été vacciné quelques mois auparavant dans l'armée espagnole et il avait conservé le certificat d'alors. Ce n'est pas pour se soustraire à la piqûre, mais plutôt par crainte des complications à cause du laps de temps trop court entre les deux vaccinations, qu'il s'est risqué à présenter au médecin le certificat en question en essayant de le lui traduire. Tout ce que Carlos peut lui dire ne sert à rien, et d'autre part le médecin est incapable de lire son certificat. Total, Carlos a eu sa dose comme tous les autres. Mais en prévision d'une situation identique qui peut se reproduire à l'avenir, il a obtenu une date et une signature sur son précédent certificat.

⁂

Dans la lutte acharnée que tous mènent pour leur existence, les hauts et les bas se succèdent, et le temps a une grande influence. Quand il pleut, que le vent souffle pendant des journées entières, et qu'ils doivent rester enfermés dans les baraques, où le sifflement de l'air qui passe entre les planches ressemble à un cri lugubre, le moral n'est pas précisément bon et cela se sent dans l'ambiance. Des conversations s'engagent par groupes, dans tous les coins, souvent le ton monte et elles se transforment en discussions, puis en disputes, qui ne s'arrêtent que lorsque quelqu'un intervient en criant plus fort que les autres pour les faire taire.

Dans la même baraque que Carlos se trouve un garçon tout jeune d'à peine quinze ans avec son père qui n'est pas vieux non plus. Ils se sont trouvés en France par un concours de circonstances. D'ailleurs tous ceux qui se trouvent là ont suivi des chemins différents pour des causes différentes aussi, de telle façon que chacun pourrait raconter « son Odyssée ». Le père a voulu rester en France et a cru pouvoir résister aux tribulations inhérentes à la liberté. Cependant le manque de nouvelles de chez lui, et les souffrances — qu'il aurait peut-être endurées tout seul, mais qu'il est obligé de partager avec son fils — sont en train de lui ébranler le moral, en lui enlevant la confiance dans la décision qu'il avait prise.

— Si seulement j'avais des nouvelles de ma famille ! a-t-il dit à Carlos.

Mais ces nouvelles ne viennent pas. Personne n'a reçu de réponse aux cartes envoyées par l'intermédiaire de la Croix-Rouge. Toujours est-il qu'excédé par cette vie sans issue, il a décidé de revenir en Espagne. Et naturellement il a demandé à Carlos de faire la première démarche. Quand celui-ci est allé auprès du brigadier Obrecht, pour qu'il fasse le nécessaire, le brigadier lui a dit :

— Plus le temps passe et plus il y a de vos compatriotes qui veulent retourner au pays. Toutes les semaines un groupe de huit ou dix est accompagné à la frontière. Avez-vous des nouvelles d'eux ?

— Aucune, lui a répondu Carlos, et je peux même vous dire que ces jours-ci est arrivé un garçon à ce camp, échappé récemment du « paradis franquiste » qui nous a brossé un tableau de la vie de tous ceux qui ont été faits prisonniers. Ils sont tous dans des camps de travail, surveillés et maltraités par « leurs frères » réparant les dégâts de la guerre du matin au soir, pour une louche de lentilles, et en attendant des jugements dont, le plus souvent, l'issue est la peine capitale. « Pas de pardon » nous avaient-ils promis.

Le jour de leur départ, père et fils sont allés dire au revoir à Carlos. Celui-ci a profité de l'occasion pour leur demander un service.

— Je ne vous donne pas de lettre, leur a-t-il dit, car si vous êtes fouillés à la frontière, elle pourrait vous compromettre, par contre voici une adresse à laquelle si vous pouvez, vous enverrez un seul mot avec mon nom et en disant que je suis dans ce camp.

Carlos n'attend pas grand-chose de cette démarche, mais il faut tout essayer quand on est à bout. C'est le moyen de créer un nouveau départ, et l'idée qu'une réponse peut venir un jour, c'est la naissance d'un nouvel espoir.

En fait Carlos leur a donné l'adresse d'Adeline, car il imagine que la situation chez sa famille ne doit pas être propice à la réception de courrier, et elle pourra toujours, avec les précautions indispensables, communiquer avec ses parents.

En attendant (quoi ? personne n'est capable de le dire) ils font des promenades interminables de long en large de ce camp et du matin au soir. Aucune activité régulière à part un peu de sport et leur bricolage. La nourriture toujours la même, toujours aussi mauvaise doit manquer de quelque chose ; de vitamines peut-être, car pourquoi les gens ont-ils de plus en plus de furoncles ? Aux jambes principalement et aux fesses. A moins que ce ne soit la faute des poux. Des abcès qui durent longtemps et, quand ils disparaissent, il y en a aussitôt d'autres qui se forment. La santé dans une agglomération pareille est de toute évidence difficile à surveiller et à maintenir, et les gens parqués comme du bétail sont exposés à n'importe quelle épidémie.

La nourriture est certainement déficiente et en plus ceux qui sont responsables de l'intendance font des fautes en distribuant les vivres après un stockage trop long. Il arrive fréquemment que le pain ait la croûte verdâtre par endroits, mais en général la mie n'est pas atteinte. Aujourd'hui ils auront dépassé les bornes en sortant un pain immangeable. Chaque « boule » représente deux rations et il faut par conséquent la partager avec un voisin. Celui de ce jour avait dû être oublié dans un coin du magasin et sorti trop tard car, en le coupant, les gens se sont trouvés avec quelque chose qui ressemble plus à du Roquefort qu'au pain.

En pareil circonstance, il ne faut pas laisser passer l'occasion, c'est la motion finale — pourrait-on dire — des conciliabules qui se sont tenus. Tous sont d'accord pour dire « quelqu'un doit manger la viande qu'on devrait nous donner, alors que seulement les os se retrouvent dans les marmites avec nos pommes de terre ». Sans perdre de temps, ils sont tous allés rapporter ces pains à la direction du camp en défilant en colonne par quatre, pour faire durer le spectacle : tous les pains ont été déposés par terre, devant les baraques qui servent de bureaux. Et plus de mille pains coupés en deux, forment un tas impressionnant. Une dizaine de baraques avaient été atteintes par cette mésaventure. Le commandant du camp est sorti, fou de rage. Mais veut-il qu'ils mangent ça ? Des cochons n'en voudraient pas ! On n'aura jamais vu un type en uniforme, avec tant de galons... et aussi rouge ! Mais quoi faire ? Dans l'après-midi on les appellera pour aller retirer du pain « potable ».

Ces incidents rompent la monotonie de cette existence, sans compter la visite des gens connus à Ramèzes et qui, profitant des longs jours de l'été, viennent les voir les dimanches après-midi. Quelle impression peuvent-ils faire aux gens de l'extérieur ? Les conversations ne peuvent rien avoir de confidentiel et sont même malaisées. Séparés par quatre rangs de barbelés, autrement dit à huit ou dix mètres des interlocuteurs, ils doivent crier pour s'entendre. Un vrai zoo ! D'ailleurs il y a des visiteurs qui viennent, manquant de distractions, avec l'intention d'assister au spectacle déplorable produit par la bagarre inévitable qui s'organise quand ils lancent quelques cigarettes vers les réfugiés, comme ils lanceraient une poignée de cacahuètes aux singes. Non, pire qu'un zoo ! car, si les singes finissent toujours par manger les cacahuètes, les cigarettes sont le plus souvent réduites en poussière dans les batailles et ne profitent à personne, mais cela amuse beaucoup les Français qui se tordent de rire... et qui recommencent. Triste mentalité des deux côtés ! Si seulement ils étaient capables de tourner le dos à ces imbéciles qui se jouent ainsi d'eux !

Pour éviter cela, quand vraiment il y a des échanges personnels à faire ils ont trouvé une méthode plus sûre. Ils lancent à ras de terre un caillou — qui ne manque pas dans ces lieux — bien attaché à une ficelle vers celui qui a quelque chose à leur donner. Le caillou est remplacé de l'autre côté des fils de fer par un livre, un cahier, un paquet de cigarettes ou n'importe quoi, et en tirant doucement de la ficelle ils arrivent à récupérer leur bien. Les sentinelles qui montent la garde en dehors des barbelés, ne sont pas d'accord avec ce trafic et ils essayent de s'interposer, craignant sans doute que des armes ne rentrent au camp par ce moyen. C'est vrai, on avait oublié que ce sont « des rouges ». Mais les visiteurs ne se sont pas laissé intimider. Et les réfugiés à leur tour auront été gratifiés d'un spectacle. Le ton a monté et Carlos a cru comprendre que les sentinelles se faisaient traiter de vaches, quand les visiteurs les ont envoyés « paître ».

Le temps passe, pas assez vite à leur gré, car ils voudraient en avoir fini avec ce cauchemar, qui forge les uns mais qui détruit les autres, à tel point qu'il y a de plus en plus de gens qui « chassent les mouches » à travers le camp. Quand ils sortiront de ces épreuves, pourront-ils seulement vivre en société ? Le groupe de Carlos et de ses amis essaye de se maintenir le moral à l'abri des attaques de ces maladies, qui rongent l'esprit de tant de gens : la nostalgie et l'ennui. Ils font des interminables commentaires des nouvelles qui, par les journaux qu'ils peuvent se procurer, les tiennent au courant de la vie à l'extérieur. Ils veulent tous « vivre » comme il a déjà dit, mais intégrés dans une société qui leur est inconnue, et ils sont bien conscients que l'adaptation ne se fera pas sans difficultés et sans renoncements de leur part. Il faudra donc, le jour de leur chance, être prêts à la saisir, en ayant gardé les facultés d'analyse et de décision.

Le brigadier Obrecht apporte des journaux à Carlos parce que, dit-il, ils peuvent mieux discuter, en étant au courant de ce qui se passe dans le monde. Cela permet à Carlos de s'entretenir tous les jours avec lui, en se promenant, après son inspection journalière à la baraque. A force de l'entendre parler, il s'est habitué à son accent et il aura été pour lui son premier maître, en terre française, car il n'hésite pas à lui faire rectifier un mot. Comme toujours dans ces cas, Carlos remarquera autour de lui une certaine hostilité de la part de quelques-uns qu'il aura ainsi l'occasion de traiter d'imbéciles. En attendant il obtient tout ce qu'il veut pour ceux de sa baraque.

D'après les journaux, les Allemands ne se contenteront pas des capitulations des Français et des Anglais devant leurs exigences, et la Pologne est la première menacée. La France pense qu'ils n'oseront pas à cause du traité franco-polonais, mais en même temps se prépare du côté de la ligne Maginot. La France est confiante et fière de ces fortifications et prête à déclarer la guerre aux Allemands, si jamais ils envahissent la Pologne. Que se passera-t-il ? C'est le sujet de leurs conversations. Par moments Carlos mesure mentalement la distance — si l'on peut employer ce mot — entre ce brigadier et lui, voyant qu'il n'hésite pas à discuter ainsi avec le simple exilé qu'il est, de ces problèmes d'actualité.

Leurs fréquentes parties d'échecs se terminent, par analogie à la stratégie guerrière, par toutes sortes de pronostics favorables ou non, sur les probabilités et les résultats d'une nouvelle guerre. Une énigme reste toujours sans réponse : leur situation dans ce contexte. Que vont-ils faire avec les réfugiés ? Il est impossible qu'ils soient oubliés dans ces camps, sans que la France, qui les nourrit à ne rien faire, ne trouve pas le moyen de les employer à quelque chose. C'est malheureux à dire, mais la solution au problème de ces déracinés viendra sûrement « grâce » à cette guerre en leur donnant la possibilité de se « diluer » dans la collectivité.

Ils remarquent déjà, que depuis quelques jours, les visites et les inspections de groupes militaires ou de civils, deviennent plus fréquentes et que leur « ordinaire » s'améliore sensiblement. Chacun se demande ce qu'on leur prépare, en échange, pour être l'objet de tant de prévenances en ce moment. Ne serait-ce pas l'approche de cette guerre que maintenant tout le monde considère comme inévitable ?

Un beau jour les haut-parleurs, qui n'ont jamais diffusé de la musique, mais servi à appeler les gens ou à passer des consignes, ont fait entendre... la Marseillaise. C'était un des hymnes des troupes républicaines pendant la guerre civile, alors pourquoi leur rappeler des tristes moments ? Le silence a été total, et ils se sont tous regardés, sans comprendre tout de suite qu'ils étaient sur le sol même de la Marseillaise. Qu'est-ce que cela voulait dire ? Ils n'ont pas tardé à le savoir. On leur disait, les flonflons terminés, à peu près ceci : « Vous qui avez défendu la liberté, engagez-vous dans l'armée française. Vous serez habillés avec une capote bleu ciel, vous serez bien nourris, vous toucherez la solde comme les soldats français et, à la fin de l'engagement on vous donnera la nationalité française... » là-dessus, nouvelle Marseillaise. Cela a fait l'effet d'une bombe ! Environ à la même époque — c'était au mois d'août — ils apprennent par les journaux le traité de non-agression entre la Russie et l'Allemagne, signé le 23. Deuxième bombe ! A partir de ce moment, de la même façon qu'en France, d'après la presse, on faisait la chasse aux communistes, à l'intérieur du camp, la direction cherche par tous les moyens, à savoir ceux qui le sont aussi parmi les réfugiés. On ne peut pas poser la question à tout le monde... « Est-ce que tu es communiste ? » — cela fait penser à l'épidémie de gale — car de toute évidence les réponses seront négatives et, comment déceler une quelconque couleur rouge ? Résultat de l'enquête ; il n'y en a plus... tout au moins pour le moment !

Les haut-parleurs, inlassablement, continuent les appels, comme un martèlement ou un lavage de cerveau. Une fois la stupeur passée, de grandes discussions publiques s'organisent, sous le soleil d'été. Une telle animation permet d'imaginer ce que dut être l'agora des Grecs, bien que les orateurs n'y brillent pas par leur rhétorique comme dans l'Athènes antique. Partisans et détracteurs, chacun expose ses arguments qui sont accueillis avec des applaudissements, des sourires, ou de l'indifférence.

Peu à peu les gens se sont laissé convaincre, en se disant : « pourquoi pas ? » et des groupes assez nombreux sont partis embrigadés de cette manière. Ils verront bien, pense Carlos qui ne les envie pas, même quand ils auront sur le dos une belle capote bleu ciel. Il pense par contre que ce sont des bagarreurs, comme on en trouve toujours, ou bien des imbéciles ; peut-être même des débiles, et dans ce cas ils sont dignes de pitié.

∴

C'est à peu près à cette époque que Carlos reçoit une lettre venant... du Chili. Il ne connaît personne au Chili. Quelle n'a pas été sa surprise quand il a trouvé un mot accompagnant une lettre d'Adeline, et même un mandat de cent francs, il était riche ! En effet, le père et le fils partis de sa baraque pour l'Espagne — et dont il n'a jamais eu d'autres nouvelles — avaient réussi sans doute, à faire parvenir son adresse à Adeline, qui n'avait pas quitté Barcelone. Ne pouvant pas lui écrire directement, elle avait pensé à quelqu'un que ses parents connaissaient à Santiago du Chili. Elle avait envoyé une lettre là-bas pour qu'elle lui soit transmise en France. Tout s'était donc bien passé et assez rapidement. Mais... tristes nouvelles. Le père de Carlos, en prison, attend un conseil de guerre que, d'anciens collègues, auxquels il avait pourtant rendu de multiples services, mais qui ont tourné leur veste à temps, lui promettent sévère.

Quelques jours après, peut-être à cause de la situation internationale qui s'échauffe progressivement, les cartes qu'ils avaient écrites à leurs familles par l'intermédiaire de la Croix-Rouge, ont pu repasser la frontière, et c'est ainsi que le brigadier en a donné à Carlos une dizaine seulement (pour les gens de sa baraque) en lui disant que les autres allaient suivre. Carlos a eu ainsi des nouvelles directes de sa famille, bien que vieilles de trois ou quatre mois. Sa sœur lui dit laconiquement « ton ami José est très malade ». Et Carlos comprend qu'elle fait allusion à la situation de son père. Des rumeurs circulent, d'une possible fermeture de la frontière au trafic postal et, comme on leur a donné un timbre poste à chacun, Carlos s'empresse d'écrire plusieurs lettres, à quelques jours d'intervalle, en payant lui-même l'affranchissement des autres.

Il est urgent qu'il réponde à Adeline, car dans sa lettre elle lui dit être disposée à tout quitter là-bas, pour venir le rejoindre, maintenant qu'elle sait qu'il est vivant et où le trouver. Elle viendra à pied s'il le faut, mais elle veut venir avec lui. « La vie commence pour nous » lui dit-elle. « Il faut que je la raisonne. Je ne suis pas libre, mais enfermé derrière des barbelés, sans espoir de sortir, tout au moins pour l'instant », pense Carlos. Quand sortira-t-il ? Dieu seul le sait ! Et que va-t-elle faire en attendant ? D'autre part, Carlos sait bien que ce sera malheureusement « grâce » à la guerre qu'il aura la liberté mais, revers de la médaille, à cause de la guerre aussi, la frontière sera fermée. De toutes façons, il est exclu qu'elle puisse se procurer régulièrement les papiers nécessaires pour quitter définitivement l'Espagne. Non, il vaut mieux avoir un peu plus de patience, et attendre sagement que tout soit rentré dans l'ordre. Ils attendent bien depuis six ans !

Une nouvelle guerre, c'est d'autres souffrances en perspective, et il ne veut pas qu'Adeline se trouve ici, même avec lui, si c'est pour partager une fois de plus — triste privilège — comme ils l'ont fait à Barcelone, des bombardements terribles en se disant, tels des héros, « Nous allons mourir ensemble ». Non, Carlos préfère garder sa liberté et ne plus vivre dans l'angoisse avec elle. Par contre quand cela sera possible pour la vie, alors là oui, ils partageront le bonheur qu'ils ne connaissent pas, qu'ils n'ont fait qu'entrevoir. Triste destinée que la leur. Ils ne sont pas nés sous une bonne étoile, car tout se ligue contre eux pour les séparer, et même les éloigner. Ils auront conservé leur vie par chance, et maintenant ils considèrent avec tristesse ce bonheur qui déjà leur échappe.

Comment ne pas maudire ceux qui, — capables de mettre en prison un affamé qui vole un pain — tout en étant responsables de la mort d'un million d'hommes, femmes ou enfants, restent impunément en liberté ? Indifférents aux souffrances des autres, ils auront droit un jour à leurs statues — que tout le monde payera de ses deniers — en remerciement du mal qu'ils ont fait. Sans compter les années gâchées de toute une jeunesse qui, parce qu'elle a réussi à sauver sa vie, n'a même plus de réaction, et se laisse guider n'importe où, hébétée, comme aujourd'hui en Espagne.

Ce capital de vies, la richesse d'un pays est encore au bord de l'abîme en Europe. Attendons ! Ils ne seront que plus heureux après, s'ils sont toujours de ce monde. « Mourir ensemble » comme ils disaient, c'est très poétique, mais cela ne peut leur donner le bonheur qu'au Paradis, et encore, à condition d'y aller.

Carlos, qui était resté quelques mois sans écrire une seule lettre, maintenant que la frontière laisse passer leur courrier, et avant qu'elle ne se referme, s'est précipité sur les feuilles blanches, et écrit tout ce qu'il n'avait pas écrit avant.

Et il se rend compte en écrivant à Adeline ces lettres, lourdes de décisions, qu'il engage le futur, leur vie, définitivement. En disant à Adeline de ne pas venir le rejoindre, qu'il n'est plus d'accord avec ses idées passées de vivre au jour le jour, il s'exprime en somme en homme mûr et responsable. Il pense, en effet, que l'heure des grandes résolutions arrive et que c'est là le début de l'Avenir.

CHAPITRE III

Le rideau tombe doucement sur la vie d'enfant de Carlos. Quant à la fin de son adolescence, si proche, elle ne lui aura laissé que ces souvenirs de la folie humaine, qu'il ne veut pas recouvrir d'un pudique voile, mais au contraire mettre à nu, pour les avoir toujours présents et en faire son profit. Pendant qu'il écrit ces lettres, des images fugitives brouillent ses yeux et paralysent sa main, comme pour attirer son attention une dernière fois, sur ce que fut sa vie à Madrid depuis son arrivée en 1924 venant de Zamora. Ce sont des images de son enfance, comme si le rideau avait le regret de se fermer définitivement sur les meilleurs années de sa vie.

Il se voit dans l'appartement rue Santa Engracia, près de la Glorieta de la Iglesia. Les jours où il n'allait pas à l'école, il aimait à regarder la foule grouillante qui, sur le même trottoir, sous ses balcons, accourait à un marché volant qui s'y tenait. Il gardera toujours le souvenir des parfums qui montaient jusqu'à lui, de tous les fruits de saison : fraises d'Aranjuez, poires d'Aragon, melons de Villaconejos, mélangés à celui du pain chaud d'une « tahona » voisine.

Ils allaient, son frère José et lui, à un collège de frères Maristes, qui était Paseo del Cisne, à côté de la Plaza de Chamberi, non loin de leur maison. Ils faisaient le trajet quatre fois par jour à pied et tout seuls. Il ne pourrait pas dire pour quelle raison ils avaient toujours été tous les deux dans la même classe. Ils ne sont pas restés longtemps dans cet appartement ; pourtant il y avait le chauffage central et un certain confort, mais probablement le loyer était excessif. Toujours est-il que peu de temps après ils déménageaient rue de Tenerife, au quartier des Quatre Chemins. Ils avaient un grand jardin plein d'arbres et d'herbes folles. Leur père se plaignait de ce qu'elles envahissaient les chemins, mais il était incapable d'y remédier. Carlos ne lui aura jamais connu un don quelconque pour le jardinage, ni même pour le bricolage ; il ne sait même pas s'il était capable de bien prendre un marteau pour planter un clou, ne l'ayant jamais vu faire ce geste.

Dès l'ouverture de la grande porte métallique donnant sur le trottoir, on se trouvait dans une masse de verdure qui cachait la vue de la maison, assez loin dans le fond. Carlos avait l'impression, en la traversant, d'être un de ces héros aventuriers qui risquent leur vie pour parcourir l'Amazonie. Il sentait les ronces s'accrocher au passage à ses vêtements, qui pour lui ne pouvaient être que des lianes gigantesques. Quand ses cheveux s'emmêlaient en passant sous le bougainvillier ou sous l'héliotrope, c'était la main d'un singe qui lui faisait une farce et les piaillements des bandes de moineaux, n'étaient pour lui autre chose que le langage des perroquets. Heureuse enfance, qui ne voit jamais les choses telles qu'elles sont, capable de transformer en fiction dorée la réalité la plus noire.

La maison avait pour lui l'apparence d'un petit château, avec son perron et sa balustrade en pierre, digne refuge pour celui qui avait osé risquer sa vie en traversant la forêt vierge du jardin ! Ils allaient toujours au même collège, mais du fait de leur déménagement, ils se trouvaient beaucoup plus loin. Il était impossible de faire le parcours à pied, quatre fois par jour. La solution était le tramway. Oui, mais le frère aîné José avait neuf ans, et lui, Carlos, seulement huit. Leur mère ne pouvait pas passer sa journée en allées et venues pour les accompagner, alors qu'à la maison restaient leur sœur, qui n'avait que cinq ans, et Alfred le frère cadet seulement quatre.

Leur père trouva la solution. « Je vais leur apprendre le chemin dimanche prochain et, ensuite ils le feront tout seuls ». Malgré son air sévère il leur faisait toujours confiance. Ce dimanche-là, après déjeuner, et comme il l'avait promis, il prit par la main ses deux rejetons en même temps qu'il leur disait : « Vous allez bien regarder par où nous passons, c'est très simple », et il les emmena dans la rue. Carlos aurait préféré que ce fût plutôt difficile mais, après tout, peut-être que le père leur avait dit cela pour éviter de les effrayer. Par la rue Almansa ils sortaient à Bravo Murillo, terminus de la ligne Puerta del Sol — Cuatro Caminos. « Vous ne pouvez pas vous tromper » leur dit-il en arrivant devant les tramways. « Nous allons prendre un de ceux qui partent vers le centre, jusqu'à la place de Chamberi, que vous connaissez ». Carlos commençait à être déçu. Il n'y avait pas de changements, ni de complications, c'était tout droit ; son père avait dit vrai, c'était tout simple. Le tramway comme s'il obéissait à une demande hypothétique de leur père (amenez-nous au collège) prit naturellement la rue Santa Engracia, passa devant la maison où ils habitaient une semaine auparavant et tout de suite après, ils étaient arrivés à destination. Le père leur fit traverser la rue, puis la petite place qu'ils connaissaient bien, pour s'engager enfin Paseo del Cisne jusqu'à la porte du collège dont la grille était fermée, comme tous les dimanches après-midi. Décidément il n'y avait rien d'héroïque à faire ce chemin et ils sentaient vaguement qu'ils allaient s'installer, Carlos et son frère José, dans une confortable routine.

Le retour ne posa pas de problème, et en moins d'une demi-heure ils avaient fait leur apprentissage. Ils étaient prêts à recevoir de leur mère, tous les matins, au moment de partir, les quatre sous (un par voyage) qui leur permettaient de se croire de grandes personnes pendant les quelques minutes du trajet. Dès les premières chaleurs, les tramways traînaient des remorques (jardineras) sans portes ni carreaux, où le voyage était bien plus agréable. Avec la vitesse, l'air les enivrait. On était secoué à droite et à gauche, à tel point qu'il fallait bien s'accrocher au siège. Leur mère leur avait pourtant dit : « Ne montez pas là-dedans, vous pourriez tomber ». Mais comment résister à la tentation, alors que dans le tramway il faisait si chaud ?

Ils devaient garder à chaque fois deux sous pour le retour, responsabilité assez grande quand on n'a que huit ans. Est-ce la faute d'une poche ou d'un cartable percé, toujours est-il qu'un jour à la sortie du collège... plus de sous. Ils n'avaient d'autre solution que celle de suivre le chemin du tramway, en marchant vite ou en courant. Ce jour-là Carlos pestait contre le marché volant qu'il aimait tant regarder du balcon, car ils devaient le longer et, s'il n'y avait plus beaucoup de monde, à cause de l'heure tardive, le sol restait jonché de débris — feuilles de choux, fruits abîmés — qui risquaient à chaque instant de les faire glisser. Et puis pour de petites jambes, deux kilomètres, c'est beaucoup. Quand ils sont arrivés à la maison, leur mère était aux cent mille coups... et eux en sueur.

Ils ont dû faire deux ans dans les petites classes de ce collège, avant de suivre le cours préparatoire qui était celui de l'entrée au lycée. Ils ont continué leurs études chez les Maristes, en allant passer les examens au lycée San Isidro, derrière la cathédrale de Madrid, dans le populeux quartier de Embajadores, rue de Tolède. Leur père devait aller, à l'époque, aux bureaux du ministère de la Guerre, et il faisait lui aussi, un long chemin. Peu de temps après... nouveau problème. Le frère Alfred avait atteint l'âge d'aller à l'école et ses parents voulaient qu'il soit, également, chez les Maristes. La sœur fréquentait déjà une école de filles dans le quartier. Leur mère qui tenait les cordons de la bourse, a dû juger qu'ils habitaient trop loin du collège et qu'elle pourrait économiser tous les sous des tramways s'ils déménageaient à nouveau. Après tout, les emballages étaient faits pour cela. Toujours prêts à recevoir la vaisselle ou les meubles, ils les attendaient.

Quand on a beaucoup voyagé et que l'on est resté un certain temps dans la même ville, on sent comme un besoin de changer de paysage. Leur mère, sans être instable pour autant, ne se laissait pas impressionner par les tracas d'aller « ailleurs », au contraire, elle le souhaitait en espérant une amélioration. C'est ainsi que ses parents, qui n'avaient plus l'intention de quitter Madrid à cause des études que « certainement » ils allaient tous faire, décidèrent quand même de déménager une fois de plus, pour aller habiter un appartement dans la rue Vallehermoso à l'angle de celle de Cea Bermudez. Carlos et ses frères regretteront toujours leur forêt vierge !

La distance jusqu'au collège était à peu près la moitié de la précédente, mais à vol d'oiseau. Malheureusement ils ils n'étaient pas des volatiles, et ils devaient faire à pied autant de chemin, sans aucune possibilité de prendre un tramway. Le quartier de Vallehermoso était en construction. Peu de rues étaient ouvertes ou tracées, et il n'y avait que de rares immeubles. Les limites de la zone construite étaient assez loin ; la rue Bravo Murillo et la glorieta de Quevedo. Par la rue Eloy Gonzalo et la place de Olavide ils sortaient à la rue Santa Engracia, à cent mètres du collège. Et comme des grands, ils faisaient quatre fois par jour ce parcours d'environ un kilomètre et demi.

En sortant de la maison ils devaient traverser, en premier, un immense terrain vague qui avait été un cimetière compris entre les rues Cea Bermudez, Vallehermoso, Magallanes et Donoso Cortés. Ce cimetière avait été démantelé complètement, bien avant leur emménagement dans ce quartier. Il n'y avait plus de constructions, plus une dalle, plus un mur ; on aurait dit qu'on avait balayé les lieux. Mais pas si bien que ça, car si l'on marchait sans regarder par terre, il n'était pas rare d'entendre sous le pied un bruit sec, crac ! et c'était une côte ou un tibia qui traînaient par là. Combien de fois se sont-ils accroupis, Carlos et son frère, pour regarder en détail un de ces ossements, comme complément à la leçon d'anatomie que le frère Antoine venait de leur expliquer !

Il y avait bien au collège un squelette complet suspendu par son crâne, entouré de petits rideaux et dans une vitrine portative, mais rien ne pouvait remplacer l'étude directe de l'apophyse d'une vertèbre faite là, en prenant tout son temps. Car le squelette (« Don Tadeo », comme il était appelé d'une promotion à une autre), ne leur était montré que quelques minutes, sans doute pour qu'il ne suscite des idées qui auraient pu devenir des questions embarrassantes pour le frère Antoine.

Il était le plus souvent dans une autre classe ou bien rangé dans un coin du couloir. Pour aller le chercher il y avait toujours des volontaires, car les porteurs s'amusaient à faire balancer la vitrine de telle sorte que les ossements, articulés par des fils de fer, viennent frapper les vitres, ce qui faisait rire tout le monde, sauf le frère Antoine, bien sûr. La prière que tous les élèves faisaient pour l'âme de « Don Tadeo » au début de chaque classe d'anatomie, et avant d'ouvrir la vitrine — une bonne action en soi — était plus longue que le temps que le frère consacrait à leur faire observer les os du pied : c'était au détriment de leurs connaissances. Pendant qu'il était accroupi pour leur montrer le métatarse ou le calcanéum, il y avait toujours quelqu'un parmi les élèves pour prendre la main osseuse de « Don Tadeo », sans se faire voir de préférence et pour, en lui disant « bonjour », secouer toute la ribambelle d'ossements. A ce moment le frère Antoine relevait la tête, à la recherche de celui qui était capable de donner ainsi un frisson de vie à « Don Tadeo », car il ne croyait pas à des miracles de ce genre. C'était là, entre autres, un de ces traits mémorables attachés à la personnalité du frère Antoine.

⁂

Le collège était une grande bâtisse au milieu d'un parc, avec des terrains de jeux séparés pour les petits et les grands, un gymnase couvert, et même un grand mur qu'ils appelaient « le fronton », car la pelote basque avait d'innombrables adeptes. Une lourde grille avec une porte métallique séparait l'ensemble de la propriété, de la rue. Par des chemins entretenus, à travers un jardin toujours fleuri, on atteignait un large perron d'une dizaine de marches en marbre blanc. Sur le palier, une grande porte vitrée donnait accès à un salon où des nombreuses toiles aux thèmes religieux, ainsi que d'autres représentant probablement des illustres membres de la Congrégation des Maristes, étaient accrochées aux cimaises. Face à la porte, sur un piédestal, devant une glace qui montait jusqu'au plafond, une statue de l'Enfant Jésus bénissait celui qui franchissait le seuil. Le mur le mieux exposé était orné d'une manière spéciale ; d'un baroque très chargé, comme pour attirer davantage l'attention des visiteurs. On lisait tout en haut, en lettres dorées « Tableau d'Honneur ». Deux ou trois noms d'élèves, écrits en gothique sur des bandes de papier imitation parchemin, représentaient chaque classe.

Le bureau du frère Bruno, le directeur, s'ouvrait sur ce salon, et c'est là qu'il recevait, le plus souvent, les parents d'élèves. Une vraie cérémonie, ces rendez-vous ! Le frère directeur prenait place dans un confortable fauteuil (presque aussi beau qu'un trône royal) installé sous le Tableau d'Honneur, de telle manière qu'il lui tournait le dos. Il n'avait pas besoin de le regarder, lui, qui le connaissait par cœur. Mais comme c'était sa fierté et l'orgueil du collège, il tenait à ce que les visiteurs puissent le regarder à loisir, du coin de l'œil, tout en l'écoutant. Car, dans le « dialogue » avec les parents... il n'y avait que lui qui parlait ; les questions et les réponses sortaient de sa bouche à une vitesse que les parents ne pouvaient pas suivre. C'est tout juste s'ils avaient le temps de s'interroger du regard... « vous allez me dire que... » et il continuait. Si le père ou la mère faisait un geste pour l'interrompre... « je sais, je sais... » et le voilà parti jusqu'au « je vous tiendrai au courant, au revoir, que Dieu vous bénisse », et il les laissait sur le palier du perron, aussi satisfaits qu'abasourdis.

Avec les élèves, par contre, il avait une patience d'ange et il savait les écouter. A part ses fonctions de frère directeur, il assurait les cours de français des grandes classes, et c'est en suivant son enseignement pendant trois ans que Carlos apprit par cœur les conjugaisons de verbes et des centaines de mots de vocabulaire. La lecture, les thèmes, et les versions étaient leur travail journalier. Dans l'enseignement d'alors, il y avait une option, à un moment donné des études, qui consistait à choisir entre l'anglais et le français. Comme les classes n'avaient que peu d'élèves, vingt ou vingt-deux maximum, ils se sont trouvés une dizaine seulement à suivre les cours de français avec le frère Bruno. Et quand l'heure arrivait, ils descendaient par un escalier monumental qui aboutissait au grand salon, qu'ils devaient traverser, pour aller frapper à la porte du bureau du frère directeur. Il les y recevait et ils restaient debout, en demi-cercle, durant toute l'heure de la leçon. Il n'était pas question de ne pas savoir le vocabulaire ou les verbes. Leur travail était suivi de près et c'est ainsi qu'à la fin de l'année ils étaient immanquablement prêts à passer leurs examens au lycée San Isidro.

Pour monter dans les classes, il était interdit à tous les élèves de traverser le salon ; il y avait un autre escalier, depuis la cour, jusqu'aux étages supérieurs, qu'ils empruntaient plusieurs fois par jour. Par le salon on pouvait accéder à une chapelle qui prenait presque tout le reste de l'étage. Aux grandes fêtes religieuses, ou aux cérémonies comme la Première Communion, tous les élèves et leurs familles y avaient leur place. La décoration était particulièrement soignée. Dans un coin du fond, un harmonium gigantesque, dont la sonorité faisait croire plutôt à un orgue, était le point de rassemblement de la chorale du collège. En traversant la chapelle, on sortait derrière le bâtiment, dans un grand préau, que tout le monde appelait « la verrière ». C'était une salle immense adossée à la façade arrière, avec les autres côtés et le plafond entièrement vitrés. De là on voyait les cours de récréation, et il servait de refuge les jours de pluie.

Mais il servait surtout à la cérémonie hebdomadaire de la remise des notes. Des bancs très lourds en chêne massif, étaient alignées devant une estrade avec des tables où se tenaient les frères de différentes classes. Tous les élèves du collège, tous les samedis matin, se retrouvaient là et, comme un seul homme, ils se levaient tous, à l'arrivée du frère directeur. La « fête » pouvait commencer. C'était lui-même qui lisait les bulletins un par un. « Bien... Pas mal... » pour les premiers de chaque classe, car il avait souvent un mot agréable ou simplement d'encouragement pour chacun, mais au fur et à mesure qu'il arrivait aux derniers de la même classe... il ne se tenait plus... sans perdre son sang-froid il adressait des reproches acerbes à « ces cancres ». Mais dès qu'il avait fini une classe, il devait commencer la lecture des bulletins de la suivante. Quelques élèves à l'esprit critique, admiraient cependant les dons de comédien dont il faisait preuve, en passant aussi facilement de la colère qu'il montrait aux derniers d'une classe, aux sourires, aux compliments et aux mots d'approbation qu'il adressait aux premiers de la suivante. La lecture du palmarès durait deux ou trois heures et quand il se retirait il était comme l'acteur qui vient de jouer une longue tirade, exténué. Tous les élèves estimaient le frère directeur ; ils l'aimaient tout autant qu'ils le respectaient, il était non seulement bon pour eux, mais aussi intelligent et juste.

Il y avait au collège une section de petits qui recevait les enfants deux ans avant l'entrée au lycée. Ces classes étaient très fréquentées. Une fois les études du baccalauréat commencées, on constatait une diminution progressive du nombre d'élèves. Avec le régime de discipline, les devoirs à la maison, les leçons à apprendre par cœur... ceux qui ne pouvaient pas suivre le rythme, « jetaient l'éponge » au beau milieu de l'année et ils s'en allaient d'eux-mêmes. A ceux qui s'entêtaient, sans pouvoir améliorer leurs notes plusieurs semaines de suite — à moins de faire preuve d'une ferveur religieuse, capable de compenser leur carence — le frère directeur annonçait froidement la « disqualification » et ils étaient rayés des effectifs. Le collège ne pouvait pas présenter aux examens du lycée des élèves à la réussite incertaine. Avec cette méthode d'élitisme, ceux qui restaient, en nombre plus réduit chaque année, étaient obligés de travailler de plus en plus et ainsi les dernières classes se passaient presque en famille.

Les parents de Carlos trouvaient le prix des livres exorbitant, mais comme lui et son frère étaient toujours dans la même classe, ils avaient aussi trouvé la solution en n'achetant qu'un exemplaire de chaque matière. Un livre d'Arithmétique, un livre d'Histoire, un livre de Géographie... pour tous les deux. Les frères Maristes ne les obligeaient pas à avoir chacun le sien, car même si pendant le cours il fallait que l'un suive une lecture sur le livre de l'autre, étant donné la discipline, établie depuis longtemps, on entendait aussi bien une mouche voler en classe, que les oiseaux chanter dans le parc.

A part quelques inconvénients minimes, vite surmontés — comment faire autrement ? — ils trouvaient des avantages nombreux à cette pénurie. En se partageant les livres, ils n'avaient que la moitié à porter chacun dans son cartable, et quand il faut faire un kilomètre et demi, quatre fois par jour, cela compte. Au moment du travail à la maison, il suffisait de s'entendre : « quand tu auras fini avec l'histoire, tu me la passes, je te donnerai ma géographie »... et ainsi de suite. Quelquefois ils se récitaient mutuellement ce qu'ils venaient d'apprendre et si l'un n'avait pas compris, « de la discussion (souvent) jaillissait la lumière ». Pour l'arithmétique, la géométrie, et plus tard l'algèbre, c'était l'idéal. Chacun sa feuille de papier et son crayon ; les yeux fixés sur le dessin de géométrie, suivant l'explication du livre ensemble, ils trouvaient la démonstration du théorème, ou la solution d'une équation, beaucoup plus vite. Pour les rédactions, après une discussion sur le sujet, et après avoir noté quelques idées, chacun écrivait de son côté... ce qui lui sortait de la plume.

Avec ses deux ou trois portes-fenêtres, ouvertes presque toute l'année, grâce au climat, chaque classe ne recevait de l'extérieur que l'air du parc et les chants d'innombrables oiseaux, mêlés aux sifflements des merles. La ville était comme lointaine : il n'en parvenait qu'une vague rumeur. Chaque classe avait son frère attitré qui assurait tous les cours, du matin au soir, dans toutes les matières, et cela des années durant. Il avait, en quelque sorte, la spécialité de sa classe.

***

Le frère Antoine était célèbre parmi les élèves du collège, et chacun attendait avec impatience le moment d'aller avec lui, pendant une année, recevoir son enseignement.

Il était petit, rondouillet et très brun. Tous les matins les élèves le trouvaient aussi jovial, au moment de lui baiser la main, dès leur arrivée dans la cour, car c'était plus qu'une coutume, une obligation, et aussi une marque de respect, comme celle du soldat qui porte la main à la tempe pour saluer un supérieur. Sa figure poupine brillait comme s'il avait poli ses joues et, bien que rasé de près, sa peau laissait transparaître une barbe drue et noire. Il ne devait pas avoir à l'époque beaucoup plus de trente ans, et il était le seul à jouer avec les grands garçons, pendant la récréation, une partie de pelote basque ou de foot-ball, en remontant sa soutane pour courir plus facilement. Sa classe était une des dernières avant le baccalauréat, de sorte qu'il connaissait, non seulement son programme, mais celui des classes précédentes, à tel point que si quelqu'un se hasardait à lui dire... « je n'ai pas étudié tel sujet », il sortait dans le couloir, allait à la classe voisine et revenait avec le frère « impliqué », porteur du cahier de textes de l'année précédente.

— Voyons, voyons... disait le frère présumé coupable de ne pas avoir enseigné un sujet aussi important, tout en feuilletant son cahier. Vous dites... la troisième guerre punique... voilà, voilà, nous l'avons étudiée le 25 mars 192... et l'élève un tel a obtenu... ah ! une mauvaise note pour ne pas savoir sa leçon.

Dans ce collège tout était en ordre, consigné par écrit quelque part, archivé. Et l'élève un tel récoltait de la part du frère Antoine une autre mauvaise note pour avoir osé mettre en doute l'enseignement reçu les années antérieures. S'il avait dit simplement « j'ai oublié » il aurait pu s'en sortir, mais dire « qu'on n'avait pas étudié un sujet », quelle audace !

Toujours est-il qu'avec le frère Antoine, les élèves faisaient une vraie synthèse de toutes les connaissances jusqu'alors acquises, par la méthode pluridisciplinaire, tout en suivant chaque programme, de façon à mettre en relation la Physique avec l'Histoire ou l'Algèbre avec la Chimie, autant qu'il pouvait le faire entre le Latin et l'Espagnol. Par moments les élèves étaient perdus, et c'est seulement en regardant leur montre, qu'ils pouvaient savoir si le cours qui se déroulait était bien celui de Littérature ou de l'Histoire d'Amérique. Mais grâce à une culture et à une pédagogie remarquables, il était capable de donner à ses élèves la cohérence nécessaire à leurs connaissances acquises. Son savoir ne s'arrêtait pas là ; non seulement il jouait de l'harmonium à la chapelle, mais il formait et dirigeait la chorale qui chantait aux offices.

La classe, vers le milieu de l'année, lorsqu'une bonne partie du programme était faite, était divisée en deux camps, séparés par le couloir central. En classe d'Histoire cela pouvait être : à droite les Romains, et à gauche les Carthaginois. Au cours de Religion, c'était par exemple : les Chrétiens à droite et les Bouddhistes à gauche.

Une partie de quelques cours se passait en joutes dirigées par le frère Antoine qui tenait une comptabilité soignée des points de chaque camp. Si un « Romain » demandait aux « Carthaginois » la date de la bataille de Pavie ou celle de la mort d'Hasdrubal et qu'il n'obtenait pas une réponse juste, il gagnait un point ainsi que son camp. Dans le cas contraire les points allaient aux « Carthaginois ». Tout le monde était concentré avant de répondre, et seul celui qui croyait savoir, en levant son doigt, pouvait être autorisé par le frère à rompre le silence. Il fallait voir avec quel soin des groupes préparaient entre eux, quelquefois en prenant une partie de la récréation, les questions à poser au camp adverse. Ces jeux de l'esprit et de la mémoire, par la tension qu'ils demandaient, dans la discipline et le silence — mais appréciés par-dessus tout — faisaient que les minutes de détente dans la cour, étaient un défoulement salutaire.

Pendant les grandes vacances presque tous les frères restaient au collège et des élèves de temps en temps allaient les voir. Moins formalistes alors, ils acceptaient de faire une partie de tennis, de jouer au fronton ou de parler à bâtons rompus, à l'ombre des gros platanes de la cour. Carlos et José son frère avaient passé dans ce collège une bonne partie de leur enfance et de leurs adolescence.

∴

Le père des frères Morella n'avait jamais de congés, et la famille n'avait pas non plus les moyens d'aller ailleurs passer quelques jours de vacances. C'est pourquoi ils passaient tous les étés à Madrid. Pour ne pas rester toute la journée dans l'appartement, les enfants sortaient jouer, quand ils étaient trop jeunes, dans les terrains vagues face à la maison. Puis, en grandissant, ils allaient de plus en plus loin. Une fois, ils devaient se trouver du côté de la « Puerta de Hierro » lorsqu'un lièvre est sorti devant eux. Le lendemain ils revenaient au même endroit avec des arcs et des flèches de leur fabrication (conséquence de la lecture des histoires de Sioux) avec l'intention de l'attraper et de l'amener à la maison. Le lièvre est sorti de nouveau, mais malgré leur stratégie pour essayer de lui couper la retraite, il est passé entre eux si rapidement qu'ils n'ont rien pu faire pour lui décocher leurs flèches.

Pour ne pas revenir bredouilles ils faisaient la chasse aux grillons. Dans ces champs il y en avait des milliers. Les moissons étaient finies et les grillons chantaient jour et nuit. Un concert assourdissant les accompagnait sans qu'ils puissent voir un seul de ces orthoptères. Les petites bêtes qui chantaient tranquilles à côté du trou qui leur servait de terrier, se cachaient aussitôt qu'elles entendaient des pas. Ils avançaient comme dans une cloche de silence, mais cependant transparente aux bruits lointains. Ils s'arrêtaient quelques minutes, sans bouger, et ils se rendaient compte qu'autour d'eux dans une circonférence de quatre ou cinq mètres, il n'y avait aucun bruit.

Par contre au-delà et jusqu'à l'infini, ce n'était qu'un seul chant. S'ils attendaient un peu (question de patience), la chaleur du sol faisait sortir les grillons, ce qui leur permettait de repérer leurs nids et de les attraper en les délogeant avec une paille. Ils avaient toujours sur eux des boîtes, flacons, ou papiers pour faire des cornets, de quoi protéger les insectes qu'ils pouvaient rencontrer pour leurs collections.

Quand ils avaient une bonne vingtaine de grillons — des mâles, les seuls qui chantent — ils revenaient à la maison. Ils étaient contents ; d'abord de sentir toutes ces petites bêtes frémissantes dans le carton, après les joies propres de la chasse. Et puis, s'il fallait les acheter... ! Car ils se vendaient les grillons, oui ! Coutume du pays ; dans les marchés, les parcs, les squares, — là où il y a des enfants — pour quelques sous. Le grillon était vendu dans une cage minuscule, faite de deux ronds en bois avec des fils de fer autour, à travers lesquels on lui donnait à manger un morceau de tomate ou une feuille de salade, en échange de quoi il montrait son contentement en chantant à tue-tête toute la journée cri-cri, et même la nuit, surtout la nuit !

En arrivant à la maison ils mettaient les grillons dans un grand carton ou dans une boîte à chaussures qu'ils perçaient soigneusement de quelques trous et qu'ils refermaient de son couvercle pour qu'ils ne s'échappent pas, après y avoir reconstitué leur milieu naturel avec un peu de terre dans le fond et des herbes, sans oublier des morceaux de tomate fraîche comme nourriture. Les grillons se trouvaient tellement bien... qu'ils n'arrêtaient pas de chanter. Et vingt grillons à la fois, ça fait du bruit ! Ils laissaient la boîte sur le balcon, pour qu'ils aient de l'air, et comme la chambre des parents donnait précisément sur ce balcon, et qu'ils ne fermaient pas les portes-fenêtres à cause de la chaleur... on peut dire en définitive que la chaleur était la cause de tout... du chant des grillons, et de ce que les parents ne pouvaient pas dormir en les entendant malgré eux. Combien de fois, en rechignant bien sûr, ils ont été obligés de redescendre le carton et de laisser partir dans les terrains vagues à côté de la maison, ces chanteurs inlassables, après les lamentations et les menaces de leur mère. Quand le soir, Carlos s'accoudait à la balustrade du balcon, à la recherche d'un brin d'air, il croyait entendre dans le champ à côté, le chœur des grillons qu'il avait lâchés le matin, qui lui adressait en remerciement un hymne à la liberté retrouvée.

Avant l'époque des grillons, il y avait celle des lézards. Au début du printemps, les premiers rayons du soleil un peu ardents, les faisaient sortir. Les deux frères avaient repéré des rochers bien exposés au soleil où abondaient les lézards. Ils rentraient donc discrètement un carton avec une poignée de bestioles, qui en général avaient perdu leur queue au cours de la capture. Leur frère Alfred, toujours à l'affût d'une farce allait les accueillir à la porte en leur demandant « qu'est-ce que vous apportez aujourd'hui ? ». Et il allait ouvrir la boîte pendant que la mère surveillait la façon dont les aînés se lavaient les mains. A ses cris ils avaient compris ; les lézards s'étaient échappés. Le jeune frère riait, mais leur mère, elle, croyait voir courir des souris : elle en éprouvait la même peur. Il fallait alors les rattraper sous les meubles. Au bout d'un moment leur mère demandait... « est-ce que vous les avez tous trouvés ? »... « bien sûr maman, viens les compter, tu vois bien, quatorze »... « bon, bon, descendez-moi tout ça », disait-elle sans même regarder. Mais ils savaient bien, tous les deux, qu'ils étaient venus à la maisons avec quinze lézards, et que le dernier, il n'y avait pas moyen de lui mettre la main dessus... Il fallait bien arrêter les recherches. Ces bestioles avaient le don de grimper le long des murs, et de préférence derrière une armoire, alors ! « Le pire c'est si maman le trouve demain en faisant le ménage... » se disaient-ils à voix basse, déjà à table, entre deux cuillérées.

C'est à peu près l'année où ils allaient quitter le collège des Maristes, que leurs parents, une fois de plus décidèrent de changer d'appartement. Cette fois sans sortir du quartier. Non loin de chez eux, une maison était en finition rue de Escosura, dont les appartements et le confort correspondaient aux désirs des parents ; entre autres, salle de bains et chambre individuelle pour chacun des quatre enfants. Un beau portail en marbre et un ascenseur donnaient accès aux étages. Un double balcon sur la rue, faisait communiquer par la façade la salle à manger et la chambre des parents. En regardant vers la gauche on voyait l'immense terrain vague, l'ancien cimetière, et au loin, les maisons de l'avenue de la Reine Victoria, et du quartier des Quatre Chemins.

Déjà grands garçons, ils allaient, les jours de fortes chaleurs de l'été, au parc de l'Ouest, en descendant tout droit la rue Fernando de los Rios qui longeait, à la fin de son parcours, les hauts murs d'une fabrique qui sentait bon le savon et l'eau de Cologne. Ils partaient assez tôt, avec de la lecture le plus souvent, et un casse-croûte que leur mère leur préparait, une omelette dans un petit pain avec une banane, ou une orange... ou quelque chose d'équivalent. Ils rentraient vers les deux heures, peu avant leur père. Ce parc, vrai jardin « à l'anglaise » était un coin tranquille avec des nombreux bancs à l'ombre des pins et des platanes centenaires, et même avec un ruisseau alimenté par une source artificielle, ainsi qu'une autre d'eau minérale qu'on appelait « agua gorda » à cause de son goût.

Que reste-t-il aujourd'hui de ce magnifique parc, alors que la guerre est passée par là, que tant de tranchées y ont été creusées, que les arbres ont été abattus pour faciliter les combats ? Combien d'années faudra-t-il pour qu'un jour il devienne le havre de tranquillité qu'il fut ? Et comment venir s'y reposer, alors qu'on entendra toujours les cris de douleur de tant de jeunes qui y perdirent leur vie ?

***

Pour le moment Carlos et ses amis constatent avec tristesse, mais surtout avec inquiétude, que ces destructions, que pourtant tout le monde connaît, par la presse, par le cinéma, ne serviront pas d'exemple pour éviter qu'il y en ait d'autres ailleurs. Le monde aveugle va tout droit à sa perte par la guerre. Et eux, comme s'ils n'avaient pas payé leur tribut à Mars assez cher, avec trois ans de conflit, ils vont être encore une fois, pris dans l'épouvantable tourbillon, après ces quelques mois de « repos » dans des camps où la majorité d'entre eux auront perdu leur personnalité, oublié leurs études, pour devenir plus méchants qu'ils ne l'étaient avant.

Comment sortir d'ici dans de bonnes conditions ; C'est-à-dire libres de s'intégrer à la population de ce pays comme des hommes libres ? Voilà les questions qu'ils se posent en ce mois d'août de 1939, qui se termine dans l'attente d'une guerre devant éclater d'un moment à l'autre.

Grau, l'ancien capitaine, en tant que vétérinaire, songe à reprendre du service dans l'armée française car, dit-il, son diplôme n'étant pas valable en France, s'il pouvait être attaché à un régiment de cavalerie, il pourrait au moins travailler dans sa spécialité, même s'il lui faut pour cela se mettre un uniforme sur le dos. Quels arguments lui opposer ? Peut-être qu'à la fin de la guerre, son état de services, lui permettra de réaliser son rêve : exercer sa profession librement. Par contre le lieutenant, comme instituteur, et connaissant mal la langue française, sait bien qu'il lui est plus difficile de trouver une solution convenable, et pour le moment il préfère attendre. Les haut-parleurs du camp, divulguent maintenant les nouvelles de l'extérieur, celles qui concernent la situation internationale, tout en faisant des appels fréquents pour décider les réfugiés à reprendre du service en s'engageant dans l'armée ou même dans la Légion Etrangère.

Le jour où les haut-parleurs ont déversé en vrac les épouvantables nouvelles de l'invasion de la Pologne par les chars allemands, la mobilisation générale, la déclaration de guerre... le capitaine a décidé de partir. On lui a promis, paraît-il, son incorporation dans la cavalerie comme il le souhaite, mais il ne se fait pas d'illusions ;

les chevaux dans la guerre moderne ont la forme de tanks. Réflexion faite, le lieutenant s'est fait inscrire dans la Légion, en disant qu'il espérait venger la blessure que les Allemands lui avaient faite à la Cité Universitaire, dès qu'il les aurait en face.

Ces haut-parleurs ont joué leur rôle à merveille, et cette masse humaine s'est à nouveau laissé prendre au charme des belles paroles, des discours patriotiques et des propositions plus ou moins fallacieuses. Le sentiment des antimilitaristes s'exprime par quelques protestations devant les bureaux de la direction du camp, contre ces discours et nouvelles. Ils ont droit à des propositions directes : « Vous ne voulez pas prendre un fusil ? et si l'on vous donnait une pelle et une pioche pour faire des abris et des tranchées ? » Et le commandement a fait d'une pierre deux coups, car le camp se vide — il faut voir la ruée... — Organisés en C.T.E. (Compagnies de Travailleurs Etrangers), ils sortent par pleins camions. C'est à croire que tous ces antimilitaristes, en majorité paysans, manœuvres, gens sans métier et la moitié analphabètes, ne savent pas que les tranchées se font dans les zones de combat. Et pourtant ce sont ceux-là mêmes qui en Espagne, avec une mitraillette entre les mains étaient aussi contents que des gosses avec des jouets tout neufs. Antimilitaristes ? Savent-ils seulement ce que cela veut dire ?

Avec tous ces départs, en quinze jours, le camp a perdu un bon tiers de sa population et le brigadier Obrecht, toujours fidèle au poste, mais très inquiet quant au sort de sa famille, fait la confidence à Carlos que les réfugiés qui restent là, seront bientôt évacués vers un camp de triage. Comme il lui demande ce que cela veut dire, il lui explique le classement que l'on va faire de tout ce monde, pour que chacun sorte dans le secteur de sa spécialité. « Avec la mobilisation générale, l'industrie française a besoin de remplacer les jeunes », lui dit-il.

Carlos commence à entrevoir la possibilité de sortir de ce cauchemar, en étant utile à quelque chose, en réalisant son rêve de liberté autant que d'indépendance. Il ne croit pas que tous ceux qui sortent en groupe, puissent s'intégrer à une société qui leur est inconnue, en restant ensemble, en gardant langage et coutumes, en vivant en troupeau. D'ailleurs eux-mêmes ne doivent pas souhaiter cette intégration car, depuis Napoléon, pour une partie du peuple espagnol, le Français a toujours été considéré comme un ennemi.

Carlos par contre, considère que la vie en troupeau pour lui a assez duré ; presque trois ans de guerre et huit mois de camp, c'est toujours plus qu'il ne faut pour apprendre à connaître les autres, et il n'a pas de raisons d'en être fier. Il vivra plus tard, pense-t-il, en ours solitaire — comme quand il était dans la maisonnette au bord du torrent — car il a trouvé souvent des gens qui lui ont fait honte, avec leur comportement, incompatible avec la fierté de sa race ; fierté qui aurait dû leur dicter une attitude plus digne. Sans parler de ceux qui, dans le malheur où ils étaient tous, n'hésitaient pas à voler, à tuer même... pour une miche de pain ! Prétexte peut-être pour solder des comptes et de vieilles rancunes de la guerre.

Maintenant que les « sans métier » sont partis, il va y avoir une sévère concurrence parmi les restants. Ce sont d'anciens fonctionnaires, des avocats, des élèves des grandes écoles, des artistes peintres... mais aussi des ouvriers qualifiés, spécialistes de la mécanique ou de l'électricité ; tout ce monde devra sortir sans — presque — connaître la langue française... Quel problème ! Ce critère va être dans certains cas, décisif pour l'avenir de quelques-uns, même si cela ne les empêche pas de travailler.

⁂

Le vingt septembre les haut-parleurs annoncent le départ de ce camp, qui doit être évacué le lendemain. Tous s'y attendaient et étaient prêts. Avant de quitter Nervet, Carlos a dit au revoir à son ami le brigadier Obrecht qui devait, lui, rester. Il n'a pas manqué de lui exprimer combien il avait été sensible à sa confiance, et heureux d'avoir eu avec lui de longues conversations. En se souhaitant bonne chance, et pendant qu'ils se serraient la main, Carlos pensaient au premier gendarme qu'il avait vu à Latour de Carol. Heureusement le brigadier Obrecht lui avait effacé son mauvais souvenir.

Dans des wagons à bestiaux d'un train de marchandises, les réfugiés restants sont transférés, avec moins d'escorte que pour les autres déplacements, jusqu'à Caussade, près de Montauban, dans le Tarn-et-Garonne. De la gare, avec des camions qui feront plusieurs allers et retours, on les amène à Cinq Fonts à environ huit kilomètres. Ce camp semblable au précédent mais beaucoup plus petit, n'est même pas terminé et, dès l'arrivée on organise des équipes pour aller chercher des planches à la gare de Caussade, afin de construire d'autres baraques. Elles ont à l'intérieur des lits gigognes, ce qui est un progrès considérable, comparé aux précédents où ils étaient par terre avec une poignée de paille. D'autres équipes vont à une carrière voisine chercher de la caillasse et du gravillon pour faire les routes, car elles seront empierrées. Ce camp, était encore un pré il y a quelques mois et avec l'hiver qui approche, il risque de devenir un bourbier comme le pré de Ramèzes.

Autre nouveauté, il n'y a pas de corvée de tinettes. Ouf ! Quel bonheur ! Ce sont des citernes de vidange qui viennent aspirer... et qui l'emportent. Autrement dit, si les routes sont empierrées c'est tout simplement pour que ces gros véhicules ne s'enlisent pas dans la boue.

Le camp de Cinq Fonts a beaucoup moins de troupes pour la surveillance des réfugiés. D'ailleurs ils passent plus de temps dehors que dans le camp. Les équipes de travail sont nombreuses. Une poudrerie est en construction à quelques kilomètres de là, dont les réfugiés auront fait la majeure partie. L'organisation de ce camp est centrée sur le travail, et pour les besoins de coordination de tous ces groupes José, son frère, a été obligé de s'installer dans une autre baraque. Ils se voient moins souvent dans la journée, mais tous les soirs ils passent un bon moment ensemble.

Deux mois se sont écoulés depuis la lettre que Carlos avait écrite à Adeline, quand il reçoit sa réponse. Le courrier ne marche pas très vite. Trois semaines pour venir de Barcelone. Il est vrai que la censure commence à ouvrir les lettres et à passer de grands coups de pinceaux avec des produits bleus ou marron, pour découvrir les possibles nouvelles secrètes écrites entre les lignes, avec des encres spéciales. Comme si de simples individus pouvaient être en possession de secrets d'état et, dans ce cas improbable, être assez innocents pour les envoyer par la poste, avec la perte de temps et le risque d'interception. Non ! Les espions voyagent allègrement et, quand ils sont porteurs d'un message, il est codé, ou il fait partie d'une valise diplomatique. Maintenant on va lire aussi les lettres des réfugiés, dans lesquelles on ne trouvera rien, mais on occupera beaucoup de monde, et ces gens auront l'impression de défendre la patrie. C'est moins risqué, bien sûr, que de traquer le porteur de renseignements secrets.

Cette idée le révolte car c'est une atteinte de plus à la liberté. Carlos ne se sent pas libre, en effet, de dire ce qu'il veut à sa famille. Celui qui lira sa lettre pourra l'interpréter d'une façon erronée, ou simplement en rire et se moquer de lui. A moins que, à force de lire toutes sortes de confidences, il ne soit plus en mesure de faire attention. Mais après tout, pense-t-il, il n'a rien à cacher ni à se reprocher, donc il décide de continuer à écrire comme avant, sans tenir compte de ces apprentis peintres, et à envoyer à sa famille ou à Adeline, les nouvelles de sa vie depuis la terre d'exil.

La lettre d'Adeline est longue, très longue. Elle accepte d'attendre, elle se rend à l'évidence ; la guerre est déjà déclenchée quand elle écrit. Elle s'inquiète aussi de la situation de Carlos, et lui demande de ne pas s'engager une fois encore dans l'armée. Elle pense comme lui, que la fin de cette guerre pourra être la solution de leur problème, et sûrement son retour à la Patrie. « En attendant, lui dit-elle, il faut que nous conservions intact le trésor des souvenirs que nous nous sommes créés ensemble ». Oui, depuis le jour où, toute jeune encore, Carlos lui avait fait comprendre que sa beauté le rendait son esclave.

Cela se passait l'année où Carlos suivait les derniers cours avant le baccalauréat. En même temps il s'est fait inscrire dans une école privée qui avait une certaine renommée pour la préparation au concours d'entrée à l'Agro, sorte de « boîte à bachot » fréquentée également par des élèves des classes terminales. En fin d'après-midi, en sortant du collège, il courait suivre les autres cours non loin de là. Pour Carlos, il s'agissait de renforcer quelques connaissances, mais surtout de les adapter à un programme assez strict qui départageait les candidats, or il y en avait quatre cents venant de toute l'Espagne pour soixante-quinze places...

Les premiers jours, dans cette école — un très vaste appartement — Carlos était un peu désorienté, mais les élèves n'étaient pas nombreux et il a vite fait la connaissance des autres. En particulier, et surtout, il avait été attiré — il disait lui-même « paralysé » — par la beauté presque irréelle, et l'attitude altière d'une jeune fille qui semblait avoir son âge. Ces écoles privées étaient mixtes, tenues par des laïques ; mais les classes de latin et de grammaire étaient souvent réservées à des prêtres. Si Carlos n'a aucun souvenir des autres élèves filles ou garçons qui ont été ses camarades pendant une année c'est qu'il ne voyait qu'elle ! Au début, il pensait que le fait de n'avoir fréquenté dans sa vie que le collège de garçons, avec les Maristes, était la cause de son éblouissement. Cette jeune fille avait déjà suivi des cours l'année précédente dans ces lieux, et elle était par conséquent, connue des professeurs, comme des autres camarades.

Carlos s'est arrangé pour lier rapidement un peu d'amitié avec quelques grands garçons. Ils étaient tous très sérieux et de bonne famille. Les soirées de septembre étaient encore très chaudes et le jour se prolongeait longtemps. Une de ces soirées Carlos les invita à boire un demi à une brasserie voisine, avant de rentrer à la maison. Tout en grignotant quelques « tapas » il parlait, en général, des jeunes filles qui étaient leurs camarades, pour ne pas attirer leur attention sur une question plus précise qu'il fit — sans lui donner trop d'importance — au sujet de celle qui hantait ses songes, et sans rien dévoiler de ses sentiments, car c'était elle la cause de son invitation. Quelqu'un dit : « Adeline ? elle est inabordable » et un second d'ajouter, presque sans réfléchir, « je dirai même inaccessible » ; le troisième, pour ne pas être en reste, donna aussi son avis, mais en prenant son temps ; et comme s'il avait fini d'enfoncer un clou, il dit : « elle est in-sen-si-ble » en martelant les syllabes.

C'était leur opinion et, sans doute, ils avaient leurs raisons pour la qualifier ainsi. Il avait bien remarqué, Carlos, et cela lui parut singulier, qu'aucun de ces garçons ne cherchait une occasion pour lui parler, pour lui tenir compagnie cinq minutes, pour s'asseoir à côté d'elle. Non ! ils ne se la disputaient pas. Chacun avait dû tenter sa chance, et avoir son refus. Ils étaient tous sur le même pied d'égalité et savaient à quoi s'en tenir.

Carlos n'avait en commun avec Adeline, qu'un cours d'orthographe et un cours de physique. Il aurait volontiers passé toute la soirée avec elle d'un cours à l'autre. Le premier jour elle lui avait coupé le souffle, puis... le sommeil. Il ne dormait plus, c'était affreux !

A cette époque Carlos avait fait un pari avec lui-même. Il voulait réussir et au bac et au concours d'entrée à l'Agro, et cette fille, sans le savoir, était en train de tout gâcher. Avant il apprenait les leçons facilement, parce qu'il était capable de se concentrer sur une idée, sur son travail, de ne pas penser à autre chose, et voilà que maintenant cette « autre chose » c'était elle, Adeline, sa seule pensée, son obsession.

Cela ne pouvait pas durer. Carlos voulait gagner son pari par amour-propre et par orgueil. Il lui fallait trouver un remède. A un moment il a même pensé à changer d'école de préparation à ce concours. Il y en avait une autre à Madrid, mais beaucoup trop loin pour lui, qui sortait déjà à cinq heures du collège des Maristes. Dans ses nuits sans sommeil il a entrevu ce qui pouvait être une solution. Associer Adeline à son pari. Dans la littérature tout le monde a étudié les livres de chevalerie, et tous les chevaliers, errants ou non, avaient leur Dulcinée qui les protégeait dans leurs aventures et à qui ils dédiaient leurs exploits. Mais il fallait qu'elle le sache, et que Carlos sache à son tour qu'elle voulait bien être pour lui cet idéal : une femme pour l'amour de qui il aurait fait n'importe quoi. Un refus de sa part, l'aurait mis au même rang que les autres garçons et il était décidé dans ce cas-là, et malgré l'inconvénient de la distance, à changer d'école.

Il ne pouvait plus hésiter, car il n'avait plus de temps à perdre, ou alors... il était perdu. A la première occasion qu'une place se trouva libre à côté d'Adeline dans le cours d'orthographe, Carlos s'approcha d'elle et, la regardant dans le fond des yeux il la supplia de l'autoriser à s'asseoir à ses côtés. Elle répondit d'ailleurs à peu près dans le même ton « je serai, au contraire, très honorée ». Elle n'était pas si inabordable, Adeline ! Mais Carlos s'est demandé sur le moment, si sa façon un peu cérémonieuse de répondre en appuyant sur « au contraire », n'était pas une manière à elle de se moquer de lui, mais qu'importe, il avait fait le premier pas, celui qui coûte le plus, et ils eurent l'occasion de croiser quelques phrases, pendant que le vieux prêtre, qui expliquait les règles de l'accord de l'adjectif, leur tournait le dos, appliqué qu'il était à écrire au tableau noir.

Pendant une heure Carlos la regardait à la dérobée, il la sentait à côté de lui et, de la voir si près, il la voyait encore plus belle. De ses longs cheveux châtains, coiffés en anglaises, émanait un délicat et presque imperceptible parfum chaque fois qu'elle tournait sa tête. Ce parfum lui posait une énigme et, parce qu'il devait être son parfum préféré, Carlos cherchait à le retrouver... par moments il était sûr « c'est du jasmin »... « non ! on dirait de l'héliotrope »... « mais avec un peu de chèvrefeuille... à moins que ce ne soit du seringa ». C'est idiot, il connaissait bien tous ces parfums, et les yeux fermés il aurait deviné les fleurs sans se tromper, alors que là, il était incapable de les distinguer. Il est arrivé à la conclusion, qu'elle ne pouvait pas avoir seulement le parfum d'une de ces fleurs, mais l'ensemble de tous les parfums de toutes les fleurs de la création. Le parfum de sa jeunesse !

La voix nasillarde du vieux prêtre lui parvenait comme dans un rêve, et de sa leçon il n'avait retenu strictement rien, trop préoccupé qu'il était de ne pas donner l'impression à Adeline de l'émoi que sa proximité lui produisait. Cette nuit-là il ne dormit pas plus que la précédente, mais il respira son parfum toute la nuit. Plus tard, avec un gros crayon rouge il avait encadré dans son livre la page de l'accord de l'adjectif, qu'il prit soin d'apprendre par cœur, avec les points et les virgules.

Quelques jours plus tard, alors qu'ils sortaient ensemble, vers les huit heures du soir, de l'école qui était dans la rue Augusto Figueroa, Carlos la vit prendre la même direction que lui vers la rue Hortaleza où passaient des tramways qui l'amenaient tout près de chez lui. Il pressa le pas et lui demanda si elle habitait le quartier, avec le vague espoir de l'accompagner jusqu'à sa porte. Elle lui répondit qu'elle allait prendre le tramway, car elle habitait au terminus, aux Quatre Chemins. Quand Carlos lui dit que, lui aussi, il devait faire comme elle, et qu'il pouvait lui tenir compagnie jusqu'à sa maison, si elle le voulait, quitte à revenir quelques stations en arrière, car il habitait rue Escosura, non seulement elle accepta mais elle lui dit être ravie, car elle n'aimait pas être seule dans le tramway, surtout à ces heures tardives, et dans un quartier éloigné. Elle n'était donc pas non plus inaccessible, Adeline !

Ce soir-là, pour la première fois, il sembla à Carlos que le tramway marchait plus vite que d'habitude. Il aurait voulu qu'il s'arrêtât, que le temps même s'arrêtât pour avoir le loisir de lui parler, de la contempler toute une éternité. Il était encore plus passionné que les autres jours et, quand il est arrivé chez lui, avec on ne sait quelle excuse pour justifier son retard, les yeux brillants d'une joie mal contenue, il se sentait comme métamorphosé par le bonheur, et il aurait voulu le partager avec tous.

Carlos n'a jamais été un gros dormeur, mais à ce moment-là il ne dormait pas du tout, et cela dura plusieurs jours. Il était plus que temps d'en finir. C'est Adeline qui lui donna l'occasion. Elle était intriguée par la présence de Carlos à ces cours, et elle se demandait quelles études il pouvait faire. Ce fut leur conversation dans le tramway le lendemain, car ce jour-là c'était elle qui l'avait attendu à la porte de l'école pour faire une fois de plus le voyage de retour ensemble. Quand Carlos lui eut expliqué ses projets, il termina en lui disant « jusqu'à présent j'ai bien travaillé mais, depuis quelques jours je ne fais plus rien... je ne pense qu'à toi ». Elle n'hésita pas à lui dire « moi aussi », sans même réfléchir et en rougissant, comme si ces mots lui avaient échappé. Elle était encore plus belle ainsi Adeline, et... qui avait osé dire qu'elle était insensible ? Il l'aurait prise dans ses bras, s'ils avaient été seuls, mais cela ne se fait pas dans un tramway ni ailleurs, quand on a un peu de respect de soi-même, sans parler de celui que l'on doit à la femme qu'on adore.

Lorsqu'ils avaient un cours ensemble, ils rentraient en même temps dans la classe de façon à être sûrs de s'asseoir l'un à côté de l'autre. Dès que Carlos arrivait à l'école il commençait par demander à quelques camarades si Adeline était là. Un jour qu'elle était absente au cours d'orthographe, il n'avait personne à côté de lui, car les autres élèves avaient boudé cette place. Sous les regards ironiques des camarades, il se sentait encore plus seul. Jusqu'au vieux prêtre qui lui adressa la parole en disant : « Qu'avez-vous fait de votre amie ? » Il s'était bien rendu compte de leur amitié et il les regardait, lui, avec un sourire entendu et presque paternel.

Ce jour-là il était encore distrait Carlos, et il n'arrivait pas à écouter, à suivre les explications du prêtre. Sentir cette chaise vide à côté de lui, lui créait un malaise et il se rendait compte pour la première fois que la présence d'Adeline lui était indispensable. Toute l'heure du cours il l'avait passée à faire une sorte de leçon de grammaire « à sa façon ». Il repassait de mémoire tous les mots à préfixe en « in » que les garçons qui étaient près de lui, lui avaient dits un jour au sujet d'Adeline. Inabordable, inaccessible, insensible... s'il avait eu un quatrième interlocuteur il aurait ajouté, pourquoi pas ? « indifférente »... et même « infidèle » par-dessus le marché. Et il s'amusait Carlos à supprimer le préfixe sur tous ces mots, en se disant qu'il avait été le seul capable de le faire et de retrouver, heureux, toutes les qualités d'Adeline. Il lui avait rendu ce qui était son bien ; car elle était abordable, accessible, sensible... et différente, oui, elle n'était semblable à aucune autre. Pour lui elle était non seulement différente mais, la seule. Il n'entendait plus rien. Il était dans un rêve et il se disait « quant à sa fidélité... nous verrons ! Je m'en charge. Par l'amour que je lui porte, elle comprendra que son bonheur et le mien ne font qu'un... »

Dans ces conditions comment comprendre quelque chose au subjonctif ? Encore une page que Carlos devra encadrer avec son gros crayon rouge ! Qu'importe ! Depuis il s'est dit que, dans la vie, tout le monde a des journées ou des moments à encadrer ainsi en rouge, qui sont autant d'étapes importantes de son existence. Des repères qu'on laisse derrière soi — comme les bornes kilométriques sur une route — pour bien jalonner dans le temps et dans l'espace les jours qui passent et qui ne reviendront plus.

Pendant les quelques voyages que Carlos et Adeline avaient faits ensemble en tramway (il marchait chaque jour plus vite ce maudit tramway) ou les quelques minutes où ils restaient devant le portail d'Adeline, avant de se quitter, il avait appris que la jeune fille à laquelle il donnait facilement son âge à lui, n'avait que quatorze ans. Elle avait cependant un corps de femme, presque aussi grande que lui, et assez intelligente pour être altière, afin de mieux défendre sa beauté dont elle était consciente, en disant que si elle était jolie, c'était pour celui qui l'aimerait comme elle voulait l'être. Ses camarades de classe, qu'elle connaissait depuis quelques années, n'étaient pour elle que des enfants. Par contre elle avait cru Carlos plus âgé ; elle lui avait fait un plaisir inouï en lui disant cela. Autant, paraît-il, à cinquante ans on fait tout pour ne pas paraître plus de trente, à seize ans on voudrait déjà avoir vingt ou vingt-cinq ans. La jeunesse ne pense qu'à brûler vite ses meilleurs années, les mêmes qu'au soir de la vie on voudrait revivre devant une horloge qui ferait le compte à rebours. Mais Carlos n'en est pas encore là. Il aurait plutôt arrêté le temps, lui. Devant la beauté d'Adeline, les sensations jusqu'alors inconnues, de cet amour naissant le rendaient heureux et il ne pensait qu'à vivre pleinement ces moments de bonheur, en étant à côté d'elle, en écoutant sa voix ou son rire, en regardant ses yeux qui lui disaient... tant de choses, en lui prenant la main pour la sentir plus près.

∴

Tant que Carlos fréquentait le collège des frères Maristes, il devait aller (avec son frère José bien sûr) tous les dimanches matin à la messe qui était célébrée dans la chapelle privée du même collège. C'était une obligation pour les élèves. Il avait même fait partie de la chorale du frère Antoine pendant deux ou trois ans. Les parents qui le voulaient pouvaient accompagner leurs enfants, la chapelle étant assez grande pour les accueillir tous éventuellement. Le dimanche matin donc, ils partaient de la maison bien endimanchés, gants blancs et livre de messe à la main, chaussettes blanches et chaussures noires bien cirées, presque en uniforme, pour aller au collège où, pendant les quelques minutes d'attente dans la cour, avant que la cloche sonne la messe, ils ne savaient pas quoi faire de peur de se salir. Ce n'était pas le moment, bien sûr, de faire une partie de pelote basque, bien que le fronton les attirât... il était libre. Quand la cloche sonnait, tous les frères se rendaient à leur place devant leur classe respective, et les élèves se mettaient en rang par deux devant eux. Dans un ordre parfait, et un silence édifiant, les petits d'abord, les classes des grands en dernier, ils passaient à la chapelle où était célébré l'office. Ceux qui communiaient pouvaient prendre un petit déjeuner dans un réfectoire qui, les autres jours de la semaine, servait au repas des demi-pensionnaires. A la sortie de la messe la majorité des élèves rentraient chez eux, mais quelque-uns s'attardaient à jouer dans les cours. Tant pis pour les chaussures cirées ! Le défoulement était là plus que nécessaire.

A l'époque où Carlos avait fait la connaissance d'Adeline, à l'école où elle suivait ses cours, il était toujours obligé d'aller à la messe à la chapelle des Maristes, en tant qu'élève de dernière année, mais il aurait préféré assister à l'office avec elle à sa paroisse. Ils avaient tant de prières à faire ensemble ! Comment faire ? Carlos attendait... il attendait de trouver une solution. Il s'est souvenu de ce que son père lui disait souvent : « tu verras Carlos, dans la vie il y a toujours des problèmes... mais ils ont aussi une solution, comme en algèbre, le tout pour la trouver, c'est d'y réfléchir et de raisonner ». A force de chercher il avait fini par comprendre que la seule solution était d'assister à deux messes le dimanche matin : la première pour être en règle avec le collège, et la seconde pour être... avec Adeline. Il ne pouvait pas laisser passer ainsi les dimanches sans la voir, attendre jusqu'à lundi... non ! C'était comme si on lui avait enlevé la lumière du soleil, ou l'air qu'il respirait. Et il savait qu'elle allait à la Grand-Messe à une église — qui était d'ailleurs dédiée à sa Sainte Patronne — de l'autre côté de l'avenue où elle habitait.

Carlos n'a jamais été comme on dit dans la bonne société un jeune homme timide. Il a toujours préféré que les autres disent « quel culot » parce que c'est le contraire de la timidité, et qu'ils soient surpris par l'audace, car ils savent ainsi, tout de suite, à qui ils ont affaire. Etant tout jeune, il avait bien eu le trac, comme tout le monde, et précisément aux moments où il ne faut pas perdre ses moyens, aux examens. Son père dans son langage quelquefois un peu rude, comme militaire, l'avait aidé à le faire disparaître, et pour la vie. Il devait avoir treize ou quatorze ans, et être à la veille de quelques épreuves à passer au lycée San Isidro, lorsque son père le voyant un peu nerveux, signe infaillible de ce trac tant redouté, lui donna quelques conseils. Chaque fois qu'il les mettait en application, le trac se dissipait. Même tout récemment, pendant la guerre, il était en conversation avec un général (dont il ne veut pas dire le nom), il était au garde-à-vous, bien sûr, mais il avait le sourire — il pensait à ce que son père lui avait dit — car tous ses gestes (ridicules) étaient pour lui autant de grimaces... Ainsi il a toujours eu du mal à prendre au sérieux, des situations qui, en elles-mêmes, étaient comiques. Rien de plus comique d'ailleurs que les gens qui veulent se faire prendre au sérieux !

Enfin tout cela pour dire qu'à seize ans Carlos n'était plus timide, autrement il n'aurait pas osé aborder la soi-disant inabordable Adeline. Et puisqu'il était en si bonne voie, pourquoi hésiter à rencontrer au besoin ses parents ? Que pouvaient-ils dire ? Peut-être... « quel culot, ce garçon !... » et puis, ils finiraient bien par reconnaître qu'il valait mieux faire les choses ouvertement, au grand jour, qu'en cachette. Surtout qu'il ne voulait rien faire en cachette, bien au contraire, trop heureux qu'il était d'accompagner Adeline presque tous les soirs, dans le tramway et jusqu'à la porte de chez elle, trop heureux de se promener à ses côtés, même de se faire remarquer par les passants qui les regardaient un peu éblouis. Trop heureux surtout de sa beauté qui ne passait pas inaperçue et qui les étonnait.

Les rudes journées de l'hiver madrilène étaient vite oubliées. Les signes annonçant le printemps commençaient à paraître, avec le réveil, une fois de plus, de la Nature endormie. Six mois s'étaient passés depuis le jour où Carlos avait fait la connaissance d'Adeline. Six mois sans la voir les dimanches. C'est alors qu'il s'est décidé, d'accord avec elle, à aller un dimanche matin à sa paroisse en sortant de la messe de chez les Maristes. La messe au collège commençait à neuf heures et se terminait un peu avant dix heures et demie. C'était l'heure de la Grand-Messe à la paroisse des Quatre Chemins.

Les dimanches, les grandes villes marchent au ralenti, comme les familles, comme tout le monde, et le tramway tardait à venir. Carlos a attendu impatient, enfin il est monté, le tramway ne marchait pas vite, tout au moins à son goût, c'était son allure des dimanches ; il allait être en retard ! Et dire que c'était la même ligne, peut-être le même tramway qui six mois auparavant (six mois déjà... mon Dieu !) marchait trop vite à son gré, qu'il aurait voulu voir s'arrêter... Tant il est vrai que tout est relatif... qu'une minute d'amour et une minute de souffrance n'ont pas toutes les deux soixante secondes !

Carlos est enfin arrivé, en retard bien sûr, mais très peu. Il était pratiquement impossible de faire mieux. Après tout, il préférait que ce fût ainsi, tout au moins pour cette première fois. Adeline était rentrée avec ses parents et sa sœur. Toute la famille était là-bas près de l'autel, et quand on arrive en retard on reste derrière, on ne doit pas traverser la nef pour distraire tous les fidèles. En plus il ne pouvait pas aller se mettre à côté d'Adeline, comme ça... c'est alors qu'ils auraient pu dire « quel culot »... mais aussi « quel mal élevé, quel impoli » et cela non ! jamais ! Et Carlos s'est placé sur un côté quelques rangs en arrière. Il n'arrivait pas à prier, ou plutôt ses prières ce jour-là n'avaient pas le même sens que d'ordinaire, elles étaient tout à fait différentes. Adeline était coiffée d'une capeline, car les femmes, suivant la coutume, ne devaient pas entrer dans une église tête nue. Quelle bonne idée ! Car elle était transformée Adeline et encore plus adorable.

Carlos voyait ses longues boucles sur ses épaules, et à force de la fixer elle a dû sentir son regard (il était si intense), elle s'est retournée et elle l'a aperçu. Elle savait qu'il était là, que leurs prières montaient ensemble vers ce Dieu qui coordonne les actes de tout l'Univers. Leurs projets n'étaient pas insensés, leurs intentions étaient pures, et leurs âmes libres : Il ne pouvait pas faire autrement que les écouter et les bénir. Adeline s'est penchée vers sa sœur pour lui dire un mot à l'oreille, ainsi elle ne serait pas surprise de le voir à la porte.

Il était près de midi lorsque, l'office étant terminé, Carlos sortit pour les attendre. Toute la famille avançait vers lui et, comme elle s'approchait, il eut les quelques secondes nécessaires pour les regarder. Lui, il ne voyait qu'Adeline. Elle était radieuse, et jolie sous sa capeline qu'il n'avait vue que de dos. Un large ruban rose tombait sur un côté en se mêlant à ses cheveux. Sans hésiter, et tout naturellement, comme le jour où elle lui avait dit « moi aussi », elle dit à sa mère : « maman, je te présente ce garçon, c'est lui qui m'a accompagnée tous les soirs de l'hiver jusqu'à la maison »... Carlos lui a coupé la parole pour dire « madame, je voudrais que vous me permettiez de faire quelques pas avec Adeline, sous vos fenêtres, sur cette avenue ». « Bien sûr... bien sûr... » a-t-elle répondu, « tu veux bien rester Adeline ?... ne rentre pas trop tard ». Si elle voulait, Adeline ? Quelle question ! Carlos a remercié la mère, tout en serrant la main du père, et il était tellement joyeux (sans le trac) qu'il n'est pas très sûr de ne pas s'être emmêlé une seule fois dans les... « oui madame »... « non monsieur », en réponse aux quelques questions qu'ils lui posèrent lors de cette première rencontre.

...des amandiers tout proches, déjà en fleurs, furent les témoins silencieux...

Ils traverscèrent l'avenue de la Reine Victoria ; la famille habitait face à l'église, et c'est à la porte de la maison que Carlos resta seul avec Adeline. Cette avenue, dès le printemps arrivé, était un lieu de promenade très agréable. Un terre-plein central, comme un large trottoir, bordé d'arbres sous lesquels se trouvaient des bancs, séparait les deux chaussées réservées aux véhicules. Des groupes de garçons ou de filles, de grandes personnes même, venaient s'y promener le dimanche matin ou les soirées d'été. On descendait et on remontait dix fois l'avenue, et Carlos était heureux de le faire aux côtés d'Adeline. Ce dimanche encore plus, car il se sentait agréé en quelque sorte, par ses parents. Ensemble ils ont longé la promenade ; tout en bas de l'avenue il y avait des champs, après quelques maisons isolées, des propriétés privées. Ils ne voulaient pas revenir dans la cohue des promeneurs, ils avaient besoin de se trouver un peu seuls, pour la première fois, en dehors de leurs voyages en tramway le soir. Il fallait se calmer aussi des émotions passées, en attendant celles qui allaient venir, qu'ils sentaient venir, qu'ils recherchaient même. Ils ont flâné, ils ont pris le temps de découvrir leur amour inébranlable, et de se l'exprimer par un premier baiser, chaste à l'extrême, mais qui était le gage d'une assurance de fidélité mutuelle pour l'éternité. Des amandiers tout proches, déjà en fleurs, furent les témoins silencieux de leur émoi.

Carlos était sûr, à partir de ce jour, qu'il tiendrait son pari. Adeline l'aimait et il était transformé. Rien ne lui était impossible désormais. Ils savaient bien qu'ils étaient trop jeunes, et qu'ils devraient attendre de longues années. Qu'importe ? Ils étaient heureux et ils sauraient l'être aussi dans l'attente. Celui qui n'a pas eu un tendre amour de jeunesse comme celui que Carlos a vécu ne peut pas savoir ce qu'est le bonheur ! C'est grâce à elle qu'il avait retrouvé le goût au travail, même avec un certain acharnement qu'il n'avait pas avant. Il sentait à ce moment-là qu'il travaillait pour elle, pour eux, pour leur avenir et leur vie ensemble, qui ne pouvait que leur apporter que délices et félicité, ayant à la base un amour pur et un désir si bien partagés. Il avait également retrouvé le sommeil, depuis le jour où elle lui avait dit « moi aussi ». C'est si peu de chose ces deux mots ! Mais ils ont une importance énorme lorsqu'ils sont capables de changer l'avenir du monde, tout au moins du sien, et en ce moment il se croyait être le centre de l'Univers. Rien ne comptait plus pour lui qu'Adeline puisque son refus, aurait changé peut-être sa destinée.

Le temps passe, un autre hiver approche. Et Carlos depuis ce camp pense à Adeline et aux années de sa jeunesse qu'elle lui aura données, avec la gratitude d'un cœur qui n'oublie pas, malgré les circonstances. Il voudrait tant la revoir pour lui exprimer sa reconnaissance ! Mais une fois de plus les longues nuits froides vont le plonger dans la mélancolie qui paralyse pour mieux faire rêver. En ce mois de novembre 1939 Carlos ne peut pas s'empêcher de penser qu'il y a tout juste un an qu'il a quitté Adeline. Un an ! Alors qu'ils ne pouvaient pas rester une seule journée sans se voir ! Il ne sait plus quoi penser ! Ils vivent là une réalité atroce, qui met leurs nerfs à rude épreuve. Il faut tenir — c'est presque sa devise — sans quoi la folie l'emporte sur la raison. Avec Adeline il ne voyait pas le temps passer, tant ils étaient heureux, et dans ce bonheur ils ont vécu six ans. Oui ! Six ans ! Cette année de séparation, par contre, lui aura paru un siècle... un siècle de souffrances loin de celle qu'il espère retrouver un jour, pour effacer ensemble le passé, et oublier ce cauchemar.

∴

Dans ce camp de Cinq Fonts, dont la tristesse, peut-être à cause de l'hiver, lui restera gravée, il pense encore aux moments heureux qui furent autant de rayons de soleil de sa jeunesse, les seuls qui lui donnent le courage de vivre. Il y met même un certain acharnement comme quand il étudiait pour pouvoir offrir à Adeline, tout fier, le résultat de son travail. Quand ils seront réunis, pense-t-il, c'est sur ces souffrances qu'ils devront bâtir leur avenir. Malheureusement ils ne pourront plus faire les mêmes promenades qu'ils faisaient, à Madrid ou à Barcelone. Carlos a un faible pour Madrid ! Il pense y revenir avec Adeline ; mais que reste-t-il de ces amandiers en fleur, alors que le champ de bataille s'est situé là, à l'endroit même où ils sont allés, poussés par leur destin, se donner le premier baiser ? La guerre a dû les emporter dans son souffle sacrilège et destructeur. N'aura-t-elle pas aussi détruit leur amour ? Ils ne refleuriront plus, ces amandiers, et Carlos ne pourra jamais cueillir une autre branche fleurie, pour orner les boucles d'Adeline.

Les touffus chèvrefeuilles reviendront
Escalader les murs de ton jardin
Et encore une fois, le soir, beaucoup plus belles,
Leurs fleurs s'épanouiront ;
Mais celles, saisies de rosée,
Dont nous regardions les gouttes trembler
Et tomber, comme larmes du jour
Celles-là... ne reviendront jamais.

La terre même doit être rouge de sang... imbibée de larmes ! Quelle douleur ! Le cœur d'Adeline lui appartient, mais la guerre qui vient d'éclater ces jours-ci, lui fait douter de la fin heureuse de leur liaison, presque irréelle, céleste comme un chant d'amour.

La mélancolie n'aura pas de prise sur Carlos, car les jours suivants ils auront une nouvelle distraction dans ce camp. Comme lui avait dit le brigadier Obrecht, ils vont passer des examens, ce qui n'est pas du goût de tout le monde. A Ramèzes tous avaient bien rempli des fiches dans lesquelles chacun avait marqué son métier, sa profession ; mais maintenant que les autorités supérieures sont disposées à se servir des réfugiés, à les intégrer dans la société, elles ont besoin de vérifier leurs capacités, de savoir exactement ce qu'ils peuvent faire une fois libres. Carlos a donc été appelé à subir des épreuves dans deux branches, le dessin et la topographie. D'autres sont allés dans un atelier du village pour faire une pièce de tour, ou un dépannage électrique pour qu'on puisse vérifier leurs assertions. Pendant quelques jours, le camp a été une grande salle d'examens. On ne parlait que de problèmes d'arithmétique, de pièces d'ajustage, ou des moteurs à explosion. Ils se sentent revivre parce qu'ils voient chaque jour plus proche, l'instant de leur libération.

Quelque temps après la fin de ces épreuves, les haut-parleurs ont commencé à appeler des noms, par groupes de huit ou dix, d'autres fois davantage. En parlant avec eux, on apprend qu'ils sont mécaniciens, électriciens, ou autres. En général on leur a dit de se préparer à partir sans savoir où ils vont. A force d'attendre, Carlos a été appelé un jour, avec trois autres compagnons. Au bureau du camp, un des militaires de la direction, les présente à un monsieur en civil qui appartient à une société travaillant pour l'électricité. Leur interlocuteur regarde les fiches et leurs dossiers des examens pour s'assurer qu'ils connaissent tous la topographie et demande... « Morella, qui est-ce ? » Carlos se présente et le visiteur lui dit « voulez-vous sortir du camp pour travailler ? » Il a trouvé la question tellement déplacée qu'il a fait la grimace en regardant les autres. Carlos lui a répondu : « Monsieur, cela fait bientôt un an que nous vivons là, comme des bêtes ». Les autres n'avaient rien compris.

La conversation a continué entre eux deux, mais sa question l'avait indisposé à son égard, et il était prêt à ne pas se laisser avoir. Il a compris que Carlos est le seul à parler sa langue et qu'il n'est pas de bonne humeur à cause de la façon de leur présenter son affaire. Et le visiteur a continué : « il y a un tracé à faire dans un secteur des Pyrénées, où une ligne à haute tension doit être installée. Travail de plusieurs mois en pleine nature, vie sous une confortable tente qu'il faudra déplacer chaque fois que le relevé du terrain sera terminé sur un tronçon de deux ou trois kilomètres. Pour la nourriture il y a des villages proches du parcours. Un de vous pourra faire le ravitaillement et, pourquoi pas ? la cuisine... à tour de rôle par exemple... et vous serez payés... » Carlos n'a pas voulu savoir combien. Il a interrompu son discours pour lui dire : « Je ne sais pas ce que mes compagnons vont décider quand je leur aurai traduit vos propositions, mais moi, en ce qui me concerne, je vous dis tout de suite, non ! Des camps et des nuits sous la tente, depuis dix mois, je considère que j'en ai ma dose. De la cuisine en plein air également. Et de la même façon que j'ai attendu ce temps, je peux encore attendre une autre occasion pour sortir d'ici, mais pour coucher dans un lit, après dix ou douze heures de travail s'il le faut ». Le visiteur est resté muet. Il a demandé à Carlos de traduire quand même à ses compagnons en quoi consiste le travail, et le salaire offert. Celui-ci lui semble correct, même assez élevé, mais tant pis il a dit non et malgré son insistance — il avait besoin de l'acceptation de Carlos pour pouvoir s'entendre plus facilement avec les autres — même avec une prime qu'il lui propose pour faire le traducteur, il persiste dans son refus. Les compagnons ont accepté, et quelques jours après il les a vus partir. Il leur a souhaité bonne chance ; ils en avaient besoin. Car, passer l'hiver à faire un travail semblable... ils ne se sont pas rendu compte.

Il est donc resté, mais il a compris que ce ne sera

plus pour longtemps, et surtout qu'il ne faut pas se laisser impressionner par une première proposition. Il vaut mieux être exigeant. Après tout, ils constituent un marché de main-d'œuvre, dans lequel de grosses sociétés ou des particuliers viennent chercher le personnel dont ils sont déficitaires en ce moment. Il y a quelques mois, personne n'aurait pensé à eux. Il avait bien dit que ce serait « grâce » à la guerre — et c'est affreux de l'avouer — qu'ils sortiraient d'ici. Donc, en appliquant correctement le jeu de l'offre et de la demande... on doit pouvoir « se vendre »... le plus cher possible.

Carlos aura vu ces jours-ci des choses ahurissantes. Un individu, genre plutôt gringalet, mais très bien habillé, tâtait les biceps de trois ou quatre compagnons, regardait leurs dents, les faisait marcher ; tout cela sans dire un mot. On vient les sortir d'ici, comme d'autres vont acheter, un veau à la foire, ou comme les Romains allaient faire un tour au marché aux esclaves, en quête d'une occasion. On se demande s'ils ne donnent pas « la pièce » au personnel du camp, pour qu'on leur procure des fiches choisies, des « gens valables ». Quelquefois la chose est vite conclue, les gars sortent de la baraque des bureaux, où ont lieu ces rencontres — sorte de parloir — en criant comme des fous... « je m'en vais !... je m'en vais !... » vont chercher leurs hardes... « oublient » la moitié pour les autres compagnons et, sans même prendre le temps de dire au revoir... courent vers une voiture, ou un camion qui stationne devant la porte pour finalement s'en aller, sans même un signe d'adieu ni tourner la tête, peut-être de peur de devenir inopportunément une statue de sel, à un moment si décisif. On les comprend, et on leur pardonne ! La joie qui éclate à ce moment-là peut s'exprimer de n'importe quelle façon.

La guerre est déclarée, mais elle n'a pas effectivement commencé, tout au moins en France. Les Allemands sont occupés en Pologne ou ailleurs et les Français attendent, en fortifiant de plus en plus la zone qui va être, une fois de plus, le champ de bataille de ces deux peuples, incapables de s'entendre. Il faut souhaiter qu'ils puissent se réconcilier un jour, pour vivre en bonne harmonie. L'humanité tout entière y trouvera son compte.

Les volontaires sortis dans les Compagnies de Travail pour faire des tranchées n'ont pas suffi, sans doute. Et le besoin doit être urgent car, sans demander l'avis de personne, on a pris d'office deux baraques entières, et dans les vingt-quatre heures tout a été liquidé. Tout ce que Carlos a pu savoir, c'est qu'ils allaient à la frontière belge. On n'a pas tenu compte de leurs métiers ni des fiches qu'ils avaient remplies. Il fallait cinq cents individus... tous sont bons pour prendre une pelle ou une pioche. Il aurait pu être pris lui, comme les autres, si sa baraque avait été désignée. Il a eu à peine le temps de dire adieu à son frère José, tant la chose a été soudaine. Car lui, il est parti. Pris dans cet autre ouragan qui finira bien par les emporter tous. Impossible de faire quoi que ce soit, de se dérober sous aucun prétexte. Eux qui avaient le projet de travailler ensemble, peut-être en créant une petite « boîte » comme ils disaient, suivant l'habitude prise pendant les études de leur adolescence... Un rêve de plus, qui ne fut qu'un mirage ! Il aura tout enduré ! Pourquoi est-il resté ? La fortune... le hasard... le destin ? S'il vient à sortir d'ici, avant de recevoir l'adresse où son frère est allé atterrir... où pourra-t-il lui écrire ? Ce départ l'a démoralisé, plus que toutes les autres situations difficiles qu'ils ont pu vivre ensemble. Il ne peut qu'attendre. Il passe sa vie à attendre... !

⁂

Comme il le craignait, trois jours après il est appelé de nouveau « au parloir ». Ils sont une dizaine ; des gens qu'il ne connaît pas, ou alors vaguement, les ayant rencontrés lors d'une corvée de tinettes, ou d'une promenade à l'intérieur du camp. Ils sont tous des dessinateurs ou des techniciens de la mécanique. « Pas mauvais ce groupe » pense Carlos. Arrive un militaire, avec des galons de capitaine, qui commence par leur demander de s'asseoir. Il leur explique ensuite qu'il est chef d'un bureau d'études de la Manufacture d'Armes de Tulle ; qu'une fabrication nouvelle doit être étudiée et qu'il y a du travail de dessin à tous les stades, pour créer les pièces et les outillages. Il leur a même dit : « Si vous venez travailler avec moi, vous verrez que tous les plans ont un grand cachet « secret ». Je pense que je peux vous faire confiance, étant donné d'où vous venez ». Ensuite il leur donne quelques détails matériels sur les conditions d'hébergement provisoire, non loin de la Manufacture, dans un vieux moulin désaffecté, qui a été aménagé pour les recevoir. Par ailleurs, en dehors des heures de travail ils seront totalement libres. La nourriture sera servie par la Manufacture et elle leur sera décomptée du salaire, qu'il leur propose sans trop de précisions, mais en disant « comme les autres dessinateurs ». Dans le groupe, deux compagnons baragouinent un peu le français. « Vous aurez le temps d'être mon interprète... » dit-il à Carlos. « Vous dessinerez moins, voilà tout ! ». Comment ne pas accepter ? surtout au bout de onze mois de camps et de quels camps ! Ils ont tous signé, et le capitaine en les quittant leur a dit « Je serai votre chef, messieurs, tenez-vous prêts pour demain ».

12 février 39, 12 janvier 40, onze mois jour pour jour passés derrière des barbelés dans le pays de la liberté pour l'avoir défendue ailleurs. Onze mois, isolés de la société, vivant dans des baraques et couchant sur une poignée de paille. Onze mois, mal nourris, mal habillés,

sans savoir ce qu'est une table ou une chaise. Deux hivers, luttant contre les intempéries et sans chauffage. Onze mois, pleins de poux et de misère... Onze mois qui pèsent plus lourd dans la balance que les trois ans de guerre civile...

Carlos commence sa dernière nuit au camp, qui aura été une autre nuit blanche, en pensant à tout cela et en se disant « quel roman je pourrai écrire, mais... pourquoi faire ? C'est tellement monstrueux qu'on ne me croira pas ». Il commence à être endurci par les souffrances endurées depuis juillet 36, et à vingt-deux ans il lui semble avoir vécu deux fois plus. Mais, tout de même, il y a des moments ! Heureusement que de temps à autre une nuit de répit se présente pour pouvoir réfléchir sur l'avenir, comme sur le passé. On prétend que dans la vie d'un homme le passé et l'avenir ne font qu'un, dans ce sens que, tout ce que les ancêtres lui ont laissé en héritage, quelques notions de morale, quelques idées, l'amour de la famille, et sa vie, c'est à chacun à faire en sorte que tout cela soit projeté vers l'avenir avec ses enfants, petits-enfants... car chacun ne serait qu'un tout petit trait d'union dans l'Univers.

Ce tableau, Carlos le trouve idyllique et il aurait bien voulu ne pas subir les tourments et les horreurs de la guerre, et se comporter à son tour, sagement, comme le maillon de liaison entre ses aïeux et ceux qui devront être, si Dieu le veut, ses descendants. Mais la ligne qu'il devait suivre, celle qu'il s'était tracée, elle, lui aura été brisée, et il n'aura que quelques mauvais souvenirs à leur léguer, mais avec la conscience tranquille d'avoir accompli son devoir. Car la guerre détruit tout, aussi bien les vies humaines que le travail de l'homme. Elle emporte tout comme un cyclone, parfois une civilisation entière. Carthage... Italica... comme a dit le poète :

« on entendra toujours les cris de douleur sortir de ces ruines ! »

La guerre provoque une cassure dans l'individu, même quand elle lui épargne la vie ; peut-être continuera-t-il de souffrir avec d'autres épreuves, mais qu'importe ? l'espoir est là ! Celui qui revient de si loin, est marqué plus ou moins pour le restant de ces jours, suivant qu'il a aussi plus ou moins bien réussi à rapprocher son passé de son avenir. En tout cas, c'est certain, comme dans toute fracture, la trace reste, indélébile, mais fragile. C'est donc après un effort de volonté que Carlos arrive à envisager son avenir, autrement qu'il l'avait prévu. Il faudra qu'il se construise un monde nouveau, sur les ruines de ses rêves. Ce sera une sorte de château restauré, dont les souterrains laisseront apparaître les murs sur les ruines desquels l'avenir s'élève.

« Mon avenir commencera demain, quand je sortirai de ce camp ! » se dit Carlos. Et il veut le construire pierre par pierre, avec l'aide de Dieu, suivant les circonstances, avec opiniâtreté comme tout ce qu'il a fait, et de telle façon qu'il soit le plus beau possible, pour cacher les misères des ruines sur lesquelles il sera édifié. Une sorte de pudeur, proche de l'orgueil, lui demande de masquer l'épave qu'il aura été à un moment de son existence.

Lui seul, dans la solitude de ses pensées, saura ce que fut un amandier en fleur, qu'il aurait voulu conserver comme une précieuse relique, comme d'autres hommes l'ont fait avec les oliviers témoins des dernières heures du Christ. Amandier qui, Carlos en est sûr, a dû crier de douleur et de révolte contre le sacrilège de sa destruction ! Il croit même entendre son cri, peut-être parce que c'est le sien !

Bientôt Carlos va pouvoir mettre en pratique ses connaissances, ses études, et il en éprouve une certaine fierté. Il va pouvoir se mesurer avec d'autres. Mais pour qui fera-t-il maintenant ces efforts, s'il ne doit plus revoir Adeline ? Il n'ose pas y penser ! Depuis quelque temps il est sans nouvelles ; la frontière est, paraît-il fermée...

Il est incapable de trouver le sommeil cette nuit. Dans sa vie, si courte pourtant, combien de nuits blanches, pour des motifs différents aura-t-il passées. La naissance d'une passion... l'angoisse d'un examen... le canon qui tonne derrière lui... et aujourd'hui les souvenirs qui s'amoncellent, qui se bousculent dans sa mémoire. Tous veulent être présents, comme pour le soutenir, en lui rappelant qu'il est encore en vie, car ils ne sont pas morts. Non, c'est vrai, ils sont plus vivants que jamais !

Comment dormir ?... Avec tous ces souvenirs qui l'assaillent ? Alors que l'imagination travaille à une vitesse inouïe, allant d'une idée à une autre ? C'est ainsi qu'il pense entre autres moments de son adolescence, à ceux qu'il passait avec son frère José à faire des expériences de toute sorte. Ils n'avaient pas vu une leçon de physique ou de chimie avec le frère Antoine, qu'ils étaient déjà en train de la répéter à la maison. Ils étaient des bricoleurs parfois téméraires. Avec quelques planches d'une des caisses d'emballage entreposées dans « la chambre aux lions », de celles qui avaient fait le tour d'Espagne et qui étaient désormais inutiles, ils avaient fabriqué une petite armoire. Elle était fermée avec un cadenas, afin que la sœur et le plus jeune frère ne puissent pas y toucher. Là ils enfermaient des produits chimiques dangereux ; sels, acides, et autres poisons, qui leur servaient à étudier des réactions aussi instructives que celles que le frère Mariste pouvait leur enseigner, avec la différence qu'elles étaient faites par eux-mêmes, en suivant les explication de leur livre, et en prenant leur temps pour tout observer. C'était leur occupation favorite ; surtout les après-midi des journées chaudes pendant la période de vacances, au retour de la promenade matinale au parc de l'Ouest. Ils trouvaient intéressante la physique, surtout l'électricité. Ils allaient « aux puces » acheter un vieux moteur de ventilateur grillé, et il était vite rebobiné et transformé pour tourner avec un accumulateur de leur fabrication. Ils avaient trouvé dans un livre de chimie la formule pour réaliser les plaques. Avec ces petits moteurs, ils donnaient un peu de vie à des jouets ou à des automates de leur invention. Lorsqu'ils avaient étudié l'optique... quelle horreur, ces formules ! ils ont compris que le meilleur moyen pour l'apprendre c'était de jouer avec quelques lentilles de formes et de foyers différents, achetées toujours « aux puces » pour quelques sous. Un jour ils ont réussi à monter une longue vue à l'aide de tubes de carton noir. Elle approchait les objets lointains de trente fois et ils observaient ainsi la lune à dix mille kilomètres — au lieu de trois cent mille — ainsi que les constellations. Il a fallu acheter ensuite des livres d'astronomie pour mieux les étudier à l'aide des cartes du ciel, et cela les passionnait.

Une autre fois ils se sont mis en tête de construire un moteur à explosion... mais à hydrogène. Rien de plus facile. Ils ont travaillé tout un été. A la fin des vacances, ils voyaient la rentrée des classes arriver et ils n'étaient pas prêts à le faire tourner. Il leur a fallu tout faire. Le système chimique pour produire l'hydrogène en partant de l'acide sulfurique et puis le moteur : cylindre, bielle, bougie... Le jour où ils devaient le mettre en marche, ils n'étaient pas très sûrs du résultat. Et ils se posaient des questions : « la petite réserve d'hydrogène... si elle explosait ? » Enfin, il fallait essayer. Ils se sont quand même protégés avec tous les coussins disponibles qu'ils ont pu trouver dans la maison, et les voilà enfermés dans la chambre du frère aîné. Un premier essai... rien. Un deuxième... de même. « On continue ? »... Ils avaient peur ! Le troisième par contre a fait un grand boum !... mais ils étaient vivants. Ils n'avaient pas encore commencé à regarder ce qui s'était produit — rien de grave d'ailleurs — que leur père est arrivé, le journal qu'il était en train de lire, à la main, en criant et gesticulant... « vous êtes fous ! un jour vous ferez sauter la maison ! » Ils lui ont répondu : « non, écoute, nous faisons un moteur à explosion, il est normal qu'il explose mais, ne t'inquiète pas, il va marcher et nous lui mettrons un silencieux ». Ouf ! Il s'est calmé et il est reparti à sa lecture. Il leur fallait tout renforcer, ou tout refaire. La clavette du volant cassée, la bielle tordue... La puissance développée était trop importante. Ce fut leur conclusion après calculs qu'il aurait mieux valu faire avant.

Quelques temps après ils recommençaient et le moteur fonctionna deux ou trois minutes. Avec une courroie ils faisaient tourner une magnéto, de quoi allumer une petite ampoule de lampe de poche : récompense de recherches de tout un été. En quelque sorte une centrale électrique miniature. Le moteur chauffait un peu trop, il est vrai qu'ils n'avaient rien prévu pour sa réfrigération. Peu de temps après ils l'abandonnaient ; le frère aîné occupé par ses études et Carlos... par Adeline, à qui il consacrait toutes les minutes libres qu'il pouvait soustraire aux siennes.

∴

Un souvenir en entraîne un autre, ils s'associent, s'enchaînent un peu à la manière des cerises dont on prend une poignée dans un panier. C'est ainsi que Carlos ne dort pas cette nuit. Il a devant lui un « panier » de souvenirs et il se plaît à les sortir un par un et à les revivre. Depuis le balcon de son appartement, en regardant vers la gauche, par-dessus les terrains vagues de l'ancien cimetière, Carlos voyait au loin le quartier des Quatre Chemins et les maisons de l'avenue de la Reine Victoria. En ligne droite, cela faisait environ un kilomètre. La maison d'Adeline était là-bas, il en distinguait même les fenêtres. Quelquefois le soir, il regardait les trois lumières jusqu'à leur extinction, en pensant à Adeline qui venait de se coucher...

Carlos le lui a dit, mais elle n'a pas voulu le croire. Alors ils ont convenu qu'elle mettrait à la balustrade de chacune de ses fenêtres un vêtement de couleur différente. Carlos les a « devinés » dans l'ordre, ou plus exactement il avait regardé avec la longue vue de leur fabrication, qui lui avait approché les couleurs à trente ou quarante mètres. Désormais Adeline allait jouer à sa manière le rôle d'Iseut avec sa voile annonciatrice... N'était-il pas exaltant d'ailleurs de s'assimiler à ces héros lointains de l'antique légende quant à la façon dont ils étaient attirés l'un vers l'autre, comme s'ils avaient bu, eux aussi, je ne sais quel philtre. Adeline employait donc ce poétique moyen pour lui communiquer quelques nouvelles suivant un code qu'ils avaient fixé ensemble. Un seul mouchoir blanc : pas de changement au rendez-vous prévu. Un mouchoir rouge : je t'attends demain à la sortie du lycée. Deux rouges : la messe dimanche est à neuf heures... Pendant des années, ils se sont parlé de loin de cette façon. Aucun d'eux n'avait encore le téléphone. Le jour où ils l'ont eu, ils le trouvaient plus pratique, sûrement, mais aussi moins poétique et moins amusant. Surtout que leur code pouvait répondre à cinquante situations différentes. Ils avaient même un signal S.O.S... « viens tout de suite, j'ai quelque chose à te dire ». Carlos était ainsi son esclave, car il ne pouvait qu'obéir. Son balcon, vu en biais de chez elle, ne lui permettait pas de disposer quelque chose qui puisse être « lisible » depuis les fenêtres d'Adeline. Après tout, dès le premier jour il savait bien que sa beauté le rendrait son esclave. Heureuse situation !

Après leur première promenade avec l'agrément de ses parents, ils ont continué à se rencontrer les dimanches matin à la messe... Carlos toujours en retard, et dans les derniers rangs. Il savourait le moment où, en sortant, Adeline s'avançait vers lui, avec sa capeline, et ses longues boucles sur les épaules. Le printemps était là et l'été approchait. Les soirées de chaleur il y avait du monde sur l'avenue pour chercher dehors un peu de l'air frais qui manquait dans les appartements, trop chauds pour qu'on puisse y dormir. Carlos aimait la promenade du dimanche, parce qu'il était fier de marcher à côté d'Adeline, que les passants regardaient. Il aimait aussi celle des soirées d'été parce qu'ils devaient se rapprocher davantage pour se voir, l'éclairage au gaz n'étant pas très efficace. Il y avait des bancs où ils faisaient de temps à autre une halte, quelques minutes de repos, avant de reprendre la promenade.

Un soir, comme ils étaient assis, Carlos eut l'idée (ou la tentation) de passer son bras derrière elle, en la prenant par la taille... Les promeneurs étaient nombreux, mais le lieu était sombre... elle s'est approchée un peu plus de lui... ils avaient osé, mon Dieu, ce que personne à cette époque n'aurait fait. L'émotion était trop forte... Carlos retira son bras, et ils ont échangé un regard, si profond, qu'ils se sont tout dit à travers lui. Un long soupir poussé par tous les deux en même temps, les a fait rire comme des enfants, et ils ont repris leur promenade. Adeline n'était pas insensible, au contraire ! Mais ils ne voulaient pas se brûler les ailes. Ils voulaient pouvoir se regarder dans les yeux, de la même façon qu'ils regardaient devant eux, à l'occasion d'autres promenades, la main dans la main, sans dire un mot pendant des minutes. Par leurs mains, ils se transmettaient leurs pensées. Carlos sentait ainsi tout ce qu'elle ne pouvait pas lui dire. Y a-t-il quelque chose de plus beau, de plus réconfortant pour l'âme que de regarder à deux, devant soi, dans la même direction, quand on s'aime ?

Malgré ses préoccupations amoureuses, ou plutôt

grâce à elles, Carlos avait réussi au bac et à une bonne partie des matières du concours de l'Agro. Tous les examens avaient un écrit de quatre ou cinq heures, éliminatoire, plus un oral quelques jours plus tard. Il avait passé ainsi les épreuves les plus difficiles à son avis : physique, chimie, biologie, botanique, grammaire... Tout cela avait été terminé fin juin par une chaleur accablante. Il était fatigué de courir à droite et à gauche, et en plus un peu déçu. Carlos avait raté les mathématiques et le dessin. A l'école où il suivait les cours de préparation pour l'Agro, ils ont refait naturellement les problèmes. Les siens étaient bons ou tout au moins suffisants pour lui permettre de passer l'oral. Après un entretien avec le Secrétaire de l'Ecole d'Agro, sur le vu de ses épreuves, celui-ci a constaté qu'il y avait eu erreur dans l'addition des notes en marge, et il lui a dit : « Vous avez raison, mais les listes sont publiées. Vous devrez vous présenter en septembre. Même une mauvaise note à l'écrit ne vous empêchera pas de passer l'oral. Nous tiendrons compte de vous avoir fait travailler pendant les vacances ». Quant au dessin, c'était la chaleur qui, faisant sécher très vite l'encre de chine, lui avait fait perdre un temps précieux. Pendant les huit heures de l'épreuve, il n'avait pas fait la moitié du dessin. Et il avait acheté d'autres tirelignes.

Il était cependant heureux, parce qu'il était sûr de réussir en septembre pour ses seize ans. Le jour de son deuxième examen de dessin il faisait très sombre ; toutes les lumières de la salle étaient allumées. Il y eut un orage, et quand ils sortirent, le soir, il pleuvait à torrents, alors qu'ils étaient venus le matin en bras de chemise. Carlos avait terminé avant l'heure. Il faisait bien moins chaud qu'au mois de juin. L'addition de tous les points des différentes épreuves donnait droit à un classement pour l'entrée à l'école. Carlos s'est trouvé le vingt-cinquième sur soixante-quinze... grâce à Adeline.

Trois ans durant, Carlos a arpenté la rue Fernando de los Rios pour aller de chez lui à l'école d'Agro. Il a travaillé durement pour ne pas redoubler une année. Il voyait très peu Adeline, mais il s'arrangeait pour la rencontrer tous les jours quelques minutes, à la sortie du lycée, ou le soir à la porte de chez elle. A cette époque-là, n'étant plus élève chez les Maristes, il allait les dimanches, tout naturellement, avec Adeline, à sa paroisse, à une messe plus matinale, de façon à avoir le maximum de temps pour se promener.

Cela faisait presque un an que Carlos et Adeline se promenaient sur l'avenue, devant chez elle, et ils avaient envie de sortir un peu de ce quartier. Les parents ont accepté, mais il fallait que sa sœur aille avec eux. Florence avait un an de moins qu'Adeline. Elle était aussi très jolie fille et même un peu plus grande. Elle avait des yeux bleus, comme la mère. Des yeux très clairs que Carlos s'amusait à regarder pour la taquiner, en lui disant des bêtises. Les yeux bleus l'avaient toujours fasciné, mais il n'aurait pas donné en échange, la beauté d'Adeline.

Ils sortaient donc tous les trois et en général, au printemps, par le métro, ils allaient au parc du Retiro. Quelquefois ils faisaient une promenade en barque avant d'assister au concert, en plein air, que tous les dimanches matin donnait l'orchestre symphonique de Madrid, sous la direction de son chef de l'époque le « Maestro Villa ». Le programme était régulièrement composé de morceaux classiques — Mozart, Verdi, Beethoven, Bach — bien dosés, et alternés avec des Valses de Strauss et des extraits d'opérettes espagnoles. L'ordre des pièces jouées agissait avec un certain crescendo sur la sensibilité musicale de l'auditoire et tous ces concerts se terminaient en apothéose. C'était sous les ombrages des gros platanes, des moments de ravissement, pour des centaines d'amateurs de bonne musique qui applaudissaient debout, frénétiquement, en bissant le dernier morceau ; les musiciens alors, l'exécutaient debout également, ravis de leur succès et de la fidélité du public.

Tout à fait différents étaient les mêmes concerts pendant l'été. A cause de la chaleur ils avaient lieu le soir, entre dix heures et minuit, à la roseraie du parc de l'Ouest. La même musique, dans un endroit embaumé par tant de parfums, sous une voûte céleste où toutes les constellations étaient au rendez-vous autour d'une Voie Lactée qui les partageait en deux, c'était un spectacle unique et presque féerique.

Après le concert, pour atteindre le métro afin de regagner la maison il fallait traverser une partie du parc assez sombre, mais ils n'étaient pas seuls ; il y avait toujours une foule de promeneurs nocturnes qui profitaient de la fraîcheur de la nuit. Un soir Adeline prit le bras de Carlos en disant « je ne vois pas bien clair, j'ai peur de tomber ». A partir de ce jour, ils se promenaient ainsi, ou en se tenant la main. La main que Carlos ne sent plus appuyée à son bras ou dans sa main depuis plus d'un an. La seule chose qui n'ait pas changé depuis ce jour-là ce sont les étoiles du ciel. Les mêmes constellations qu'ils regardaient ensemble en écoutant la musique, comme complément aux sons des instruments, ils peuvent aujourd'hui encore les observer, mais leurs joues ne se touchent plus, pour que leurs regards partent ensemble, de leurs yeux vers la même étoile, comme partaient leurs prières vers le même Dieu de l'infini.

Le décor céleste est le même en France qu'en Espagne, toujours immuable, tant que Dieu le voudra. Carlos a l'impression que ces constellations l'ont suivi, qu'elles le protègent. Elles sont un peu ses amies, il connaît leurs noms... Autour de lui, par contre, tout a changé. Et cette nuit, durant laquelle il n'aura pas dormi un seul instant, lui aura laissé la tête lourde de tant de souvenirs vécus, des désirs inassouvis.

∴

C'est aujourd'hui 12 janvier, que Carlos doit sortir, qu'une partie de ce cauchemar, commencé il y a trois ans et demi, va enfin se terminer. De très bonne heure il rejoint les autres dessinateurs du groupe partant comme lui, pour Tulle. Quand les haut-parleurs du camp appellent leurs noms, ils sont déjà devant la porte. Un gendarme les accompagnera jusqu'à la Manufacture où ils doivent se présenter. Ce n'est plus une sentinelle pour eux, mais seulement un guide. Le voyage n'a pas été long. Au début de l'après-midi ils étaient dans le bureau de leur chef, le capitaine qu'ils avaient vu à Cinq Fonts. Après quelques mots de bienvenue, il leur dit : « vous commencerez demain ; dix heures par jour, samedi compris », et il appelle au téléphone quelqu'un qui doit venir les prendre, pour leur montrer le chemin jusqu'à leur lieu de résidence. En l'attendant, il ajoute : « installez-vous cet après-midi, vous pouvez vous promener après, si vous voulez. Vous êtes libres. Pas d'histoires, et que je n'entende pas parler de vous. Ce sera bon signe. Et n'oubliez pas, demain matin à sept heures ici, comme tout le monde ».

En sortant de l'usine ils tournent à droite. Une route monte en pente assez rapide en longeant la Corrèze. A quelque cinq cents mètres, près de l'eau une grande maison, ancien moulin, a été aménagée, non seulement pour eux, mais aussi pour ceux qui sont déjà là. car il y a environ trois cents exilés venus d'autres camps, qui travaillent depuis quelques semaines dans ces ateliers. Ils vont être logés ensemble dans des chambrées, style caserne. Le chauffage est assuré tant bien que mal par des gros poêles. Des lits de camp métalliques avec des paillasses de l'armée, et des armoires également métalliques avec un cadenas, constituent le mobilier. Le capitaine leur avait dit... « logement provisoire »... « nous verrons bien » pense Carlos. Dans un bâtiment voisin, des cuisiniers préparent le repas du soir.

Ils installent leurs misérables affaires dans leurs armoires et Carlos dit aux autres « je vais chercher un coiffeur en ville ». Il s'est fait couper les cheveux pour être un peu plus présentable le lendemain. Le soir pendant le dîner, malgré le poêle qui ronfle, il fait si froid à l'extérieur que le thermomètre ne monte pas à plus de dix degrés. Face à leur local, de l'autre côté de la route, des rochers montent presque à la verticale. Ils lui font penser à l'Espagne et à leur maison de cantonnier, à cause de l'eau qui coule depuis le haut de la paroi, en abondance, à certains endroits.

Le lendemain il fait encore nuit lorsqu'ils se rendent à l'usine, contents mais avec une certaine appréhension. Des centaines d'ouvriers, beaucoup avec des bicyclettes — car ils doivent venir de loin — immobilisés par le froid, attendent sous quelques pâles réverbères, que le coup de sirène fasse ouvrir les grandes portes d'entrée. Ils font comme tout le monde, mais ils seront en retard au bureau. Ils ont dû demander leur chemin plusieurs fois, ils se sont perdus dans les ateliers, et finalement on a dû les prendre presque par la main, pour les laisser, enfin, devant leur chef. Il a commencé par s'excuser : « J'avais oublié de vous dire que nous avons notre porte, qui nous évite la traversée des ateliers. Vous ferez comme nous-mêmes ». Et il désigne aussitôt, sans autre préambule, une planche à dessin à chacun d'eux. Celle de Carlos est la plus près de son bureau « au cas où j'aurais besoin de vous appeler » lui a-t-il dit. Tout était prévu et organisé d'avance.

Il y a dans ce bureau une vingtaine de dessinateurs, dont quelqu'uns très jeunes, sans doute des débutants. Les autres sont tous des gens au-dessus de la quarantaine. Leur chef les appelle et fait les présentations. Ensuite, en lisant une feuille déjà prête il dit : « Monsieur Dupont, vous vous occuperez de M. Garrido. Monsieur Lachaux vous travaillerez avec M. Ramirez... » et ainsi de suite, jusqu'au dernier. Ils auront donc chacun, un collègue français qui leur donne le travail à faire et qui en est responsable. Le matin, le chef passe devant toutes les planches, et discute avec chacun en faisant ses remarques et en donnant ses directives. Pendant que le chef visite les planches de ses compatriotes, Carlos est à côté de lui, en allant de l'une à l'autre, pour traduire ce qui se dit. Cette promenade à travers le bureau de dessin lui fait penser à la visite quotidienne d'un médecin d'hôpital à ses malades, dont il serait l'assistant. Et quand il dit... « une vis ici... trois écrous là-bas... » Carlos croit entendre « un cachet ici... trois pilules là-bas ». Presque toute la matinée se passe ainsi, et il a peu de temps pour travailler lui-même. Les premiers jours ils ne font que des calques, sorte d'épreuve supplémentaire, avant qu'on leur donne, d'après le résultat de ce travail, d'autres tâches ; outillages, calibres... Des plans « secrets » bien sûr. Un canon antiaérien...

A mesure que les jours passent, Carlos a de plus en plus de liberté pour aller et venir dans les ateliers, quand il s'agit de résoudre un problème sur une machine. Il s'y plaît énormément non seulement à cause de la technique, ou des solutions mécaniques à trouver, mais aussi des relations avec les ouvriers. Tous les réfugiés travaillant là sont bien vus de leurs collègues français.

Ces premiers jours, en plus de la traduction pour les autres chaque fois qu'on l'appelle, Carlos doit faire ce qu'il peut pour avancer son travail propre — le chef s'en rend bien compte — car il voudrait surtout acquérir en peu de temps un vocabulaire technique, qu'il n'avait pas appris chez les Maristes, et cela se comprend, et qui lui servira pour toujours. Quand il quitte le bureau le soir, il a la tête pleine de dizaines de mots nouveaux appris dans la journée qu'il doit se graver de façon indélébile, pour ne plus les oublier, de problèmes résolus, de machines qu'il n'avait jamais vues.

Tout cela n'efface pas le reste, mais vient s'additionner à ses préoccupations familiales : il sait son père en prison, par sa sœur, qui lui dit... « cher ami... le grand-père a déménagé en face de Don Bruno » ce qui veut dire qu'il se trouve dans un ancien couvent transformé en prison militaire, juste en face de l'école de Maristes dont le frère Bruno était le frère directeur. Quant à son frère José, il a perdu sa trace et il ne sait pas quelles démarches faire pour rentrer en contact avec lui, qui doit se demander de son côté ce qu'il devient. Adeline lui écrit très peu et assez laconiquement. Carlos sait, toujours par sa sœur, qu'Adeline est inquiète au sujet de la situation de son père en tant qu'avocat, avec le nouveau régime. Elle ne sait pas si sa famille va revenir à Madrid, ou bien rester à Barcelone.

Toutes ces choses se passent sans qu'il puisse intervenir, sans pouvoir aider personne, ironie du sort... maintenant qu'il est enfin libre. Il y a de quoi perdre le sommeil... et même la raison ! Ce n'est pourtant pas le moment de s'endormir au travail ; il faut tout mener de front et avoir la sérénité d'esprit pour concevoir des machines, des outillages... savoir se comporter en quelque sorte comme un clown, capable de faire rire, en gardant jalousement ses peines pour lui-même.

Sa préoccupation majeure, maintenant qu'un avenir même instable, se profile au loin, est celle de ne pas sombrer dans le désespoir, même avec des catastrophes familiales ou sentimentales. Cela ne servirait à rien. Carlos essaye de se raisonner lui-même, puisqu'il n'a pas à ses côtés une âme amie qui pourrait le faire. Il se pose des questions et se donne les réponses, ce qui n'est pas facile, car on est juge et partie. C'est toujours un peu tendancieux. Les choses ne se passent pas comme on voudrait, et les désirs sont rarement satisfaits, mais il faut savoir s'en contenter puisqu'on a déjà la liberté.

Une guerre, celle qui commence, lui a donné la liberté, mais Carlos n'oubliera de toute sa vie ce que l'autre, celle d'Espagne, lui aura pris... car elle lui a tout pris. Aujourd'hui plus que jamais il s'en rend compte, parce qu'il est comme déchiré intérieurement et cela fait mal, très mal, quand il faut tout laisser : patrie, famille, études, amours... et repartir de zéro, comme si on était tout nu, sans rien, comme une bête sur sa litière. Combien de fois, pendant les onze mois qu'il est resté encerclé de barbelés, le soir avant de s'endormir, Carlos se disait « tu es là, sur un peu de paille comme un chien... par la volonté de ceux qui se sont emparés de ton pays... Qu'ai-je fait de plus ou de moins qu'eux pour mériter ce sort ? J'ai travaillé, oui ! J'ai aimé, oui ! J'aurais dû avoir une autre récompense ».

Quelqu'un a dit « la liberté n'a pas de prix »... mais Carlos pense qu'on aurait mieux fait de lui en fixer un, pour savoir à quoi s'en tenir à l'heure du choix et, à l'égal de n'importe quelle marchandise, la mettre sur un plateau de la balance avant qu'il se décide car en face, lui, il aura tout mis pour faire bon poids, tout à part sa peau. Il l'a payée bien cher, trop cher, à son avis. Et il comprend, après cette expérience, que d'autres préfèrent s'en passer ou composer avec elle, plutôt que perdre leur confort, leur train-train de la vie de tous les jours. Après tout, quand on vous laisse en paix, c'est bien comme si on était libre !

Carlos demande à son chef de bureau, d'accord avec ses compatriotes, et pour eux tous qui ont déjà fait une semaine de présence au travail, un acompte exceptionnel d'une quinzaine pour pouvoir s'habiller décemment, car ils sont presque en guenilles, et chaussés, il faut voir comment. Il le leur a accordé et en quarante-huit heures ils n'arrivent plus à se reconnaître. C'est tout de même une satisfaction que de se vêtir à la sueur de son front, chose que ne connaissent pas ceux qui n'ont pas besoin de travailler pour le faire, car, même s'ils trouvent que cela est plus commode, ils ignorent toujours le principal.

Les jours se passent à Tulle insensiblement, dans le travail et les allées et venues du logement à l'usine. L'hiver est très froid ; un matin le thermomètre marque moins vingt-quatre degrés, alors qu'au bureau ils ont la même température, mais positive. Comme ils sont endurcis par tant d'épreuves, celle-là, ils la prennent avec le sourire. Un autre matin quelqu'un a sorti de son armoire un litre de vin qui était entièrement gelé. Le poêle s'éteint régulièrement toutes les nuits et le lendemain ils font péniblement leur toilette avec des glaçons dans l'eau.

Carlos n'aura connu Tulle que la nuit. Le matin ils descendent vers l'usine par cette route en pente, en se tenant par les bras à quatre ou cinq, car l'eau qui tombe de la paroi rocheuse à droite, traverse en partie la route et, avec le froid, se forment des plaques de verglas impossibles à traverser sans perdre l'équilibre, ou sans savoir patiner.

∴

Le chef leur annonce un jour qu'ils vont déménager pour Brive, à quelque trente kilomètres de Tulle. Toute la fabrication concernant l'armement qui constitue leur travail va être transférée là-bas dans des ateliers dont la construction est sur le point de se terminer. Tous les dessinateurs de leur bureau, Français ou Espagnols, doivent suivre ce changement de résidence.

En effet, le premier mars, un mois et demi après leur arrivée, ils partent pour Brive. Le service du personnel de l'usine s'est occupé de leur trouver des hôtels pour les loger. Ils quittent sans regret les chambrées qui ressemblent trop aux camps de concentration, pour se trouver cette fois-ci vraiment en liberté, et ils doivent même s'entendre avec l'hôtelier sur le prix de la pension. L'hôtel où loge Carlos se trouve sur un boulevard face à une grande place et à la poste. Ils sont quatre seulement là, les autres ayant été logés ailleurs. Le matin ils ont environ un kilomètre à faire sur la route de Beynat pour arriver aux bâtiments, tout neufs, où se trouvent les bureaux et les ateliers. La ville paraît lumineuse, agréable, alors que Tulle encaissée dans une gorge de la Corrèze, entourée de hautes collines qui empêchent le soleil d'y pénétrer, lui avait semblé triste et sombre. A l'hôtel ils ont été bien accueillis par un patron sympathique qui prend soin d'eux. La table est abondante et variée. Aucune restriction ici, et le fromage de Cantal, en particulier, subit un mauvais sort à chaque repas. Ils ont été tellement privés de bonnes choses !

L'impression que Carlos avait eue de ses compatriotes dessinateurs, la veille de leur sortie de Cinq Fonts, n'a pas été démentie par les faits. Ils forment un groupe d'amis, avides d'apprendre et de se rendre utiles en travaillant. Ils sont assez intelligents pour pouvoir se passer bientôt des traductions de Carlos et leur chef a l'air d'être satisfait d'eux. Et c'est la chose à laquelle ils tiennent le plus.

Quand le soir ils vont faire un tour en ville, pour ne pas être en troupeau, ce que Carlos déteste, ils se promènent par petits groupes de deux ou trois. Ils n'ont pas laissé passer l'occasion, dès le premier dimanche, d'aller au cinéma. Un événement ! Il faut rentrer progressivement dans la civilisation ! D'autre part un autre printemps approche et le climat de ce pays est assez doux. Les promenades en ville le soir, le long d'un boulevard où la jeunesse se retrouve, font penser à Carlos, dans sa solitude, à l'avenue où il se promenait pour la première fois avec Adeline, il y a... huit ans déjà ; non ! C'est impossible, que le temps passe vite !

L'horaire de travail de dix heures par jour, et presque tous les samedis, après un an d'inactivité, sans compter la guerre d'Espagne, n'est pas fait pour les effrayer et ils trouvent quand même le temps de vivre. Carlos partage sa chambre avec Garrido, garçon intelligent, ayant fait une école d'ingénieurs et des études de mécanique. Il a, comme tous les autres, envie de liberté et commence à se débrouiller en français. Gai de caractère et assez entreprenant, il a repéré une jeune serveuse de l'hôtel et n'arrête pas de la taquiner, chaque fois qu'elle vient à leur table. La fille a fini par accepter de les retrouver un soir au boulevard où ils vont régulièrement faire leur promenade avant de se coucher. Elle est arrivée avec sa sœur, une grande brune qui, sans complexes, s'est mise à côté de Carlos. Les présentations ont été vite faites. Carlos ne sait pas quoi lui dire. Autant la serveuse de l'hôtel est petite et nerveuse, autant sa sœur, celle que Carlos a à ses côtés est grande, bien faite, et calme. Mais s'il a appris en peu de temps beaucoup de choses sur elle, il a dû rester un mystère pour cette fille. Il pense trop à son Adeline. Son cœur est resté auprès d'elle, ou bien il est vide des élans qu'il devrait sentir à côté d'une si jolie brune. Ne sachant pas comment occuper leurs soirées, ils se rencontrent quelquefois sur le boulevard, et même ils vont quelques dimanches au cinéma. Toujours à cause des civilités de la civilisation ! Mais Carlos se rend bien compte qu'il est comme un mort vivant, incapable de dire à Jeanne, elle s'appelle ainsi, les mots qu'elle attend de lui. Il ne sait pas jouer ce double jeu, et il lui semble déjà qu'il est en train de se trahir lui-même.

Son passé est encore le présent ; quant à son avenir... il est tellement incertain ! Passé et présent ne font qu'un pour lui, et il se demande par moments — toujours sa manie d'analyser la situation — au prix de quels déchirements la séparation entre les deux se fera. Car un jour le premier s'éloignera progressivement pour ne laisser que des souvenirs, alors que le présent commencera à s'appeler l'Avenir. Par simple curiosité, il voudrait être plus vieux de quelques années afin de voir comment ce cauchemar se terminera, puisqu'il n'est pas capable de lire les lignes de sa main sur lesquelles, paraît-il son avenir est écrit. Il ne veut pas le savoir d'avance non plus, et préfère le découvrir au fur et à mesure des événements, car c'est mieux ainsi.

Vouloir transgresser cette sagesse, c'est parfois s'exposer à des surprises pour le moins désagréables. Un incident récent lui en a fourni la preuve. Carlos avait fait le voyage depuis Valence jusqu'à Jumilla, à l'occasion d'une permission au mois de mai 1937, pour rencontrer Adeline qui y était réfugiée.

La mère d'Adeline était originaire des Asturies, et comme tous les gens de la montagne, elle en avait la carrure. Son nom de famille à deux particules venait, paraît-il, de l'ancienne noblesse. Sa prestance et ses yeux bleus ne faisaient que le corroborer. Florence avait hérité de ces deux traits, Adeline en avait bien d'autres, mais n'avait pas les yeux bleus. La mère donc, bien que très croyante, ce qui est tout à fait normal en Espagne, était aussi très superstitieuse, ce qui l'est déjà moins, mais qui n'est pas incompatible ; de surcroît elle se passionnait pour le spiritisme.

Un soir, avisant dans le salon de l'hôtel un guéridon recouvert d'un napperon en dentelle, elle leur proposa de faire une séance avec la participation de tous. On enleva donc le napperon et ils prirent place tout autour, José, Carlos, Adeline, Florence et la mère. Ils étaient tous debout. Après quelques minutes de concentration et alors que, en regardant Adeline, Carlos était prêt à éclater de fou rire, le guéridon remua légèrement. La mère dit : « Il est là ». Carlos n'avait plus envie de rire, il avait l'impression que ses cheveux se dressaient sur sa tête. Il n'avait jamais assisté à cela et il ressentait un grand malaise. Mais tout le monde avait dit oui, il fallait continuer. Après quelques questions et quelques mouvements du guéridon, quelqu'un a demandé : « combien de temps va encore durer la guerre ? » Et le guéridon s'est mis à se soulever d'un pied et à se laisser tomber. Ils comptaient... un... deux... trois... quatre... José, le frère de Carlos dit « c'est la guerre de cent ans ! » et le guéridon s'arrêta. Après quelques questions plus précises... « il avoua » qu'il ne comptait pas les années mais les mois. Et ils ont recommencé à compter... vingt et un mois il fallait attendre... quelle folie, ont-ils tous dit ! Pour terminer, un autre a posé la question... « qui va mourir le premier ? » Le guéridon se souleva d'un côté en s'inclinant vers José. Celui-ci pour ne pas être touché par la table recula d'un pas et le guéridon glissa encore vers lui. Plus le frère de Carlos reculait, et plus le guéridon glissait à sa rencontre. Leurs mains suivaient le guéridon sans le toucher. Au bout de deux ou trois mètres José se trouva, à force de reculer, coincé dans un angle de la pièce, par le guéridon qui ne pouvait plus avancer. Plus d'une fois, après cette séance qui leur laissa une arrière-pensée assez désagréable, Carlos s'est dit que c'était démoniaque que de vouloir connaître l'avenir. Si l'on connaît d'avance ce qui va se passer, pourquoi agir ? Comme des fatalistes on dira « c'était écrit ». Pour le moment aujourd'hui, Carlos pense à cela et se rend à l'évidence que la première réponse du guéridon était juste. Elle leur avait paru exorbitante au mois de mai 37, et ils traversaient la frontière en février 39, c'est-à-dire, vingt et un mois après.

Heureusement qu'ils vivaient d'autres moments plus

détendus, quand ils regardaient les hirondelles faire leur nid, ou quand ils partaient en haut de la colline, avec l'idée de s'éloigner de tout le monde, dans les ruines du vieux château. Ou les minutes plus calmes encore, passées à écouter Adeline leur jouer quelques morceaux de Listz ou Chopin, sur un piano de l'hôtel qu'elle avait presque accaparé. Elle prenait des leçons depuis l'âge de six ou sept ans et elle ne pouvait pas se passer de jouer tous les jours. Elle chantait quelquefois en s'accompagnant, comme elle faisait chez elle toute la journée, d'après Florence. Adeline était d'un caractère gai et très régulier, sans doute favorisée par un bon équilibre, et cette gaieté la faisait paraître encore plus belle.

Quant à la deuxième réponse du guéridon... Carlos commence à avoir des craintes pour son frère. Si jamais « le guéridon » avait dit vrai ? Car il est toujours sans nouvelles de lui.

Le mois d'avril avance à grands pas, Carlos voit à peine le temps passer, comme il arrive lorsqu'on est occupé... ou heureux. Son travail et ses rares distractions lui font oublier peu à peu les mauvais moments vécus. Mais il était sans doute écrit qu'il passerait sa jeunesse d'une guerre à une autre. Il n'arrive pas à s'en sortir. Où aller ? Maintenant que le calme revient, qu'il commence à prendre les habitudes tranquilles du citoyen laborieux, l'horizon s'assombrit de nouveau... Il entend déjà dans son subconscient le bruit des tanks et le vrombissement des avions, prélude aux faits de barbarie de la guerre qui approche. Les Allemands qui ne pouvaient pas supporter l'existence du couloir de Dantzig, n'ont pas trouvé d'autre moyen de s'entendre avec la Pologne, que d'écraser le pays avec une nuée d'avions et de milliers de tanks. Il ne sait pas si les Français se rendent compte, il espère qu'ils sont prêts à faire face au rouleau compresseur allemand. Pour le moment rien ne bouge au front.

De temps à autre, au bureau, à cause de sa proximité avec celui de son chef — qui laisse en plus sa porte ouverte — Carlos entend, malgré lui, des conversations téléphoniques avec Paris ; probablement avec un fournisseur. Vers la fin du mois, après une de ces conversations, le chef est sorti de son bureau et il s'est entretenu avec quelques-uns des dessinateurs français. En revenant, il a eu encore d'autres entretiens téléphoniques avec différents services. Carlos se demandait à quoi cette agitation inhabituelle pouvait être due, quand le chef l'appelle pour lui poser à brûle-pourpoint la question : « Voulez-vous aller à Paris ? » Là-dessus il lui dit que les autres collègues français ne peuvent pas envisager ce déplacement avec famille... enfants... maison, et que le seul, libre de pouvoir le faire, c'est lui. Il lui fait confiance. Il sait qu'il arrivera à s'en tirer... et puis « vous verrez Paris ! » Tout en le flattant, il lui fait miroiter les avantages du déplacement. « De toutes façons vous appartenez toujours à ce bureau. Vous n'êtes là-bas qu'en détachement provisoire. Le dessinateur de notre fournisseur a été mobilisé et il faut le remplacer très vite ».

Carlos ne sait pas quoi répondre à une proposition aussi inattendue. Il ne veut pas prendre de décision sans consulter ses compatriotes. Il ne veut pas qu'ils pensent qu'il profite de cette circonstance pour les abandonner, et puis... si quelqu'un veut aller à sa place... enfin il se trouve bien à Brive... « Je vous demande vingt-quatre heures de réflexion » lui dit-il.

— Je comprends vos scrupules, mais vous savez que la majorité commence à bien se débrouiller en français. Etant seuls, ils feront un effort supplémentaire. C'est d'accord, j'attends votre réponse pour demain.

Carlos était très content en sortant de son bureau ; tout en se disant que c'était encore la guerre qui lui donnait cette occasion inespérée de réaliser un rêve qu'il n'aurait pas osé faire. Et il revient à sa place, reprend son travail et son imagination, une fois de plus, s'échappe. Paris ! Il fait des projets sur sa vie là-bas, il se promène mentalement, il visite des musées, tout en se disant qu'il ne terminera pas l'outillage pour la rectification en série de la culasse de canon qu'il est en train de créer... si ses amis le laissent partir. Sans rien dire à aucun de ses compatriotes, pour ne pas troubler le travail de ce bureau, où le calme est une des caractéristiques, il attend patiemment la fin de la journée.

Après le travail, quand ils se sont tous retrouvés, ses collègues ont été bien surpris d'apprendre la proposition du chef de l'envoyer à Paris. Ils ont tous été d'accord pour lui dire : « Profite de l'aubaine. Voyage payé... meilleur salaire là-bas... Nous n'avons plus besoin de traducteur ou presque. Garrido te remplacera, s'il le faut. Merci tout de même et bonne chance ». La bonne entente et l'amitié se manifestent une fois encore entre eux par cette unanimité, et dès le lendemain Carlos annonce à son chef sa décision, qui est aussi celle de ses compatriotes. « Je m'en doutais » lui dit-il. « Je fais préparer vos papiers et vous partirez demain, premier mai ». Le soir, le groupe d'exilés dessinateurs faisait un repas d'adieu, et veillait assez tard.

Ce premier mai, Carlos n'est pas seul à la gare de Brive. Tous ses compatriotes sont là sur le quai pour lui dire au revoir. Il ne s'y attendait pas, ce qui l'a d'autant plus touché. Son aventure continue mais, cette fois-ci, il est tout seul. Enfin !

Une partie de la France, plate et monotone, défile devant les yeux de Carlos, sans qu'il puisse s'y intéresser. Il est dans le couloir d'un wagon presque désert, les voyageurs étant rares à cause de la guerre. Debout, car il reste difficilement assis quand le voyage est long, il regarde à travers les vitres fouettées par la pluie, un paysage qu'il ne voit pas.

Il voit en échange celui d'un voyage qu'il fit à Séville en 1934 lors d'un congrès d'étudiants, par un temps ensoleillé à travers la Castille et l'Andalousie. Carlos était en deuxième année d'Agro, et Adeline en terminale au lycée Calderon de la Barca, rue Alberto Aguilera. Carlos s'est fait inscrire cette année-là dans ce lycée comme auditeur libre, afin de suivre des cours de physique et de chimie avec le proviseur même qui était surtout spécialiste de ces matières. Ils avaient fait connaissance lors d'une réunion avec des professeurs d'Agro. Ce proviseur poursuivait des travaux qui intéressaient Carlos sur des produits chimiques susceptibles de devenir des engrais. Dans son laboratoire, celui du lycée, il avait une armoire bien fermée à clé, dans laquelle il « cachait » jalousement les meilleurs livres de chimie parus. Ils étaient tous en allemand, ce qui n'était pas une entrave pour lui, et Carlos en profitait. Ces séances avaient lieu le soir, après le départ des élèves. Il était son aide, mais surtout son apprenti, et il voulait compléter ainsi les leçons de laboratoire de l'école d'Agro, où ils étaient trop nombreux, à son avis.

On ne sait jamais assez, et à cette époque Carlos avait une certaine boulimie de sciences, tout le passionnait. En juin 1935, il sortait d'Agro non sans avoir fait, suivant la coutume, un voyage avec toute la promotion par Murcie, Valence, Barcelone, Saragosse, en visitant des conserveries, sucreries, et centres de recherches. Mais il ne voulait pas en rester là avec ses connaissances et il avait l'intention de continuer en faculté de sciences, pour avoir au moins une licence. Le travail, presque imposé à la sortie de l'école, l'en a empêché. Les temps heureux de la vie d'étudiant avaient passé très vite, occupé comme il l'était, par les études et par ses amours.

Quelques mois après, la guerre fratricide commençait et dans son tourbillon dévastateur emportait tout.

Tout, sauf... le voyage que Carlos fait ce jour à Paris, et qui se termine, car voilà le train qui ralentit, les aiguillages, les quais, la gare est déjà là. Il paraît que quelqu'un doit venir le prendre à la sortie. Son chef lui a donné hier un journal qu'il doit porter à la main. Son titre rappelant la Corrèze est bien significatif. Il l'a entendu faire son portrait par téléphone, il a même indiqué la couleur de son imperméable à celui qui doit l'attendre. Tout a été prévu pour lui faciliter ce voyage, même en cette journée du premier mai. Il est vrai que la France est en guerre. Le train s'arrête et, avec une certaine émotion, Carlos descend. Ses pieds ont foulé d'autres sols, peut-être moins renommés que celui de Paris. Pour lui le meilleur de tous est celui où il est heureux, ou bien celui qui lui a laissé le souvenir d'un bonheur, même éphémère.

Paris ? Il vient d'arriver ! A peine sorti de la gare, il s'est fait accoster par quelqu'un de très jovial qui lui a dit « Voilà mon homme ! » Il s'est présenté et ils sont allés tout de suite — il avait soif et Carlos aussi — à une brasserie proche où, tranquillement, ils ont bu une bière et beaucoup parlé. C'est un ingénieur qui fait la mise au point de divers engins de guerre. Il parle très vite et avec un accent différent de celui que Carlos a entendu jusqu'à présent dans le sud de la France — Ariège, Lot-et-Garonne, Corrèze — à part celui des gens « venus d'ailleurs » comme le brigadier Obrecht. Il faudra qu'il s'habitue à suivre sa conversation car, s'il comprend bien, s'il est à Paris, c'est pour travailler avec lui. Chaque fois qu'il avance quelques idées, il lui pose une question.

Il veut savoir qui il est, ce qu'il a fait avant. Il veut également connaître ses sentiments quant à la guerre, et à la situation internationale. Au bout d'un bon moment, leur bière finie depuis longtemps, il décide de rentrer. (« Rentrer où ? » s'est demandé Carlos). Sa voiture les attendait au bord du trottoir. Ils ont longé la Seine.

De l'autre côté du fleuve, Carlos a aperçu Notre-Dame. Plus loin, ils ont frôlé la Tour Eiffel pour remonter ensuite vers l'Arc de Triomphe et de là ils ont atteint une banlieue appelée Levallois. Ils n'ont pas cessé de parler pendant le trajet, et à l'approche de leur but, il lui a dit « Nous passons devant l'usine et je vous laisse à l'hôtel où vous êtes attendu. Vous verrez, ce n'est pas bien loin ». Il y avait foule dans le bar, comme un premier mai, et ils ont eu du mal à trouver une table. Dans le brouhaha, ils ont continué de parler devant un autre demi. Il n'était pas pressé. « Il avait la permission de sa femme ». Carlos a appris qu'il ne peut pas voir les nazis qui se sont juré d'imposer aux autres peuples leur idéologie. Quand il est parti, l'après-midi était bien avancé.

Carlos a pris possession de sa chambre et il a fait un peu de toilette, avec l'intention de sortir. Au moment où il passe devant l'hôtelier, celui-ci lui dit : « Le dîner est à sept heures ». « Mon Dieu ! que les gens doivent avoir faim, quand ils vont se coucher !... c'était l'heure du goûter chez moi ! » pense-t-il. Il avait quand même une bonne demi-heure devant lui pour prendre l'air. Pour un premier mai, la température est fraîche, sans doute à cause des pluies de la matinée. Les rues ne sont pas très animées. Comme lui avait dit son interlocuteur tout à l'heure, ici ce n'est pas Paris. Dans ces rues il n'y a que de grandes portes d'entrée d'ateliers ou d'usines. « J'irai après dîner... il ne faut pas que je m'éloigne ». Et Carlos pense qu'il vaut mieux laisser pour demain l'écriture avec l'envoi de sa nouvelle adresse à sa famille et à Adeline. Il est fatigué du voyage, des émotions, des conversations, et il a besoin de se distraire un peu l'esprit avant d'aller dormir, ne serait-ce qu'en marchant.

Il a donc marché devant lui, sans savoir où il allait, sans plan, sans rien connaître. Pour s'orienter, il suivait l'aspect des façades des maisons et peu à peu il s'est trouvé dans un quartier où les portes cochères aboutissaient à des jardins intérieurs. Au bout d'une large avenue, il voyait l'Arc de Triomphe, quand il a décidé de revenir à l'hôtel. En arrivant, il pouvait dîner. Son couvert était mis et tous les clients partis, à cause de l'heure. L'hôtelier en guise de bienvenue lui dit : « Pour votre arrivée, on va s'en jeter un » tout en disposant deux verres d'apéritif sur la table.

Décidément ces Parisiens ne parlent pas français : l'un qui, pour revenir chez lui dit « on rentre », et l'autre qui « se jette un apéritif » quand il le boit ! Ce n'est pas le français du frère Bruno ! Il va falloir en somme qu'il apprenne une nouvelle langue, ou presque. Ce que Carlos trouve curieux, c'est que, si parfois lui, il a du mal à comprendre les autres, eux par contre, le comprennent toujours. Il en déduit que son français, sorti de chez les Maristes, peut-être un peu maniéré parce que trop académique, comme appris dans les livres, ne doit pas être si mauvais à part l'accent du Midi que, paraît-il, il traîne, même s'il ignore le langage familier, populaire, et à plus forte raison l'argot.

Après dîner et comme il faisait encore jour, il est allé jusqu'à l'Arc de Triomphe. Il l'avait aperçu de loin, mais il voulait l'admirer sur toutes ses faces, le plus près possible. Monumental, grandiose, pensait-il, une œuvre digne de Napoléon. Et il s'est mis à lire tous les noms des généraux et maréchaux qui s'illustrèrent jadis à la tête de leurs troupes, puis ceux des batailles ou des villes conquises par leurs soldats dans les différentes campagnes : celles d'Italie, d'Allemagne... et d'Espagne de triste mémoire pour les Espagnols. Et quelle n'a pas été sa stupeur quand, dans cette dernière liste, sur l'intérieur du pilier sud-ouest du monument, il a trouvé son nom gravé dans la pierre depuis un siècle, et pour combien d'autres encore... Le Bastan, Le Boulou, Burgos, Morella, Tudela... etc. Ainsi son nom était pérennisé là, alors que pour lui, il n'était que celui d'un petit village de Castille près de Sigüenza, dans la province de Guadalajara.

En passant devant la tombe du soldat inconnu, inconnu mais glorifié par tous, Français ou non, il a une pensée pour ceux qui défendant une idée et leur patrie, tombèrent aussi, près de Carlos, et dont personne ne s'occupera jamais, reniés comme ils sont par les vainqueurs. Puis il a commencé à descendre les Champs-Elysées, mais il était trop fatigué. Pour la première journée il en avait assez vu. Et il a pris le métro « pour rentrer ». Il se croyait dans celui de Madrid qu'il connaît si bien. Cette nuit, sa première nuit parisienne, même s'il l'avait voulu, il ne serait pas resté les yeux ouverts. Il était rompu et le sommeil n'a pas tardé à venir.

Le lendemain Carlos est dans la rue très tôt. Il commence un autre chapitre de sa vie qui en compte déjà quelques-uns. Ils sont courts, ces derniers temps, et rapides. Après des mois passés aux camps où les mornes journées se suivent semblables à la veille et identiques au lendemain, sans qu'un signe vienne rompre cette monotonie, les changements maintenant se succèdent sans qu'il ait le temps de bien les apprécier. Il se sent un autre. Par moments il ne se reconnaît pas. Sa valise est toujours prête... qui sait si demain...

Les balayeurs sont à l'ouvrage et les rues à cette heure sont calmes. Les passants se précipitent chez les marchands de journaux pour avoir les dernières nouvelles. Dans son trajet Carlos passe devant une maison, dont son conducteur hier au soir lui a dit « là vivait Ravel ». Il ralentit ses pas car il croit entendre dans le plus profond de son être sa musique. Celle qui les avait tant de fois ravis... l'air de sa Valse, les accords de son Boléro... quand, la main d'Adeline dans la sienne, ils écoutaient ces concerts les soirs d'été à la roseraie du parc de l'Ouest de Madrid. A cause de la guerre, la nouvelle de sa disparition, trois ans plus tôt, était passée inaperçue, alors qu'il avait été, ce compositeur, tant inspiré par l'Espagne ; La Habanera, la Alborada del Gracioso, et tant d'autres compositions que les mélomanes connaissent presque par cœur, étaient jouées dans tous les concerts. Sa musique était si bien comprise par l'âme espagnole que les Espagnols le croyaient réellement un de leurs compatriotes.

Arrivé à l'usine, Carlos demande à voir l'ingénieur qui était venu le chercher hier à la gare. Celui-ci le conduit devant le patron avec qui il n'aura qu'un court entretien. Et, tout de suite « au boulot »... Dans un vieux bureau, quelques planches à dessin et quelques machines à écrire attendent les employés. Carlos se voit attribuer une planche à dessin libre, en même temps que l'ingénieur lui dit « celle d'à côté est occupée par un débutant de dix-huit ans. Vous lui donnerez du travail ». Le jeune Francis est arrivé quelques minutes après et ils ont tout de suite sympathisé. A mesure que la journée avance, et voyant l'accueil de tous ses nouveaux collègues, Carlos sent qu'il ne va pas s'ennuyer là. En peu de temps, il a été mis au courant de presque tous les potins de la maison, et Dieu sait s'il y en a !

De l'autre côté d'une cloison à carreaux, quelques jeunes filles font semblant de travailler ; elles sont surtout occupées à regarder de leur côté en leur faisant des sourires. Le travail, tout à fait différent de celui qu'il faisait à Brive, l'intéresse et lui plaît. Les soirs, après le dîner « à sept heures », Carlos prend le métro pour aller dans le centre de Paris. Le beau temps est là, les belles avenues et les monuments qui constituent l'histoire d'un peuple sont là aussi, un peu trop calmes ; on sent la guerre, ou plutôt on attend la guerre. Elle ne se fera pas trop attendre.

Dès le 10 mai les Allemands attaquent la Hollande et la Belgique. Ils savent bien que face à la frontière belge, la France n'a pas fait une autre ligne Maginot. Vous ne pensez pas, face à un pays ami ! En quelques jours la Hollande et à sa suite la Belgique capitulent, et les tanks allemands à travers les Ardennes entrent en France. A la fin du mois de mai la situation est tellement critique que tout le monde parle d'évacuation de Paris. A l'usine, les chefs attendent les ordres du Commissariat de l'Armement ; à l'hôtel les gens écoutent sans arrêt les communiqués de la radio. Tout va tellement vite que Carlos se demande, le soir en se couchant, si dans la nuit il ne va pas être réveillé par un bruit de bottes au pas cadencé, qu'il connaît bien.

Dupes dans tous les traités avec l'Allemagne, les Français étaient maintenus dépourvus de combativité au point de tout permettre à leurs belliqueux voisins. Toujours est-il que les Allemands avaient des milliers de tanks et des avions et, pour en fabriquer d'autres, des usines qui tournaient à plein rendement depuis longtemps, alors que la France ne voulait pas le savoir... elle fermait les yeux. Elle était pacifiste, comme elle avait été non-interventionniste lors de la guerre civile espagnole.

Le stage à Paris de Carlos n'aura pas été bien long et il le regrette. Reviendra-t-il un jour ? En tout cas il ne peut pas rester là et se faire prendre par les Allemands, ses ennemis d'hier, alors qu'il les a eus en face à Madrid, il y a moins de quatre ans. Il est allé le dire au patron, qui lui a répondu : « Bien sûr, vous viendrez avec nous. Tenez votre valise prête ». Le travail se fait dans la nervosité et le désespoir... A quoi bon ? On attend...

Les ordres arrivent en même temps que des camions immenses pour transporter les machines et tout le matériel d'armement en stock, ainsi que les bureaux et les archives. En une journée, toutes les machines de l'atelier ont été arrachées, plus que démontées, et chargées dans les véhicules de l'armée.

Le lendemain 11 juin, pendant le petit déjeuner, Carlos

reçoit un coup de téléphone. De l'usine on lui demande de prendre ses affaires et de régler la note de l'hôtel, car le départ est fixé à tout à l'heure. En sortant dans la rue il remarque quelque chose d'étrange. Pas de soleil... et une obscurité artificielle. A l'horizon, de grosses colonnes de fumée sont en train de monter vers le ciel, et gagnent la ville en plongeant les rues dans un brouillard noir et salissant qui prend à la gorge.

Les camions démarrent chargés, non seulement de machines, mais aussi d'ouvriers avec femmes, enfants, valises. Le tout imbriqué de façon à ne pas perdre une place disponible pour l'évacuation, au risque de se faire écraser par une de ces machines qui viendrait à glisser. Carlos quitte l'usine en fin de matinée, pour se retrouver dans la même voiture et avec le même conducteur qu'il y a un peu plus d'un mois à la gare d'Austerlitz, lors de son arrivée. Tout ce que Paris compte comme « parc roulant » (bicyclettes, fiacres, voitures à âne ou à bras et naturellement automobiles) se trouve dans la rue. Tous les véhicules convergent vers le sud et les embouteillages, à certains carrefours, sont énormes.

Beaucoup sont partis avec des voitures qui n'avaient pas roulé depuis des mois, faute de carburant. Une panne de carburant. Une panne de carburateur, d'allumage, rien de grave souvent, les immobilise et arrête les autres. S'ils sont en panne sèche, on les pousse pour qu'ils dégagent le passage. Les propriétaires abandonnent leur voiture et continuent à pied, laissant là jusqu'aux matelas qu'ils avaient soigneusement attachés sur la galerie, soi-disant contre les attaques aériennes.

La psychose de la fuite a gagné tout le monde et tout le monde fuit... sans savoir où... vers le sud... devant soi.

Le conducteur connaît bien les rues de Paris et plus d'une fois a réussi à faire demi-tour en disant « on va essayer par la porte de Bercy » ou bien en prenant des petites rues pour gagner irrémédiablement un autre bouchon plus loin. L'affolement est général. Au bout de quelques heures, ils auront réussi à dépasser tout juste les portes de la capitale. La route de Melun est à peu près libre ; presque tous ont dû prendre la direction d'Orléans ou de Fontainebleau. De temps en temps, un véhicule abandonné est resté sur le bas côté de la route. Son compagnon lui dit, seulement maintenant, qu'ils se rendent à côté de Saint-Etienne, dans un village qui s'appelle Caure-sur-Loire. Ils prennent la route de Sens, Auxerre, Moulins, où ils trouvent non sans mal une chambre pour passer la nuit. A l'hôtel ils apprennent par la radio que l'Italie — neutre jusqu'à présent — vient de déclarer la guerre à la France.

Les avions de chasse s'emploient déjà à mitrailler les colonnes de réfugiés sur les routes. Carlos pense en lui-même, et il le dit à son compagnon de voyage, que c'est une tâche bien caractérisque de l'armée italienne. C'est tout ce qu'ils ont été capables de faire pendant la guerre d'Espagne, car sur le terrain ils n'étaient bons qu'à courir en débandade.

C'est pour se racheter en quelque sorte des défaites subies à Guadalajara et dans d'autres fronts qu'ils se sont tristement rendus célèbres dans les bombardements de villes innocentes. Valence et Barcelone doivent s'en souvenir. Carlos était à Barcelone en 37-38, incorporé dans l'armée à vingt et un ans, après un passage comme volontaire dans les milices, il avait été nommé professeur de dessin fin 37, à l'école de Mécaniciens d'Aviation de Barcelone, son frère José assurant les cours de mathématiques. Le travail était intéressant mais, comme les classes étaient dédoublées à cause du nombre d'élèves, ils devaient donner deux fois chaque cours.

Il habitait à ce moment-là rue Jaime I, non loin du métro qui se trouve via Layetana. De toute la guerre c'est la période la plus noire qu'il aura vécue. Il avait à côté de lui Adeline, c'est vrai, qui n'avait pas voulu rester à Jumilla. Il la voyait tous les jours, mais cela lui faisait de la peine de la voir courir d'un marché à un autre pour trouver un maigre ravitaillement, toujours avec un sourire pour Carlos. Et lui, sachant la situation telle qu'elle était, il voyait venir le moment où l'école de mécaniciens serait fermée : il n'y avait plus d'avions, il fallait surtout préparer la retraite.

Un jour vers les deux heures de l'après-midi, quelques bombes sont tombées place de Catalogne, en plein centre. Un camion qui passait par là, chargé de dynamite — le hasard — a explosé par la déflagration d'une bombe. Il y a eu mille morts. Le lendemain Carlos est allé reconnaître et enterrer un collègue du Ministère de l'Air. A Montjuich, les cercueils étaient entassés les uns sur les autres par centaines. Il fallait les remuer, ouvrir les couvercles qui n'étaient pas cloués, pour trouver, méconnaissable, celui que l'on cherchait. Beaucoup ont dû aller à la fosse commune. Avec la chaleur, l'odeur était épouvantable. Ce tableau horrible, qui dépasse l'imagination, Carlos ne pourra jamais l'oublier. Un autre bombardement eut lieu la nuit. Comme les sirènes annonçaient continuellement les avions, à la fin Carlos n'allait plus au refuge du métro de la via Layetana. Cette nuit-là les bombes tombèrent sur le parvis de la cathédrale, juste derrière chez lui. Il était resté couché dans son lit, mais il s'est retrouvé par terre sans savoir comment. Des souvenirs de Barcelone ? Oui, certes, capables de reléguer les impressions agréables que lui avait laissées dans son enfance une journée passée à Barcelone, alors qu'il était venu de Mataro pour s'y promener à la main de son père...

Même les promenades en ville étaient un cauchemar. L'armée était partout, ou plus exactement, une sorte de police de l'armée formée par des jusqu'au-boutistes, dont les nombreuses patrouilles traquaient les soi-disants embusqués. A cette fin, il fallait montrer ses papiers à chaque pas. Et puis... on n'avait même plus envie de se promener. Tout le monde était découragé de tant d'efforts pour rien, souhaitant que ce calvaire se termine au plus tôt.

L'école fut fermée, et le personnel dispersé. Carlos et son frère José se trouvèrent ainsi peu de temps après sur un camion qui transportait des caisses de dynamite dans les Pyrénées une nuit d'hiver... C'était le début de la fin !

Et aujourd'hui Carlos est encore en voiture fuyant les Allemands sur une route inondée de soleil. Une étape de plus. La fin d'une aventure qui n'est que le commencement d'une autre... Carlos aimait les aventures, comme tous les jeunes mais, les vivre à ce point, il ne pouvait pas l'imaginer. Ils arrivent enfin à Saint-Etienne qu'ils traversent, pour continuer sur Firminy et quelques kilomètres plus loin, ils sont à Caure-sur-Loire. Le patron, avec sa traction, a roulé plus vite qu'eux et il les attend depuis deux heures. Ils vont tous boire un demi avec l'intention aussi d'avoir les nouvelles de la radio. Il n'y a plus de communiqué, paraît-il. A Paris c'est la débandade. Le gouvernement doit déménager. Les Allemands temporisent avant de rentrer, comme pour laisser le temps à ceux qui voudraient partir, surpris aussi de ne pas avoir rencontré de résistance et d'être arrivés si facilement aux portes de Paris. Et puis, il faut réorganiser les divisions blindées pour un défilé triomphal tout le long des Champs-Elysées... Ils ne sont pas pressés. Ils ont gagné.

L'armée française, Carlos l'avait vue, en venant ; ils allaient plus vite que lui, ils le doublaient, ils descendaient... ils descendaient... Tout le monde vers le sud ! Drôle de manière de faire front à l'ennemi ! Si en Espagne les républicains avaient eu la moitié seulement de l'armement que les Français ont jeté devant les Allemands, ils auraient fait une bouchée de Franco, et les forces de l'axe auraient changé de tactique. La Non-Intervention n'aura servi qu'aux régimes de dictature.

Le lendemain les camions commencent à arriver. Dans les embouteillages ces gros engins ne peuvent pas faire autrement que suivre la circulation, et les seules routes qu'ils doivent emprunter, conformément à leur gabarit. Les machines sont aussitôt déchargées dans les locaux d'une usine désaffectée. Les ouvriers sont arrivés avec leurs familles. Francis est sorti, lui, d'une grande caisse qu'il avait couchée, comme un chien qui sort de sa niche. Dans le même camion que lui ont voyagé Renée, Ginette et Christiane, les jeune filles qui les regardaient à travers les vitres de la cloison qui séparait leurs bureaux. Ils vont pouvoir se regarder de plus près...

Un semblant de vie s'organise. Les quelque deux cents personnes de ce convoi sont logées pêle-mêle dans des salles vides de l'usine. Ils couchent à même le sol. Situation tout à fait provisoire et qui ne saurait durer car il y a trop de promiscuité. Les repas sont préparés dans une cuisine à l'air libre par des volontaires. Quelques grandes tables et des bancs d'une école voisine, installés aussi au grand air servent de réfectoire. Un subside de cinq francs par jour a été alloué à chaque réfugié. Mais chacun ne reçoit qu'un ticket pour se présenter à chaque repas.

Devant le désordre général, et le manque de directives, Carlos part visiter les alentours avec les autres jeunes. Ils suivent la Loire, la gare n'est pas loin. En face, quelques collines les attirent. Comme des chèvres ils grimpent jusqu'au sommet, en faisant dégringoler de temps à autre de grosses pierres qui dévalent la pente en frôlant au passage ceux qui se trouvent au milieu de la montée. Les cris poussés par les jeunes filles pourraient être une douce musique, s'il n'y avait pas la guerre. Car pour Carlos qui aime tant la vie, ce mot « la guerre » est devenu une obsession. Ces cris sont en même temps un appel, mais comment répondre ? Il ne peut rien faire sans penser à la guerre, et tout ce qu'il fait est dû à la guerre. Est-ce que sa vie ne va être qu'une existence confondue avec la guerre ? pense-t-il.

Carlos assiste impuissant au déclin de ce qui fut sa raison de vivre ; son goût pour le travail, la douceur de ses rêves et l'espoir d'un avenir heureux avec Adeline. A Paris il a reçu quelques lettres d'Espagne. La situation là-bas est toujours la même. Il a appris la condamnation de son père par ces mots voilés de sa sœur : « Ton ami José ne va pas très bien, il se fait vieux, tu sais qu'il a quinze ans de plus que toi... » quinze ans de prison ! Oui ! en ayant porté trente ans l'uniforme pour le service de la Patrie !

Adeline ne peut pas laisser ses parents et aller le rejoindre, ce serait d'ailleurs une folie. Carlos ne sait pas, lui-même, où il sera demain ! Avec cet éloignement interminable leurs cœurs risquent de se refroidir peu à peu, tant il est vrai que, faute d'être entretenu, le feu ne tarde pas à s'éteindre ; même le feu sacré ne pouvait subsister sans la permanence des vestales. Les braises qui couvent encore sous les cendres des jours de bonheur vont être bientôt, et c'est le désespoir de Carlos, emportées par le souffle du temps qui passe.

Ce qu'il avait toujours considéré comme une victoire sur lui-même, sur l'existence (quel orgueil !) il est en train de le voir transformé en poussière, balayé par le vent. Tous ses efforts effacés à jamais par des guerres qui ne finissent pas de le harceler et de le soumettre à de rudes épreuves. A chaque fois, il doit céder du terrain, une part de lui-même... et maintenant il faudra sans doute qu'il abandonne là ce à quoi il tient le plus, son amour pour Adeline. Cette blessure morale va lui laisser une cicatrice profonde à la mesure de la profondeur des sentiments qui étaient à l'origine. Encore et toujours le prix de la liberté. Exorbitant !

Cependant, Carlos a toujours pensé et il se dit une fois de plus que, malgré toutes les souffrances, malgré tous les soucis et les larmes de l'existence, la vie vaut la peine d'être vécue. C'est une aventure, oui ! la plus belle et la plus grande aventure que l'homme puisse rêver. Il lui appartient de l'accepter et de la vivre pleinement. Carlos a essayé jusqu'à présent de le faire, et si Dieu le veut, il continuera de vivre car, pour lui un seul instant de bonheur est capable de lui effacer tous les chagrins passés. Le bonheur c'est ça, vivre ! Et Carlos aime la vie passionnément !

Quand ils reviennent à Caure, en fin d'après-midi, en longeant la Loire, ils aperçoivent de loin un attroupement au bord de l'eau. Craignant un accident, l'imprudence d'un baigneur, peut-être un enfant, ils courent. C'est bien des gens de chez eux, de leur usine qui sont là. En arrivant, Carlos voit au milieu du groupe l'ingénieur, son chef, en slip, en train de s'essuyer avec une serviette de bain — il doit sortir de l'eau — en même temps qu'une secrétaire du patron arrive avec une bouteille d'eau de Cologne, que son chef vide sur lui de la tête aux pieds, complètement. Ne connaissant pas dans l'intimité tous ces gens, qu'il n'a eu l'occasion de côtoyer que pendant quelques jours de travail, il se demande à quel rite particulier ils peuvent bien se livrer. Carlos n'osait pas poser une question, alors que tous avaient l'air de savoir, d'être au courant, donc un peu complices. La curiosité lui fait dire timidement en s'adressant à son chef : « Qu'est-ce qui vous arrive ? » et en riant, il lui a répondu : « Une bonne, la meilleure, elle me portera chance. Je vous la raconterai tout à l'heure. Rendez-vous devant un demi, à la brasserie de la grand place ». En y allant Carlos se perdait en conjectures. Que pouvait-il avoir fait ? Il attendait depuis quelques minutes sur la terrasse ombragée, par une chaleur accablante, quand il arriva en se tordant de rire. Il avait du mal à parler, tant il riait. Ils ont commencé à boire et il lui a dit :

« Vous savez que nous avons droit à un subside de cinq francs par jour. Le patron m'a donné pouvoir pour les retirer à la mairie cet après-midi. Comme nous sommes plus de deux cents et qu'on m'a donné l'argent de la semaine, j'avais quelques billets de mille que j'ai mis là dans la poche revolver du pantalon. Avec cette chaleur, la veste est à l'hôtel. Je me promenais sur la route lorsque j'ai eu une envie pressante... Comme je n'étais pas loin de la gare, quoi de plus pratique que d'aller là-bas ? Quand j'ai baissé mon pantalon, j'ai entendu quelque chose tomber... Merde ! mon portefeuille... et je l'ai vu passer par le trou sans rien pouvoir faire. Ça m'a coupé l'envie. J'avais oublié de boutonner ma poche, ça m'apprendra ! Et tous mes billets dedans. Mes billets qui ne sont pas à moi ! j'ai tout de suite pensé que les gens allaient croire que je les avais gardés, si je ne les récupérais pas, ou alors il fallait que je paye de ma poche. Je ne suis pas riche, vous savez ! Je n'avais pas le choix. Je voyais bien mon portefeuille par le trou... il flottait... mais, impossible de l'attraper... j'ai essayé, croyez-moi. Je suis allé voir le chef de gare. Après... je n'ai plus réfléchi... Il m'a ouvert une trappe... j'ai vu quelques marches. Je n'ai gardé que mon slip... et en rentrant jusqu'à la ceinture, j'avançais, j'avançais... comme un somnambule : mes bras en avant et à l'horizontale. Sans remuer « la mélasse », j'ai récupéré mon bien que j'ai confié au chef de gare, qui m'attendait avec mes habits, en lui disant : « Je vais me laver, je reviens... » et j'ai piqué une tête dans la rivière. Pendant dix minutes, j'ai nagé, en long et en large. En sortant, je sentais encore. Heureusement que Monique, comme vous avez vu, m'a apporté le litre d'eau de Cologne... et je viens de prendre un bain à l'hôtel... j'ai encore l'odeur dans les narines, mais j'ai tous les billets ; ils ne sont pas sales, vous savez. Ils ne sentent même pas, alors que moi... est-ce que je sens encore ? » et il faisait sentir ses mains à Carlos.

Pour toute réponse celui-ci lui dit : « L'argent n'a pas d'odeur, mais il s'en est fallu de peu... ». Ils avaient toujours soif et ils ont demandé un autre demi. Le premier, en l'écoutant raconter son histoire, ils l'avaient bu sans s'en rendre compte.

Ils sont là depuis une semaine, et les machines qui ont été scellées par terre sont prêtes à fonctionner. Un tour n'a pas été installé. Il lui manque une pièce en fonte, faisant partie du pied. Elle a été cassée pendant le voyage, et portée à Saint-Etienne pour être brasée. Le patron demande à Carlos d'aller la chercher à bicyclette avec Francis, et de la ramener sur un de leurs porte-bagages. « Cinq ou six kilos » leur a-t-il dit. Et les voilà partis pour une promenade... vingt-quatre kilomètres à faire le matin de bonne heure, avant la canicule de la mi-journée. Le retour, ils verront bien, peut-être le soir, s'ils ne sont pas trop fatigués.

En arrivant à Saint-Etienne, pas un chat dans les rues. C'était étrange. Francis dit à Carlos « c'est à cause de la chaleur ». Mais Carlos n'était pas tranquille. Il avait l'expérience d'une situation analogue vécue, lorsqu'il se trouvait juché sur un camion d'obus et que le chauffeur, par inadvertance, rentra dans les rues de Tolède. Son erreur ou sa méconnaissance des lieux, avait failli leur coûter cher, car la ville était aux mains des rebelles... Afin de se rassurer ils se sont arrêtés à un bistrot, qui était vide. Le patron leur dit : « Il paraît que les Allemands vont passer tout à l'heure ». Alors là, ils avaient des ailes sur leurs bicyclettes. Ils ont récupéré la pièce qu'ils étaient venus chercher, dans un atelier où on leur a dit la même chose.

La course à travers les rues vides de Saint-Etienne pour reprendre la route vers Firminy et Caure, tenait du tour de France et des films de Charlot. Carlos disait à Francis : « Dépêche-toi, si jamais les Allemands bloquent les routes de la ville, nous restons là en bras de chemise, comme nous sommes ». La route était libre et avec ces nouvelles inattendues, ils étaient pressés de rentrer. Et ils pédalaient ! A moitié de chemin se trouve Firminy ; la route longe un grand mur pendant quelques centaines de mètres, derrière lequel se tient une usine d'armement. Ils allaient aussi vite que possible, sur une route absolument plate. Ils couraient tellement vite, qu'une colonne de véhicules allemands qui était arrêtée le long de ce mur ne les a pas vus passer... Quant à eux, ils ne l'ont même pas regardée... Par où étaient-ils passés ? Viendront-ils à Caure ? Après tout, qui pouvait les en empêcher ?

Ils s'attendaient à trouver les Allemands à Caure aussi, et dès leur arrivée ils posaient la question aux collègues : « Sont-ils passés ? Où sont-ils ? » « Qui ? » disaient les autres. Quand ils ont lâché la nouvelle — ce qu'ils avaient vu à Saint-Etienne et Firminy — ils ont semé la panique. Mais les Allemands ne sont pas allés plus loin et les habitants de Caure-sur-Loire sont restés sur leur peur.

La pièce a été montée sur son tour, celui-ci a été installé, et tout à la fois, la nouvelle de la signature de l'armistice est arrivée, ainsi que de l'arrêt, logique, de toute fabrication d'armement. La France était vaincue, neutralisée, anéantie. Encore un effort pour rien !

Le lendemain, étant donné que les machines ne tourneront plus, et que personne ne sait quoi faire, Francis et Carlos s'en vont à la pêche avec des lignes que l'hôtelier leur a prêtées. Ça mord bien et ils rentrent à l'hôtel avec de la friture pour tous les pensionnaires ; il est vrai que la chaleur a fini par détraquer le temps et l'orage n'est pas loin. Le soir, comme ils manquent de distractions, ils jouent aux cartes. Eliminatoires, demi-finales... un vrai championnat. Il faut bien passer le temps !

« Pourquoi pas une autre partie de pêche aujourd'hui qu'il pleut ? » propose Carlos à Francis. Comme ils sont payés à ne rien faire, autant gagner leur nourriture. L'hôtelier y trouve aussi son compte. En sortant de l'hôtel avec leur accoutrement, ils trouvent le patron qui cherchait Carlos et lui dit :

— J'ai une nouvelle pour vous. Vous devez rejoindre Brive, suite à l'armistice. J'ai eu votre chef au téléphone et il vous attend. Vous partirez quand vous voudrez. Il n'y a pas de trains ni de cars qui marchent, mais vous avez votre bicyclette. Par Saint-Flour et Aurillac, vous arriverez bien... Je vous fais préparer vos papiers et vos sous.

— Pour le moment nous allons à la pêche, nous verrons ça demain, lui répond Carlos tranquillement.

Ils se sont donc installés au bord de l'eau, sous la pluie, et ils ont sorti du poisson comme la veille. Les eaux de la Loire, un peu troubles après l'orage, coulent vite, et à force de regarder le bouchon immobile, il lui semble que c'est lui qui glisse à la surface en remontant le courant... Est-ce le temps qui passe, ou bien est-ce Carlos qui passe dans le temps ? En regardant le seau plein de poissons, il pense qu'aujourd'hui encore, il aura quelque chose à manger... Demain... Dieu nourrit bien les oiseaux du ciel !

2 novembre 1981

Les fragments poétiques sont de Gustavo Adolfo Becquer (1836-1870) (traduction de l'auteur).

ACHEVÉ D'IMPRIMER
LE 28 MAI 1982
SUR LES PRESSES DE
L'IMPRIMERIE GUÉNIOT
LE BROCHAGE A ÉTÉ ASSURÉ
PAR LES Éts A.B.C.
A CHILLY-MAZARIN

DÉPOT LÉGAL : JUIN 1982
N° D'IMPRIMEUR : 764